红泥街秘事

王彦杰 著

南方出版传媒
花城出版社
中国·广州

图书在版编目（CIP）数据

红泥街秘事 / 王彦杰著. -- 广州：花城出版社，2021.5
ISBN 978-7-5360-9143-6

Ⅰ. ①红… Ⅱ. ①王… Ⅲ. ①长篇小说－中国－当代 Ⅳ. ①I247.5

中国版本图书馆CIP数据核字(2020)第083075号

出 版 人：肖延兵
责任编辑：陈宾杰　蒋文颉
技术编辑：凌春梅
封面设计：

书　　名	红泥街秘事 HONGNIJIE MISHI
出版发行	花城出版社 （广州市环市东路水荫路11号）
经　　销	全国新华书店
印　　刷	佛山市迎高彩印有限公司 （佛山市顺德区陈村镇广隆工业区兴业七路9号）
开　　本	880毫米×1230毫米　32开
印　　张	9.5　1插页
字　　数	208,000字
版　　次	2021年5月第1版　2021年5月第1次印刷
定　　价	49.80元

如发现印装质量问题，请直接与印刷厂联系调换。
购书热线：020－37604658　37602954
花城出版社网站：http://www.fcph.com.cn

目录 contents

001　第一章　没办法继续跑步了
032　第二章　海洋世界
051　第三章　惊喜
081　第四章　黑影
105　第五章　广场事件
118　第六章　"我找到你了"
131　第七章　神秘来信
149　第八章　红泥街秘事
179　第九章　王宁山
209　第十章　冷光渐逝
245　第十一章　涉过愤怒的河
268　第十二章　另一个凶手
296　尾　声

第一章　没办法继续跑步了

1

已经从原州市公安局退休快十年的老民警鲁德亮，最近患上了失眠的毛病，翻来覆去睡不着，每晚都要爬起来看表，不是凌晨三点就是凌晨三点半，两眼干涩，眨一下都疼。

他是1949年生人，到今年十月才满70岁，不抽烟，不喝酒，身板硬朗，眼不花，腿不疼；一日三餐粗茶淡饭，饭量不减，尤其爱吃做洋芋面，每次雷打不动，洋瓷碗满满三碗；至今还保留着年轻时的良好习惯，每天早上天蒙蒙亮时起床，上身穿一件白背心，下身着八十年代单位举办篮球运动会时发的红色训练短裤，在离家不远的团结广场上跑圈。

所以，当出现失眠的迹象，并且在排除了自身因素和外界干扰仍然没有多大缓解后，他得出了自己行将就木的结论。他认为，失眠只是个信号，自己的身体已经不可避免地进入衰退的加速期了，就像走路时遇到急下坡一样，总有那么一个点，坡突然变陡，整个人身子前倾，不得不跟着小跑起来。

那么,他的这个点是什么?他的老伴儿吗?

还有一个月时间,他的老伴儿李秀香就离开他整整一年了。现在是三月,还有一个月是清明,李秀香就是在去年的清明节前去世的,很突然,早上起来准备早饭,拿起一颗鸡蛋往案板上磕的时候一头栽倒在地。那天他刚跑步回来,在脸盆里洗完自己汗津津的背心,拧干后准备在阳台上晾的时候听见了声音,砰的一声,像衣服架子扑倒在地上一样,一开始他没多想,然后才觉得不对劲,秀香怎么没了声音?以往家里什么东西磕了碰了,接下来听到的都是她的喊声呀。

医院的大夫说,人送过去的时候已经不行了,错过了最佳抢救时机。死亡证明书上写的是"心脏病未特指"。这个他懂,意思就是猝死,事先没有任何预兆。也只有心脏出了毛病,才会在这么短时间内要人命。

儿子来了,哭,和殡仪馆的人吵架;女儿来了,哭,撕心裂肺地喊;孙子外孙来了,玩,拿着塑料玩具手枪满地跑;亲戚朋友还有以前的同事也来了,和他握手,拍他的肩膀,安慰他。大家看上去都很悲伤,只有鲁德亮觉得累,有些心烦。他不停地告诉他们,自己还好,挺得住。他说的是实话,但他们好像都不相信,有个人还专门把他儿子鲁明叫到一边,交代说最近一段时间可要把他看好了。二人的动作隐蔽,说话声音也小,但这也逃不过他的眼睛,毕竟他就是干这一行的。后来鲁明打电话问候他的时候,他直接劈头盖脸地骂了儿子一顿。

他也不知道自己这是怎么了。整个仪式上,他把绝大部分时间花在了胡思乱想上,哪怕是招呼前来探望的人,同他们握手寒暄的时候，他的大脑也处在云游四海的状态。他看见秀香穿一件暗红色的褂子，双手合一抱在胸前，安静地躺在棺材里，她的面容安详，连皱纹都比平时少了，模样就像是睡着了。这就是死了，他想，那么死究竟有什么可怕的？夜深人静，躺在床上的时候，他不止一次地想象着自己死后的场景，会和这次有什么不同吗？在被疲惫像皮鞭抽打一般折磨之后，他挣扎着闭上眼，享受着睡眠带来的极乐，同时真切地感受到了"死即解脱"，这句话简直就是真理。

现在，老天爷连个安稳觉也不让他睡了，这简直让人生不如死。但要让他承认自己的失眠是秀香去世造成的，绝无可能。鲁德亮用他同事背后的话来形容，就是一块深山里的石头。此话怎讲？深山里的石头，风吹日晒锤炼过，品质过硬，但是又阴又冷，意思是他为人正直，却孤傲阴冷，有时候不近人情。他的倔强与冷漠表现在生活中的方方面面：不会说话，也不愿意学着讨巧，只要一出现就像个黑洞一样，能把周围的光和热都给吸进去；没有任何实质性的爱好，连孙子辈都嫌他无聊；除了一两个关系近的同事外，没有可以称得上朋友的人。

甚至于自己的身体，他也置之不顾，如果死要来，那就尽管来吧，一切都是注定了的，再说了，睡不着又怎么能称之为病？怎么能指望一个年逾古稀之人和年轻人一样，一沾床就不起来？儿子鲁明在后来的几次电话里，变着法子地劝他上医院检查一下，都被他拒绝了，以至于后来家里的电话都不响了，这样也好，耳根清净。

他觉得，睡眠的问题，他自有办法。

首先是严格控制饮食，晚餐清淡，并且每晚7点过后，不吃任何东西，只喝少量水。然后避免一切剧烈运动，上下楼也包括在内。

晚上睡前，他会倒好热水，先泡上半个小时脚，然后在饭桌上忙活开来，拿出笔墨砚台摆好，从废旧报纸中抽出两张，在桌子上铺好。刷牙前吃两片谷维素（在秀香的药盒里找见的，说明书上写着除了可以缓解更年期综合征外，还有改善睡眠质量的作用），刷完牙后关灯，坐在床头，不着急躺下，摸黑捏上一会儿脚，脚后跟靠近中间的位置有个什么治疗失眠的穴位，他大概知道，按一按肯定有好处。他的脚刚洗过还是温的，而且泡软了，他的手又是冰的，瘦削而坚硬，按压上去还挺舒服。

这一晚他又学着在街边小店里看到的样子，一板一眼地开始了自己的足底按摩。有时候，他完全沉浸其中，捏着自己的脚感觉就像是在捏一团泥。黑暗中他的脑袋一片空白，什么也不盼，什么也不想，只有手指在脚底游走，他能听见的除了自己呼吸和心跳，还有耳朵里逐渐变大的嗡嗡声——里面就像是充血了。一阵眩晕过后，他感觉自己在下落。

他任由自己下落，掉进一个深不可测的洞里。他的眼前不停有光在闪，他能感觉到，耳边有人在喊，内容却听不清，他的身边不断有人跑过，但是他根本追不上。有什么事情要发生了，他也必须行动起来。他想起身却被一根绳子缠住了，就在踝关节处，他必须挣脱，但是他全身疲软，一点劲也使不上。

他的一条腿触电一样猛蹬了一下，醒了，看表，凌晨两点，然后就再也睡不着了，在床上翻来覆去，就为了找到一个合适的姿势，把自己发麻的那条腿放好。他用两只手抱住大腿根抵在墙上，像按着一只待宰的鸡一样。大腿不停地抽搐着。他开始出汗了，胳肢窝、大腿内侧的汗流了出来，弄得人发痒，被窝里也臭烘烘的。

街道上一辆卡车亮着灯开了过去,震得玻璃响,把他从床上震了起来,再一看表,凌晨三点。一个小时就这么轻易地溜走了。他用温水洗了把脸(热水他受不了,冷水温度又太低,只会刺激得人更兴奋),擦干后在眼眶处抹了点油。

然后,他干脆不睡了,坐在饭桌前用睡前准备好的东西练起了毛笔字。用来练字的报纸是他上了年纪从刑侦队退下来、坐上办公室以后攒下来的,大部分是《法制日报》,有两大纸箱子,平时就放在阳台上,李秀香嫌占地方,一直想交给收破烂的,他死活不让,为此两人还吵过架。

现在,这些报纸没有多大用处了。从他坐在桌边,提笔写下第一行字那刻起,他就意识到这个问题了:自己原来是多么顽固,在很多方面,愚蠢的顽固,原来那些所谓的坚持是多么的可笑。

《法制日报》由原州市政法委主办,报纸篇幅不大,一般就四版。他最喜欢的是第三版,上面常常会以报告文学的方式连载一些案件,或者是侦破纪实录、当事人的访谈等;其次是第四版,叫作《原州文艺》,刊登一些历史典故、地方志、乡土小说和诗歌。

鲁德亮从事刑侦工作三十多年,参与破获的大小案件很多,但他还是会被报纸上的案子吸引。今晚他看到了这么一个案子:一个亿万富翁被绑架,警察赶来解救的时候发现他穿得破破烂烂,竟然架起锅给几个绑匪做饭,并且他们还经常打打牌、喝喝小酒,后来这位老板在接受采访的时候说多亏自己会做饭,才没有受大苦。

万籁俱寂,墙上的钟表滴答响着,别人都在梦乡里的时候,鲁德亮紧握毛笔,凝神静气,在灯下练字。他写得很快,一张报纸,四个版面,很快就被密密麻麻的小楷字占满了,内容都很随意,脑子里闪过什么写什么,看见什么写什么:"原州市委市政府",十遍;"法制日报"四个字,二十遍;"责任编辑贾敏竹",这个人名三十遍。

闻着废旧报纸散发出的油墨味,盯着黄灯下纸面上的重重黑影,他没有丝毫疲倦,反而感到思路清晰,越战越勇,去阳台箱子里又取了一张。将近十年的积累呀,翻开箱子的时候他想,他还能活多久呢?十年?那就赶紧用起来吧。

应该是时间过得更快了,练完这张后再一抬头,已经过了四点。他走进厨房,接了一壶水烧。把笔墨砚台收起来以后,他坐在沙发上,盯着四壁黑漆漆的空间发呆,只觉得眼窝肿胀,并且这肿胀感有往头里蔓延的趋势,闭上眼睛后感觉更加明显,像眼珠子被人使劲往里摁了一把。

一杯茶下肚以后,他愈发清醒了,胀痛的清醒,无聊的清醒,焦虑的清醒。他把家里所有的灯打开,瞎转悠,到处找事情干。客厅里的组合电视柜、茶几和一套沙发几乎占满了整个空间,只留了一圈过道,他就沿着这个过道转圈。之后又扫地、擦桌子,觉得饭桌不稳,找来硬纸片跪下来垫桌腿,把一盆君子兰从阳台搬到饭桌上,然后又挪了回去。就这样熬过了四点半、五点,一直到了五点半。中间他回到床上躺了一会儿,不是尝试睡觉,而是站的时间太久,腰有点酸痛。

五点半的时候,他穿好背心,穿上红色训练短裤,戴一双白手套,把饭桌上的废旧报纸卷成卷,带上下了楼。步行穿过马路,往东走一站路,就到了团结广场。在角落的一个垃圾桶边上,他把报纸展开来,撕成块再揉成团丢进去。天还没有亮,半空是铅灰色的，路面上传来清洁工人扫地的哗哗声，他伸展一下胳膊腿脚，原地扭了扭腰，再做几个下蹲，然后迈开腿，像一匹老马一样，跌跌撞撞，跑进即将发亮的黑暗里。

2

鲁德亮跑开来，两耳生风，身上的热气往外喷涌，感觉自己又像个年轻人一样，浑身有用不完的劲。脚下的这块地方他再熟悉不过了，哪里摆着运动器材，哪里有个桩子，哪里的地面有块凹陷，跑到哪里又需要拐弯，他眼睛闭上都知道。所以有的时候，他干脆会闭着眼跑。

通常情况下，他每跑五圈会在一个仰卧起坐的器材上歇一会儿，然后起来接着跑。每天二十五圈，这是上限，一来上了年纪，运动要有度；二来是客观条件所限，到了第二十五圈的时候，天已大亮，广场上陆陆续续开始进人，练剑的，打太极拳的，抽陀螺的，穿得花花绿绿跳扇子舞的，还有练嗓子的，好不热闹，当然少不了和他一样跑步的。这时候他就收摊了，这么多人在场，他感到不自在。

但是今天早上，他只跑了二十圈就停下了，坐在仰卧起坐器冰冷的铁板上喘气。太阳已经升起来了，早春三月，天气尚有些冷，太阳照在身上并没有多少暖意，运动的时候因为出汗，身上会发热，但是一静下来就不行了，静下来汗就要干，要带走热量。鲁德亮原本是个瘦高个，老了以后人变得更加瘦削，现在这身装扮对他而言，上身的跨栏背心开的洞太大，乍一看上去好像什么都没穿，一阵风吹过来，他抱着干瘦的胳膊，开始打战。

"啪——啪——啪"，不远处传来一阵皮鞭声，经常抽陀螺的人来了，抽打声刺得他鼓膜疼。这是个信号，其他人陆续要来。他爬起来，准备完成最后一道程序——健身操，年轻时在警校里学的，做完就走。

他站在广场的最东边，那儿有一道立起来的铁丝网把广场和外面隔开来，广场是水泥地，外面是荒地，广场的地面是灰白色的，人踩得多的地方被磨得发亮，外面则完全是另一番景象：到处是野草、建筑垃圾和土堆。那里面原来有个湖，后来水干了，成了一块巨大的泥淖，现在里面的臭泥虽然被太阳烤干了，但空气中还隐隐飘着股腥臭味，风大的时候，远处能扬起阵阵尘土。

鲁德亮抓着铁丝网做起了踢腿运动，光线打在他脸上形成网格状。他闭上眼，仰起头面对着太阳。突然，他觉得有些不对劲，脚底下什么东西窸窸窣窣，低头一看，有一团黑乎乎、毛茸茸的东西，他吓了一跳，本能地踢了一脚，那东西吱吱叫着，弹开了。

"老鲁，你干什么！踢它做什么？"传来一阵责备声，一个人加快步子走过来，弯下腰，张开手，说道，"来，闹闹宝贝，到这里来！"话音刚落，那团东西就蹦蹦跳跳，进了他的怀里。

来的人叫牛国柱，是鲁德亮以前的同事，也是他在整个广场上唯一能叫上名字的人。牛国柱比鲁德亮小两岁，生得矮胖，性格和鲁德亮截然相反，外向，话多，兴趣爱好多，早上起来也会来广场上走几步（来得比鲁德亮晚）。他们两个共事二十多年，又住在同一片家属区，互相都去过对方的家，这就够了，其实对鲁德亮而言，这样的人就是朋友（不管他承不承认，牛国柱可一直把他当朋友看）。

当然他们二人身上也有共同点，最大的共同点，除了原来都是警察外，就是两个人都没了老婆。牛国柱的老婆半年前死于癌症，有段时间，两个人早上在广场碰面，坐在长椅的两头，沉默无言，像两头悲伤的老黄牛。牛国柱沉默是因为老婆死了，鲁德亮沉默是因为本身无话可说，过了一段时间，牛国柱就想开了，他对鲁德亮说，老鲁，人活着真没意思，我算是看透了！

然后，牛国柱就开始找他认为有意思的事干，并且他干什么都想把鲁德亮拉上。他说，"老鲁，咱们去逛花卉市场吧""老鲁，瞧我这只鹦鹉多漂亮，你也养一只吧"或者"老鲁，楼下新开了一家饺子馆，咱们下馆子去吧"。他说的这些鲁德亮统统没有参与进来，或者干脆不予回应。现在，他又养上了一条狗。

这团黑色的、毛茸茸的、躲在他怀里发抖的小东西就是了。他给它取了个名字叫闹闹，是条泰迪，取这么个名字是有寓意的，不光因为它爱叫、爱蹦爱跳，更是因为牛国柱觉得这就是他的生活写照，是他的做人信条——人来到这个世上，就是要闹腾一番的。

他有点不高兴地对鲁德亮说："老鲁，这狗很听话的，不咬人，一个朋友送我的。老鲁，你看。老鲁？"

没有得到回应后，他又说："那我把它放开了啊。"

鲁德亮斜眼看了一下说："怎么不拴绳子，不怕跑了吗？"

牛国柱一只手把狗夹在胸前，伸出另一只手着急地晃："不可能，不可能的，哎呀你不懂，老鲁，我给你说，这个品种的狗很聪明，通人性的，你不信？不信你看！"

他把狗放到地上，弯下腰伸出右手对它说："来，闹闹，听话，握个手。闹闹，听话！"但是那狗只吐着舌头呼哧呼哧地哈气，冲他汪汪叫。

听到狗叫声，鲁德亮的脸上又露出了像听到陀螺抽打声一样嫌弃的表情。他扭过头往身后看时，抽陀螺的那个人正背靠着长椅，直挺挺地坐着，陀螺和鞭子扔在地上。他看到了那个人的秃头，上面褐色的斑块和条索状的突起，在阳光的映照下让人感到一阵恶心。

回过头再看牛国柱时，牛国柱像教训儿子一样用手指着狗的脑袋，让它和自己握手，可惜这只叫闹闹的小黑狗并不配合，非但不握，还想摆脱控制，从他眼皮底下逃出去。它试了一次，失败了，牛国柱一把就扯住了它的一条腿，拽过来以后用手死死地摁在地上。鲁德亮有点同情这小家伙了，它浑身瑟瑟发抖，两粒黑豆般的眼珠子看着他，像是在求助。

"老牛，算了，别试了。"

"奇了怪了，在家里还好的呀！"牛国柱把手松开，又放到它面前，做出握手状。

"我相信你说的，老牛。"鲁德亮说着，展开双臂，双腿伸直，弯下腰用手抓住自己的脚踝，按住不动，这样要保持三分钟。这是最后一个动作，做完他就走。

牛国柱知道鲁德亮马上要走了，有些失望地站起来，他的装备齐全，拿出一条毛巾开始擦汗。也许是胖的缘故，就这么一会儿，他整个人已经汗流浃背了。

他刚一站起来，狗就跳开了，迈着轻快的小碎步顺着铁丝网跑，边跑边嗅，停下来撒了泡尿，接着一路小跑进了广场，在水泥地上蹦。小家伙的皮毛在阳光下油亮油亮的，是一个自由活泼的存在。

鲁德亮准备走了，他身上的汗已经干了。牛国柱见状说："老鲁，别急着走嘛。我给你说个事儿，你晚上过来吧，你看你老是这么一个人，也没个兴趣爱好——"

他的脸上露出诡异的笑容，走近鲁德亮一步说："你今晚过来，我给你找个事儿干，有好些人想认识你呢。怎么样，老鲁？"

晚上来广场这件事，牛国柱已经在鲁德亮耳边吹过不止一次风了，鲁德亮知道他们这帮人一到晚上在这儿干什么，无非就是聊天，跳舞，广场中央会放一个大音箱，不断播放"靡靡之音"，男男女女借着黑暗搂搂抱抱。他是不可能去的。至于说要给他介绍什么人认识，他连想都不愿意想，别的不说，现在，这把年纪，再认识一个女的，有什么意义？

"老鲁，你再不来，以后可就没机会了。这儿也快没了。"牛国柱意味深长地说。

"嗯。"鲁德亮随口附和道。

"你还记得那个案子吗？"牛国柱指着铁丝网外面的荒滩对鲁德亮说。

鲁德亮说："哪个？"

牛国柱说："就是那个湖边杀人案嘛。"

鲁德亮怔了一下，突然呆住，没了话。

牛国柱笑着说："怎么，你记不起来了？哈哈，还有你想不起来的事情啊。"

鲁德亮顺着他的话说："老了，记性确实不好了，怎么，你给点提示?"

牛国柱说:"1991年,一个孩子被杀。"

鲁德亮一拍脑袋,做出恍然大悟状:"哦,想起来了。"

"想起来了?"牛国柱顿了顿又感叹说,"时间过得真快啊,老鲁,一晃这么多年过去了,变化太大,连这湖都干了,你能想到吗?反正我没有想到。你说这几十年,有多少人死在里面了,多少冤魂?'文革'那会儿在这里自杀的,他杀的,包括后面一些个案子死的,现在可好,全都暴露在这大太阳下面了。"

鲁德亮没有接过话茬,他直挺挺地站在铁丝网边上,双手叉腰,眉头紧皱,凝视着前方。

"老鲁,想什么呢?"牛国柱问。

鲁德亮想什么只有自己心里知道,他从来不会主动分享自己内心的想法。

但是这一回他却说:"我在想你说的那个案子,你说那孩子,多可惜的,如果现在活着,不知道在干什么。"

牛国柱问:"你说的是哪个孩子?有两个。"

鲁德亮连忙说:"你说得对,有两个,瞧我这记性。"不知道为什么,今天他有些狼狈。

这件案子是这样的。1991年8月,正值盛夏,一个5岁小男孩的尸体在原州县城(当时的原州还未撤县设市)东边的永清湖里被人发现,发现时已经高度腐烂,当时为了稳定人心,官方对外宣称只是又一起玩耍时造成的意外,是溺亡,但是坊间传言是一起谋杀。鲁德亮和牛国柱参与了整个案件的侦破。结果是令人吃惊的,杀人犯最终被锁定为被害人的邻居,一个只有14岁的男孩,当时正在读初中二年级。据案犯自己交代，他趁周末邻居家大人不在之际，用糖果把被害人骗出来，引诱到永清湖边上用电线绳将其勒死，然后装进一个事先预备好的尼龙袋子，沉进了湖里。他的作案动机十分荒唐，同时又让人后背发凉：他曾目睹自己的父母和被害人父母因为一件小事有过口舌之争，由此滋生报复念头。至于作案手法，他交代说自己曾经这么处死过老鼠。

这道铁丝网就是那件案子的产物，当初设立起来就是为了对永清湖进行封锁，后来又加固了几次，从防止人到湖边去玩水到防止人不小心从泥沼里陷进去，再到现在，彻底成了摆设，或者说，它本身已经成了原州市东郊的一条风景线。铁网里的荒滩上，野草长势惊人，形成一片草滩，风吹过来，草秆随风摇摆，叶片发出唰唰的响声，夏天一个人来这里，站在边上的时候蛮吓人的，总觉得里面藏着什么会突然冲出来。

水干了，草就开始死了，草一死，许多小动物也就跟着绝种了。现在，就连这个烂摊子也保不住了，在新一轮的城改项目中，政府盯上了城东这块宝地，包括围绕永清湖一圈的周边地带，一些老建筑、老街道，全都要拆掉改造。开发商早就开始了行动，部分路段已经封闭开始施工，不少建筑外面已经有了围挡，每天早上，走在原州市城东的大街小巷，抬头看到的最高建筑不再是过去邮政大楼上整点报时的大钟，而是身边竖起来的起重机塔吊，听到的不再是鸟语，闻到的也不再是花香，取而代之的是庞大机器的轰鸣、拉土车排放的废气和施工时产生的粉尘。

鲁德亮住的老楼所在的家属区，据传也在此次改造范围之内，虽然尚未有什么动作，小区内没有打出任何关于拆迁改造的通知、标语、横幅,但是背地里暗流涌动,早已人言纷纷。这件事对鲁德亮来讲,叫"未能幸免",而牛国柱则称之为"欢欣鼓舞"。拆迁也好,征地也罢,只要动了,就要产生赔偿,就有钱,这大概就是牛国柱,还有很多人心里真实的想法。但是鲁德亮想得更多,也许是他对变化感到陌生,对消失感到失落,他有种压迫感,就像晚上睡觉时胸口压着块石头,白天又把这看不见的石头挂在脖子上一样,众多难以名状的事物萦绕在他心头,在他埋首于小广场上跑圈时,在黑暗中,它们像看不见摸不着的影子一样在空中飞,不停地撞击着他的大脑。

"闹闹,闹闹!"牛国柱又喊起了他的狗。

没有动静,没有狗的影子,广场上没有,健身器材旁边也不见。牛国柱把毛巾搭在肩膀上,转了一圈又回到了原地。

他们在距离十来米的另一段铁丝网下面发现了闹闹,它侧身躺在地上,正呼哧呼哧地喘着气,肚皮被伸出来的一根铁丝戳进去,钩住了,伤口处的皮毛湿漉漉的,有血渗了出来。这铁丝网乍一看是完整的,但如果近距离仔细瞧,就会发现下面每隔一段有个豁口,有的只有足球大小,有的成年人蜷起来也能通过,铁丝的断处很锋利,像刺一样,明显是有人用钢丝钳铰开的。

"哎呀,这他妈谁干的?"牛国柱情绪激动地大喊大叫。

"别喊了,带纸了没有,没有就把毛巾拿过来!"

把铁丝从伤口处拔出来的时候,小家伙疼得嗷嗷直叫。鲁德亮把毛巾扯成宽条,在它身下缠了几圈,最后在背上打了个结。看到刚才还活蹦乱跳的小狗变成了一块缠了白布的豆腐块一样的东西,牛国柱简直要气炸了。

"操他祖宗的,要是被我抓住,剥了狗日的皮!"

"你为什么不给它拴绳子?拴住了,不就什么事都没有了?"鲁德亮质问道。

"老鲁,你怎么和他们站在一边?连说话的口气都这么像?你知道有些人,尤其是现在的年轻人是怎么说咱们的吗?'文革余孽'!我就被指着鼻子骂过!老了,不中用了,被人这样骂,我看现在的这些年轻人腐化,堕落,才看不到任何希望!"

牛国柱骂骂咧咧,抱着狗先一步走了。鲁德亮走出广场的时候,和一群穿得花花绿绿,拿扇子的女人照了个面,从她们中间穿过去的时候,闻到的脂粉味让他感到饥饿无比。

3

又一个深夜,鲁德亮准时爬起来,昏昏沉沉,感觉全身的重量都集中在了头上,身子轻飘飘的,随时都有可能摔倒。他忘了用温水洗脸,直接拧开水龙头,把头泡进了凉水池子里。这次竟然什么感觉都没有,受到刺激后也并没有觉得更加清醒。在从卫生间走出来的时候,因为踩到溅在地上的水,他真的摔了一跤,在脚底打滑、身子腾空起来的瞬间,他抓住了门把手,整个人斜着重重地撞在了门板上。

在那一瞬间,他想到了死。倒不是因为怕死,而是他想到,死简直太容易了,尤其对他这么一个上了年纪的糟老头子而言,随便磕上一下,哪个部位碰一下,或者只是躺在床上翻个身,就有可能把老命送了。这个念头一经产生，从脑子里一闪而过，就被无形的手牢牢抓住了，就像落地生根了。

就怎么也挥之不去了。

他的心跳一下子就加快了，不光是心跳快，他觉得自己全身的肉都开始抖了（因为撞了一下的缘故？），汗水随着急促的呼吸从毛孔里渗出来，在身上裹了一层，像刚从游泳池里爬出来一样。情况比在广场上跑步时还要严重。

这就是要死了吗？

鲁德亮首先想到的是给儿子打电话，手机没电了，他就用座机打。但是他突然记不清号码了，132开头是肯定的，尾号是6876还是6786？中间的四位又是什么？彻底忘了。他跪在地上，拉开电视柜的玻璃门找电话本，在一个鞋盒子里翻到了巴掌大的一个黑本子，一起翻出来的，还有一个打火机，一盒烟，一沓黄表纸，一沓白纸，两把檀香以及压箱底的东西——秀香的孝簿。打开来，一个个熟悉的名字跳入眼帘，这些人，他想，如果不出什么意外的话，也会出现在自己的葬礼上，在同样的一个本子上写下各自的名字。

儿子鲁明永远在电话本最显眼的位置，然后才是他的两个女儿，鲁娜和鲁一沙。鲁德亮一直觉得二女儿一沙和他最像，性格一样倔强，认定的事情坚持去做，不管旁人怎么说，儿子鲁明则不然，为人精于算计，加上本身在银行系统工作，让他有点反感。但是，自己的后事还是要交给儿子办，他是那个能在众多骨灰盒中选中最适合自己的的那个人。

电话差一点就接通了，已经响了一声，他无意中抬头看了一眼钟表，啪的一下就给挂断了。凌晨三点半，疯了吗？这时候打的哪门子电话?

话筒上都是他的汗,沙发垫子上也是。刚才万一通了,除了在大半夜制造一番惊吓外,还能起什么作用?他是不愿意给任何人制造麻烦的,更不想成为任何人的负担,那么结局很有可能是这样的:他死了,陈尸数天,邻居会因为受不了腐臭味报警,警察破门而入;或者儿子女儿联系不上他而亲自上门,敲门不应后用备用钥匙开门,发现他已经死了好些天。说不定他还会因为这件事登上报纸,当然不可能上《法制日报》,因为他的死不可能成为他杀,最有可能出现在《原州晚报》的生活版面,借此提醒一下广大市民关爱独居的孤寡老人。

汗继续在流,刚才撞到门板上的部位开始疼了。他进厨房烧了一壶水,把脸盆架子端出来放在客厅,扒光身上的衣服,赤条条地站在客厅中央,用掺好的水擦洗全身。

温水是疼痛的缓解剂。在擦洗的过程中,他想起了自己年轻时在乡下派出所工作的经历。那是一个少数民族聚居的乡镇,山大沟深,黄土遍地,生活穷困凋敝,有一次接到电话出警,说某个村出现了非法集会,他骑着三轮摩托火急火燎赶过去,才发现是有个人去世,在举行葬礼。

在一片黄土地上,头戴白帽、身穿素服的亲友们把死者围在中间,诵读经文。没有人哭,没有人喊,没有花圈,也没有纸钱,一切都很简单。他们走后,在扬起的尘埃落地后,地上只留下一个长方形的土块,那里面,六尺之下,是一个白布裹的尸身,连副棺材也没有。

这样很好,这样的葬礼在鲁德亮看来,就是完美的。有的地方死人叫"无常",人无常以后,下葬前要净身,就是用干净的水擦洗全身,要洗涤人间的污秽和自身的罪孽,干干净净见上帝,接受上帝的审判。

这不正像他现在做的吗?

开了三次煤气灶,换了五盆水,用了两块毛巾,鲁德亮擦了他能想到、能够得到的每一块地方。罪孽如果能从耳洞里、肚脐眼里、胳肢窝里,能从大腿中间生出来的话,现在就已经被他消灭了。

四点钟,他坐在饭桌前,俯身在两张旧报纸上,开始练习书法。不过这次的情况实在和前几天不能相提并论,头昏昏沉沉不说,眼睛也花了,整齐的小楷字没办法写了,甚至有那么一刻,他觉得自己的脑子已经不转了,不知道应该写什么了。报纸上大大小小那么多字,照着抄也没办法抄了。他的脑子里只剩下最简单的东西,一些名字。他开始写自己的名字,鲁德亮,五遍;然后是李秀香,五遍;鲁明、鲁娜,各五遍;鲁一沙,十遍;他想起了牛国柱,三遍;想到牛国柱的小黑狗闹闹,接着就想到了牛国柱白天提到的那几个字——"文革余孽"。

"孽"字怎么写?鲁德亮不会了,连着写了三个看着都不像,要么笔画不对,要么头重脚轻,画圈后继续写,还是不尽如人意。在晚上睡不着觉决定用练书法打发时间以后,这还是第一次写得如此糟糕:报纸上除了一堆大小不一样的、潦草的人名外,就是一连串黑圈。

这一晚的书法练习只用了一张报纸就草草结束了。四点四十分,鲁德亮回到卧室,重新躺下来。身上香皂散发出来的味道让他暂时忘记了头疼，闭上眼，抱着被子的一角眯了一会儿，以为自己真的睡着了。但也就是短短的那么一会儿而已，没过多久，街道上的渣土车一辆接一辆，轰隆隆开了过去，这时候不光是玻璃窗户嗡嗡响，整个楼板都在晃，好像要塌了一样，不远处的工地上也有了动静，传来一阵像是电钻的声音，嘤嘤嗡嗡，像只恼人的蚊子在枕边飞来飞去。

五点十五分不到，他就把所有东西都准备好了，这次带得很齐全，准备了一个手提袋，学牛国柱带上一块毛巾，用一个小塑料袋把钥匙包起来扎好，还有那张废报纸也折起来扔进去。在收拾笔墨纸砚的过程中，走到靠近大门的地方，他突然听到楼道里有响动，有人从楼上走下来，碰到了走廊扶手下面的铁栏杆，发出咣的一声。他想，整个单元有人比自己起得还早？走廊是黑的，外面的灯早几年就坏掉了，透过猫眼什么也看不到。那人停住不动了，应该就停在他家门口，坐在台阶上。

这个点，鲁德亮要是认真听，声音再细微也逃不过。

他把耳朵贴在门上，听到了那人短促的喘气和呻吟声。这时候他完全可以开门走出去看看情况。但是转念一想，只要是这楼的住户都知道楼道里哪些地方的扶手是坏的，下面的钢筋被人弄断后拉出来，露在外面，所以他断定对方不是附近的人，会是谁呢？

等那人走了，他才开门出去。下了楼道，穿过小树丛和花坛，绕过摆在地上的坛坛罐罐，经过一个大垃圾坑，来到小区的铁大门。大门一直是锁着的，缠了一把链锁，但是上面的小门是开的，旁边不远处就是门卫室。跨过小铁门来到大街上，他终于看到了那个黑影，离他三十来米远，正一瘸一拐地往前走。

鲁德亮想，照这个样子，只要他跑起来，不费什么工夫就能追上这个人，但是他错了，一跑起来对方就察觉了。黑影一个加速，跳进路边的绿化带，不见了。

4

把报纸扔进垃圾桶，热身完毕后，鲁德亮又开始跑了。五圈，轻松无压力，身上微微发热，胳肢窝、大腿内侧开始出汗；十圈，可以应付，呼吸加深加快，口唇开始发干。下一个目标，十五圈，要做到心中有数，旁无杂念。可是到了第十三圈的时候，情况急转直下，他的心跳突然加速，像要从胸膛里蹦出来一样，汗水很快就把背心弄湿了，同样湿了的短裤也绷紧了，加上他数天来没有睡过一个好觉，本身已经非常虚弱，一下子就变得寸步难行了。

天边泛起了红光，鲁德亮的眼前却一阵一阵地发黑，他瘫软在仰卧起坐器的铁板上，一边用毛巾擦汗，一边喘着粗气。一阵风吹来，好像把他带进了另一个世界，气流冲进耳朵里，发出阵阵鸣响，他仿佛听到了李秀香在同自己说话，她说，老鲁啊，都这个时候了，你还在和谁过不去呢？

他躺着，一直到天大亮。太阳跳出来，像个发红的蛋黄，完整得不可思议，周围的云轻纱一般，渐渐淡了，化了。他身上的汗干了，也感到些许暖意。从健身器材上爬起来的时候，鲁德亮想，这样的景色，他还能再看几眼？

他用了差不多可以跑三圈的时间回到家里，然后在沙发上坐了半个小时,思考自己接下来的生活。七点的时候,他穿戴完毕,上了一辆开往市人民医院的公交车。

原州市的中心在城市的西北方向,主要的机关单位和商业区都集中在那一带,鲁德亮上的601路公交车,就是从市东郊的傻傻淀粉集团公司开往那里的。在房地产开发兴起之前,淀粉加工一直是原州市的支柱产业,市里大大小小的淀粉厂不下20家,它们的生产模式清一色的简单粗暴,就是把当地最主要的农作物——洋芋,从农民手里收购上来,加工成淀粉,再把废水通过管道排掉。傻傻淀粉集团公司是其中最大的一家,它的废水排进了流经原州市最主要的河——葫芦河里,淀粉渣在河里经过发酵后产生恶臭,弄得周遭也臭烘烘的。

车上的人很多,想找个下脚的地方都难,鲁德亮被两个送孩子上学的家长夹在中间,随着车辆在坑坑洼洼的路面上晃荡。他不知道自己是否要在医院抽血化验,所以没敢吃东西,只喝了两杯水,这样晃的时候就觉得肚子像个灌满的猪尿泡。幸好他个子高,后背刚好顶着其中一个学生的大书包,又抓紧一个塑料抓手,这才感觉好一点。

他觉得,车上的某个位置很有可能坐着从淀粉厂那一站上来的工人,不过人太多了,不知道具体在哪儿。在这样糟糕的环境下,乘坐这么糟糕的一辆车,还要去医院这种糟糕的地方,如果他这次身体再检查出什么毛病,那就真的没有比这更糟糕的事情了。透过车窗,在眼前没有什么风景而言的时候,就只能求助于回忆了。

医院一直是鲁德亮讨厌的地方,包括他的孙子出生,儿媳妇在这里做剖腹产手术,他过来探望时,也一分钟不想多待。讨厌就是讨厌，说不上什么特别的原因，大概就是受不了那种压抑的氛围吧。讽刺的是，鲁德亮自己的人生轨迹却与医院撇不开干系，甚至还留下了非常浓重的一笔，究其原因，是他的老伴李秀香就是一名医务工作者。事实上，他们二人的第一次见面就发生在这家医院里。那还要追溯到四十多年前，二十世纪七十年代的某天，鲁德亮遭到一群暴徒的围追堵截，情急之下躲进了附近的一座二层小楼里。暴徒们手持砍刀、棍棒追了进来，在二楼的楼梯口，一个护士告诉他们要找的人进了一个房间后跳窗跑了，这才救了他，这个护士就是李秀香。那座二层小楼就是现在原州市人民医院的雏形，当时叫原州县反帝医院。事后她把浑身是血的鲁德亮搀扶进女厕所，在那里给他的伤口进行了简单包扎。之后鲁德亮就在医院住下接受了一段时间治疗；伤愈后，他每隔一段时间就会从单位请假，骑着自行车去找那个护士换药；再后来伤口好了，依然去，找机会和她聊天，约她出来……

真正到了地方以后，鲁德亮发现自己对医院的讨厌，原因可能更加简单，就是这里和公交车没什么两样——到处都是人。从走进门诊大厅的那一刻起，就好像进了一个菜市场，大厅绿色的塑料顶棚和人们此起彼伏的叫嚷声让两者看上去更加相似。

在导医台填写挂号单的时候，他告诉护士自己睡不着觉，头疼，心跳得也厉害，还会不正常地出汗。他摸着脑门说："看，就像现在这样流汗，止不住。"护士似乎被难住了，犹豫了一下说："心跳得厉害，那就先去心血管内科看吧。"他拿着单子，到窗口排队。一共四个窗口，每个后面都排着歪歪扭扭的长队，到他的时候，里面的人说："只有九点以后的号了。"

九点一刻，鲁德亮从诊室出来，手里捏着一大堆检查单。在窗口又经历一遍排队，交了钱以后，他感觉到走路不稳得更加厉害了，头疼眼花也更严重了，眼前的人们争分夺秒，行走飞快而匆忙，他心里着急，但是做不到呀，别人蹭蹭蹭一步三个台阶，他一步一个台阶都难，稍不留意还有踩空的危险，别人看来巴掌大的字，在他眼里就像蝌蚪一样。在所有走廊、墙上、门上悬挂和张贴的标识里，最醒目的反而是那些宣传画以及口号标语，哪里是抽血化验，哪里是心电图，哪里又是B超检查，他一点头绪都没有，他只想赶快把检查做完，尽早回家拉倒。

看来上医院还是比去菜市场难，黄瓜、茄子、西红柿，三种颜色，很好分辨。他只好返回去，求助导医台的护士。"一定要先抽血，不然结果在11点前出不来，心电图和B超无所谓前后。"护士告诉他说。这下他可记住了，并且在心里默念：先买西红柿，就是抽血；茄子，圆茄子，也就是心电图，还有黄瓜——B超，两个随便买。

抽血的时候，他把胳膊袖子挽起来伸进窗口，眼看着针头就要扎进去了，牛国柱打来电话。牛国柱的电话不能不接。鲁明的电话都可以置之不理，牛国柱的不行，如果不接，或者不小心按错键拒接，他就会每隔几分钟打来一个，直到打通为止。

牛国柱在电话里说他找到把闹闹弄伤，也就是把铁丝网弄断的人了。他说他发现了一帮小学生，放学以后会钻过洞去在荒滩里踢足球，除了他们还能是谁？有人养没人教！隔着电话鲁德亮仿佛都能感觉到牛国柱的怒气，像一头脾气暴躁的老公牛一样，就要朝那些孩子们冲撞过去。他想，就凭那些孩子的细胳膊细腿？怎么可能？但是他没有在电话里反驳，这样做只会没完没了。在电话就要挂断的时候，牛国柱问："老鲁，今早你干什么去了？怎么没来锻炼？"

鲁德亮说："我在医院里。"窗口里的护士已经开始用厌恶的眼神瞪他了。他对牛国柱解释说："我来办理一些李秀香遗留的手续。"挂断电话后，他对护士说："我老伴就是你们医院的，也是护士，去世了。"

拿到所有检查结果，鲁德亮返回一开始进去的诊室，已经十一点半了。接诊的大夫变成了一个年轻小伙，看样子不会超过35岁，而早上坐在这里的还是一个中年人。

"老人家，您没有什么问题啊。"年轻人看了一眼检查结果说。

鲁德亮有点不相信自己的耳朵，换作其他人，任何人，听到这句话估计要高兴地跳起来才对吧。他仍然质疑是因为自己身上的问题明明在啊，晚上仍然睡不着觉，茶不思饭不想，还有动不动就冒虚汗，心脏可能也出了问题。

年轻大夫笑着说："老人家，您是不是有什么思想负担？您的心脏没有任何问题，心电图的结果写得很清楚。至于说冒虚汗，您到现在还没有吃东西吧，又折腾了一早上，肯定是血糖低了。您看这快到饭点，连我也开始冒汗了。"

鲁德亮的倔脾气又上来了，他认为这个年轻人不负责任，他是来看病的，而这个所谓的大夫却在拿他的问题开玩笑。他越想越激动，感到有股强烈的暖流从自己胃里冲出来，一直顶到了脑门上，把他顶清醒了。在这一瞬间他感到了无限悲凉，觉得自己是如此微不足道，同时他心底的求生欲望一下子被激发起来了，他还想好好地活下去。他很绝望，如果这就是最后的关头，那么他就要迈出这一步了。

他颤颤巍巍地站起来，用几乎哀求的语气说："大夫，我的要求很简单，你能不能开点安眠药，就让我睡个安稳觉吧。"

年轻大夫一看这阵势赶紧摆手让鲁德亮坐下来，说给他几分钟想一想解决的办法。他埋头沉思片刻，在一张纸上写了几个字，然后交到鲁德亮手里。

"老爷子，您的问题我真帮不上忙，建议您去这个地方看看，记得去的时候把家人叫上。"

鲁德亮接过纸看了一眼，诧异地看着年轻大夫。

"海洋世界？"就是那个他曾经带着孙子去的，里面有企鹅和海豚的地方？

"对，坐公交车就在那一站下，对面就是。一定要去，您的问题只有那儿能解决。"

临走时，年轻大夫又对他说："上了年纪就不要勉强自己，以后早上别去跑步了，您这样跑，没问题都能跑出问题。还有，把心放宽些，多让家人陪陪。"他诚恳的语气，真挚的眼神，一点也不像在开玩笑。

离开医院的时候，鲁德亮满脑子想的都是有关海洋世界的事情，这年轻人到底卖的什么关子？因为太饿，他在路边摊买了一个烤红薯，不知道是红薯本身的原因还是他心不在焉的缘故，看上去烤得发黄，闻着香气扑鼻，嚼起来竟然没什么味道。

5

中午的时候,电话响了,是牛国柱。

"老鲁,今天早上你怎么又没来跑步?"牛国柱在电话里问他。

鲁德亮不知道该怎么回答。

"是不是家里出什么事情了?"牛国柱问。

怎么说话的?他生气了,当即想反驳两句,却发现喉咙里像卡着什么,说话变得不利索了。

他们约好下午四点在广场见面。鲁德亮随便吃了点东西,倒头便睡。晚上失去的东西白天全来了,这一觉睡得足够长,睁眼一看已经四点,想起答应牛国柱的事情,他赶紧爬起来,匆匆忙忙往外赶。

他的脑子和外面的天色一样,灰蒙蒙的,不是特别清醒。街道上冷冷清清,广场上也是一样,要不是知道牛国柱来了,他以为四下里空荡荡的只他一个人。

牛国柱站在铁丝网边上,手里拿着什么亮闪闪的,走过去一看是一把钢筋钳。

"你这是干什么?"鲁德亮问。

"你不要管,就问一句,今天这事,你帮是不帮?"牛国柱说着就拿起那大钳子,像剪纸一样,咔嚓铰了起来。

"什么事嘛?老牛,你这是怎么了?和这铁网过不去干什么?"鲁德亮问。

"早就给你说过了,你为什么不信?就是他们干的!"牛国柱暴躁地捶了一把铁丝网,鲁德亮这才注意到,离他们有段距离的荒滩上，有一群孩子在踢球。

"你这简直是胡闹嘛，他们只是孩子，你拿他们撒啥气？快停手！"鲁德亮伸手去拍他的肩膀，想让他停下来，没想到牛国柱反倒抬手推了他一把，他一个趔趄，差点没站稳。

"你自己看，"牛国柱一把就把什么东西甩在了他面前，说，"我们两个是余孽，你这个余孽还帮人说话。"

地上扔着一团脏兮兮、毛茸茸的东西，鲁德亮走近细看，才发现是牛国柱的狗，已经死了，皮毛上沾着血污皱成一团，分不清头在哪里。

鲁德亮吃了一惊，这才相信牛国柱不是在开玩笑，在一阵铁丝被剪断的声音中，他分明感到眼前这个人已经红了眼，他想这下更要跟紧了，防止有什么不理智的事情发生。

"我帮你，老牛，咱们一起进去。"鲁德亮说。

牛国柱没有回应，埋头只顾使用蛮力，一边吭哧吭哧地喘气。

鲁德亮觉得自己说起话来瓮声瓮气的，一点底气都没有。和牛国柱共事这么多年来，这种情况还是第一次发生。

甚至，这一回，他还有些胆怯。作为一名警察，他什么没见过？但这一回，一跨过这网，他却忍不住战栗起来。

他们两个走进荒滩时，刚才灰蒙蒙的天突然黑了，造成地上也黑了，看不大清了。

"老牛，咱们回去吧，你看这天都黑了。"他试探着说。

牛国柱背着钢筋钳，一声不吭地大踏步向前，他也只好硬着头皮跟在后面。经过一段布满碎石块的土路后，鲁德亮觉得他们走进了草滩。脚下的路踩着变舒服了，能闻到一股野草的腥臭味道，然后又隐隐感觉有些滑腻,不好走了。地上有水。

哪里来的水?鲁德亮有些疑惑。

他想掏出手机给脚底下照照路,来点光亮,可是不管他怎么按,它就是不亮,连个时间也显示不出来。

"到了,你看。"牛国柱突然停住对他说。

"哪儿?"鲁德亮问。

"那儿,就剩一个了,看我不收拾他。"

很奇怪,这时候不知道为什么又有了光亮,借着光看去,不远处果然有个男孩。鲁德亮还没有反应过来,牛国柱提着钢筋钳就冲了上去。鲁德亮想这家伙一准是疯了,一定要阻止他。

"老牛,你疯了吗?孩子你快跑!快跑!"没有从后面抱住牛国柱,鲁德亮只能着急地冲着那孩子大喊。

从他嗓子里出来的声音,反而震得他脑子生疼。他闭上眼睛,弯腰抱着脑袋,过了一会儿才缓过神来。

孩子不见了,牛国柱也不见了,他就这么一个人漫无目的地走着。月光从乌云的缝隙里透出来,起风了,他觉得有些冷。走着走着前面突然出现几棵柳树,然后是一大片墨蓝色,安静地呈现在眼前,像一个巨大的深渊。

他发现自己来到了永清湖畔。

他放慢了前进的脚步,尽管这样,他的额头已经开始出汗,他的两腿也开始打战,他听到内心有声音在喊:"鲁德亮,快跑!"

于是他撒腿就跑,但是他发现自己双腿发软,怎么都跑不快。一切都来不及了,一个黑影从斜刺里冲出来,将他扑倒在地。

他们扭打成一团,从一个小坡上滚落下来,滚到了湖边。他完全不是这黑影的对手，三两下就被压在身下，喉咙被对方死死扼住，叫都叫不出声来。月亮出来了，他看清了黑影的脸，一张血淋淋、五官缺失的脸，怪物一般，血从那双发白的眼睛里流出来，滴在他脸上。

见他还死命地挣扎反抗，黑影捡起手边的石块开始砸他的脸，他觉得自己脸上的骨头被这石块三两下就凿烂了，血像热水一样涌出来。之后黑影开始把他往水里拖，全身都泡进去以后，他被翻过来脸朝下、往湖里摁。水从他的嘴里、鼻孔里和耳朵里灌进去。他没办法呼吸。他感到绝望。

他醒了。

又一个绵长的噩梦。自从那天牛国柱跟他提起"永清湖杀人案"之后，这已经连续第三个晚上做类似的梦了。房间里雾蒙蒙，白生生的，他睁开眼睛，觉得身体漂浮起来，从卧室漂到了客厅。

钟表上显示三点半，接下来又将是一个不眠之夜。他瘫坐在沙发上，嘴张开，喘着气。一会儿，待心跳不那么剧烈，身上的汗干得差不多的时候，他拿出笔墨纸砚，开始伏案练字。

没坚持多久，他便放弃了，他根本没有办法集中精力，写了两笔就觉得头昏眼花。他发现自己即便是醒着，也不由自主地要往那梦里去。对他来讲，那是个熟悉的梦，四十多年前，他就被同样的梦境折磨过。现在它又来了。

它来了，回忆也跟着来了。梦是假的，回忆却是真的，梦只在做梦的那片刻掌握主动权，回忆（尤其是不好的回忆）却能够缠绕人的一生。几十年来，鲁德亮小心翼翼地规避着属于自己的一些回忆禁区，他不去想，它们也不来打扰。没想到，几十年后，它们又借用噩梦这种方式来了。

又到了用水擦洗身子的时候了，鲁德亮起身去烧水，但是烧到一半他就把插销给拔了，转而走到卫生间去接凉水。这一次，他要用凉水擦；这一次，他要把自己浇个透心凉，让自己变得更加清醒；这一次，他要改变浑浑噩噩，和那些回忆决裂。

他把脸盆架子从卫生间挪到客厅，水接好了，毛巾、香皂准备好以后，开始脱衣服。他穿着内衣内裤，外面套着棉睡衣，他刚把上身脱掉，门外就出现一丝响动，于是又赶紧穿回去，蹑手蹑脚地往门厅走。

他确信自己又听到了一个人的喘息，与前些天听到的一样。透过猫眼依旧什么都看不到，他就把耳朵紧贴在门上，细听着门外的一举一动。

外面突然静下来了，除了自己的心跳外，什么都听不到了。难道听岔了？不可能！

他的倔劲又上来了，不信对方不犯错，于是他耳朵贴门，保持着这样的姿势，固执地站着，一直到忍无可忍。

他把门打开，像个幽灵一样，在黑暗中抓着扶手，在楼道里蹑手蹑脚地走来走去：上楼，下楼，出楼道门，在院子里溜达一圈，返回来，上楼，回家。

除了一户人家半夜起来冲厕所外，他什么都没有碰到，外面安静得像死一样。可是等他回到家准备擦洗的时候，那声音又出现了，听上去分明是一个人在叹气。这时候的擦洗已经完全没有必要了，经过这一番折腾，他彻底清醒了。

掐了自己大腿一把，确信不是做梦后，他开始感到害怕了。

难道这就是所谓的幻觉？他找来手电筒，出去又探查了一圈，一无所获。

那声音就像回放一样，一遍又一遍地冲击着他的鼓膜，闭上眼睛，他觉得有什么东西在他脑子的最里面跳动，直至膨胀……

"海洋世界"这四个字蹦了出来，他觉得自己已经没有办法正常思考了，就坐下来，把它写在了报纸上。

鲁德亮十分清楚那地方意味着什么，但是这一刻，望着桌上的这张报纸，他却有种如释重负的感觉。

第二章 海洋世界

6

"法国有位哲学家曾说过一句名言:他人即地狱。各位,这句话应该如何理解?"

"说的是现今人与人之间的关系,冷漠,互相厌恶,猜忌和提防。"

"我觉得这句话可以从心理学层面上理解。站在专业的角度,我把它理解为人与人之间缺乏真正有效的理解和沟通,细想一下,这其实是一件非常可怕和痛苦的事情。"

"刘教授,我读过萨特的书,我的理解是人只要活着就没有真正的自由,本性被他人压抑,没办法展现自我,对于自己这个存在而言,其他人的存在就是一种压迫,说极端一点,就是地狱。"

"得了吧,你们都在胡扯,这不明摆着嘛,这个哲学家病得不轻,有严重的被害妄想,应该立刻住院接受治疗!"

台下传来一阵讪笑。

"好了,休息十分钟。"

这是发生在一次教学课堂上的对话,地点为原州市脑科医院住院楼四楼的小教室,提问人是刘宏斌教授,台下坐了十来个人,有他带教的研究生,有参加住院培训的年轻医生,还有几个旁听的进修医师,大家七嘴八舌,在自由讨论时间各抒己见。

　　刘宏斌教授,主任医师,今年69岁,曾在原州市脑科医院担任病区主任、业务副院长,是该院重点学科的带头人,享受政府特殊津贴的专家。在他担任院领导期间,原州市脑科医院从一家名不见经传,只有一百多张床位的地方小医院发展成为省内知名的专科医院,在上一轮医院等级评审工作中,医院被省里评为三级甲等医院。作为一家专科医院,这是相当了不起的成就,其中包含着他的心血和汗水,所以虽然已经过了退休的年纪,作为一个标杆、一面旗帜,在院领导的一再恳求之下,他同意接受返聘,继续在岗位上发挥余热。现在他的主要工作,就是在病区查查房,以老专家的身份指导年轻人。每个星期二的上午,他有两个小时的门诊,用他自己的话说,这叫"保持头脑清醒,时刻迎接挑战"。另外,他还有一个身份——原州市医学院(即当年的原州县卫生学校,随着原州的撤县设市也发展起来)特聘教授,这份差事也很轻松,教授他拿手的专业课,在毕业时指导一下研究生的论文,没有什么特别的。

　　在这样的年龄,站在如此高度,对他来说,已经足够了,他现在处在一种很放松、自由的状态,甚至已经有点超然于物外的感觉。走在医院的门诊大厅里、病区走廊里,出现在办公室里、职工食堂打饭的队伍中,这里转转,那里逛逛,就像个得意的老园丁徜徉在自己亲手打理的花园里一样。

　　在课堂上开展教学的时候,他更感到挥洒自如。今天的课堂上，他竟然把萨特脱口而出，这让他自己也觉得惊讶，他提到的不是拉康、福柯，而是萨特，这个与他的专业——精神病学——没有多大关系的人物。至于那句话"他人即地狱"，他自己也没有经过认真思考，课间休息的时候，他想了想几个学生的发言，反倒觉得是最后一个捣蛋的学生说得最切实际，萨特对某些问题的偏执，不正是一种病征的表现吗？他为自己的这个想法暗暗发笑。

十分钟休息时间后，是半个小时的教学实习阶段，比起枯燥艰涩的理论讲授，学生们更喜欢教学实习，因为在这个阶段，台上站着的不光是教授，还会出现一个病人，学生们也会反客为主，向病人发问，达到互动式教学的目的。

今天站在台上的是他的一个老病人，女性，这里所谓的"老"，可以理解为以下三个层面的含义：其一，看病时频繁更换主治医生是大忌，该病人从患病至今一直找刘宏斌看，已经有四十多个年头；其二，该病人确实很老，比刘宏斌年龄还大；这其三，就是该病人参加他的教学实习这一环节已经多次，是个熟客了，铁打的营盘流水的兵，台下的学生换了一茬又一茬，站在台上的始终是她。所以说，他们之间的关系不仅仅是医生与患者，还可以称为老朋友、合作伙伴。

恢复上课后，投影仪在幕布上打出了一张幻灯片，简单朴素的四个黑体大字——"教学访谈"。接着刘宏斌拿出一张A4纸大小的讲稿，倚靠在讲台旁，介绍病人的基本情况：陈淑合，女，79岁，40多年前因遭遇家庭变故打击逐渐起病，表现为空闻人语，听到一个声音不断咒骂自己，教导自己该怎么生活，怀疑人监视自己，要害自己，给自己的饭里下毒等。诊断为偏执型精神分裂症，口服氯氮平片100mg，一日三次，同时服用苯海索控制椎体外系反应，症状缓解后换用奥氮平至今，7mg每晚，效果良好。但由于患者总病程长，过去医疗水平有限，加之患者拒绝承认自己有病，有藏药、拒服药物的历史，所以并没有做到彻底康复，仍有少许症状残留，如幻听、妄想，自言自语，否认有病。个人史，年轻时聪慧，学习成绩优，大学毕业后在中学任教，由于生病原因提前退休；婚育史，丧偶，曾育有一子；既往史，年轻时体健，老年后患有多种慢性疾病；家族史、过敏史不详。患者年轻时曾有自伤企图，有过几次自杀未遂。

念完这段文字之后，门开了，病人在一名护士的陪同下，走到了讲台上，在预备好的一把椅子上坐下来。台下人的目光齐刷刷地扫向她，病人自己相当成熟老练，上台后挪了挪椅子，选取一个最佳角度后正襟危坐，目光扫视四周，最后停留在教室后面的白墙上。她的眼神有些空洞，冷漠，但也不乏泰然和镇定，如果不是穿着一身淡绿色竖条纹的病号服，她那一头银发，出现得恰到好处的皱纹，让她看上去更像个教授。

刘宏斌把纸张对折塞进白大褂口袋里，做了一个手势，说道："就这些，提问吧。"

"我想知道是什么原因导致她患病，她早年的家庭变故是什么？"

"这属于个人隐私，不便透露。"

"刘教授，我看过她的病历，之前她已经10次住院了，这次是第11次，每次住院从几个月到半年，甚至3到5年不等。我想知道这次她又因为什么住进来？"

"其实她很好，不光是这次，过去的十几年她一直很好，但是这就是我们的病人，对不对？长时间住院，长时间与外界隔绝，造成他们的社会功能出现严重退缩，出院后已经无法适应变化，无法融入现今的社会，所以住在这里反倒觉得舒服，坦然。有时候，医院更像是他们的家。"

"我可以和她说话吗？"一个女生怯生生地说。

"当然可以，交流对病人是件好事，在康复期的任何阶段都是欢迎的。她原来是位老师，学识渊博，爱好文学，写过诗，感兴趣的，可以沟通有无。"

"你好。我，我想说，我想问一下——"女生涨红了脸，站起来又坐了下去。

"就说了你不敢！刘教授，上次查房的时候我碰到过她，她说要把咱们办公室的人都杀了，而且第一个要杀的人是您。"还是刚才的那个男生。

台下又传来一阵笑声。

在整个过程中，这个叫陈淑合的病人一直很安静，女生说"你好"的时候，她也回了句"你好"，只不过声音被男生的大嗓门盖住了。他们笑的时候，她闭上眼睛，目光越过了教室窗台上摆的常春藤，来到了大街上。街上车流涌动，红灯亮起来的时候，它们全停靠在斑马线旁，一群可爱的孩子，背着绿色小书包，头戴小黄帽，由大人牵着穿过马路，来到对面的广场。广场上空飘着彩旗和气球，中央的圆形喷泉不断往外喷射彩色水花，形成一道水幕。天很蓝，云很白，天底下的人们都很高兴。水幕谢幕之时，一座白色的城堡在人们的欢呼声中出现，像美妙的童话故事里面写的一样。

城堡门打开，一阵奇妙的声音从城堡里传了出来。

这声音如此奇妙和具有穿透力，坐在公交车上的鲁德亮也听见了，这是海豚的叫声，他想起来了。透过玻璃车窗，他看到了海洋世界的心形广场和位于广场中心的圆形喷泉，还有它的主体结构——一座三层小楼高的城堡，外墙粉刷得雪白，如果没有记错的话，进门后的走廊上还可以看到一幅壁画：蓝色的是海，更蓝的是海中的人鱼。他还记得，他的孙子进门后指着一个人鱼的脑袋问他：爷爷，她（他）掉进水里不会淹死吗？

公交车驶过白色城堡，上了一个坡后停下来。下车后鲁德亮绕到站牌后面，沿着路边的小道往回走，经过一个废弃的厂房和派出所后，他走在了一道水泥灰墙下面。墙很高，完全遮住了阳光，墙根下面生着杂草和苔藓，墙内的污水通过砖块垒成的四方小洞排了出来，让路面变得又湿又滑。

到了这里，空气也变得潮湿和沉闷。鲁德亮在车上时，"原州市脑科医院"几个红色大字就显得格外醒目，离目的地越来越近时，他的脚步也变得越来越迟缓，太阳穴绷紧着突突地跳，短短的半站路走了老半天。又一辆大公交车呼啸着开过去后，街道霎时安静下来，他又听到了不远处海洋世界里传来的海豚声，停下脚步再一听时，又像是一个人凄厉地喊叫。

7

他走进了医院大门。掀开厚厚的门帘，光线突然变得异常刺眼，天花板上所有的灯都开着，地板明晃晃的，能照出人影来。门诊大厅有些冷清，导医台的两个护士在聊天，有几个穿白大褂、医生模样的人走来走去，但他们都没有一个穿土黄色制服的清洁工显眼，他坐在一个扫地车上，在空荡寂寥的大厅里自由发挥，制造出了整个空间里最大的声响。

所有的队伍，挂号、取药还有医保报销都不长，站在挂号队伍里，鲁德亮想：这就对了，这种医院，不就应该人少才对吗？

原州市脑科医院，前身是原州县精神病院，现在换了这样一个更加委婉的说法。医院的位置在海洋世界的对面，先有医院，后有市旅游集团公司修建的海洋世界，两个地方并不是严格的门对门，脑科医院的大门更靠近东边一点，两者相距百来米。

上次从人民医院出来，坐上车的时候鲁德亮才反应过来那个年轻大夫说的是什么。作为一个土生土长、在原州生活了大半辈子的人，他应该感到惭愧，当然这也从一个侧面反映了当时他是多么虚弱不堪。很多原州市民知道市郊有这么一座精神病院，一个"关押"疯子的地方，有些人干脆冠以"疯人院"的称呼，它的具体位置，在哪条街道，门牌号又是多少，虽然知道的人不多，但是一提起这个地方，大家都会说，在海洋世界对面。许多想去这个地方但又不想让人知道的人也是这样，他们上了出租车，就对司机说："师傅，去海洋世界。"

挂号窗口里的人告诉鲁德亮，今早有专家号，问他是挂普通号还是专家号。当然是专家号了，他说。一共15块钱，把零钱从窗口里塞进去，换回来一张三联挂号票，就像在便利店购物一样简单。挂号票上的专家名字叫"刘宏斌"，地点是"3号诊室"，他找到地方的时候门还没开，看表是9：35，再看一眼挂号票，上面写着"就诊时间：10：00—12：00；就诊号：04"。

诊室的门口摆着两把三人座的长椅，一把被一个躺着的人占了，那人把外套脱下来垫在脑袋下面当作枕头，鞋子也脱了；另一把还有一个空位，但是很窄小，旁边坐着一个胖子，秃头，一脸凶相，胳膊比他的大腿还要粗上两圈。鲁德亮迟疑了一下还是选择了靠墙站。

时间总爱和人作对，希望过得快的时候就走得越慢。他想四下活动一下可又不敢走远，就离开候诊区，在大厅里来回溜达，在立起来的一些宣传牌子前逗留，那些牌子上写着"吸烟有害健康""精神分裂症并不可怕""春季高发期如何做好精神疾病的预防"。在一面墙上，他发现了医院的专家简介，在所有的专家里，头一名就是这个叫刘宏斌的，1950年出生，比他还小一岁。简历上面先是头像照片（他的照片也比其他人的大一圈），然后在一大堆学会任职和荣誉后面，写着：擅长治疗各类精神疾病，擅长心理治疗。

在这一点上，在要不要来精神病院走一遭这个事上，鲁德亮觉得自己已经想得差不多了，虽然中间有反复，也因为惧怕和担忧犹豫过，但是事情既然已经到这个地步了，有什么更好的办法呢？再说了，还有比现在的情况更糟糕的吗？比起自己，他更担忧的是家人，到这种地方来千万不能让他们知道。

门诊大厅通过一段宽走廊一直往里延伸，鲁德亮不知不觉就走了进去。走廊很长，很空，出现了回声，一段时间内只能听到自己的鞋子"蹭蹭"的声音。走出二十来米后，旁边的一个门突然开了半边，出来一个戴口罩穿白大褂的人，一只手扶着门把手，对门里面说："走了，排好队。"门全部打开后，一群人走了出来，排着松散的队伍，晃晃悠悠，朝走廊深处走去。

这就是精神病人了。鲁德亮停住脚步，不敢再往前走了。他与其中一个病人照了面，那个人身材瘦小，胡子拉碴，头发如鸡窝一般，他的眼神里散发着慵懒，身上的病号服脏兮兮的，扣子没有扣好，裤子也没有提起来，裤腿踩在地上已经烂了，没穿袜子，脚是黑的，踩着一双破拖鞋。

这形象与鲁德亮想象中的精神病人相去甚远。虽然他之前没有接触过精神病人，但是他听过的案子，包括他在《法制日报》上获取的信息都告诉他：精神病人很可怕。他记得有这样一个发生在乡下的真实案例，还是牛国柱亲口告诉他的。

说是有一户人家的孩子丢了，家人去派出所报案，派出所出警，村干部动员乡亲，邻居也来帮忙，众人分头去山上找，去沟里渠里找，去水边找，找遍了都没有影子，最后在自家猪圈的烂泥里面，发现了被猪啃食的残碎肢体。案件顺利侦破，行凶者正是本村的一个精神病人，常年被家人用铁链锁在猪圈旁边搭的一个草棚里，时间长了，铁链出现了磨损。某天家中其他成员进山务农，凶手挣脱铁链，走进家中，来到厨房拿起案板上的菜刀在村子里闲逛，遇到受害人后将其拖至其家后院猪圈，砍死后再用刀剁成碎块，埋进秽物烂泥里。

"凶手的眼神就是那种杀人的眼神，精神病人的眼神。"牛国柱告诉他的时候，言谈举止流露出的全是对精神病人的忌惮，可今天再一看，完全不是那么回事，就现在的情况来看，精神病院这个地方人少、安静，院子里都是树（他在正式进入门诊大厅前还在院子里犹豫了一会儿），精神病人也没有那么可怕，他们不都乖乖地，或者说服服帖帖地跟在医生护士的后面吗？还是说这些白大褂们有什么魔力不成？

往回走的过程中，鲁德亮稍显放松的心情又随着步子变得沉重起来，他垂着脑袋，看到了光溜溜的地板上映照出的自己，是一团模糊、发黑的阴影，这就是他此刻的真实写照。"我没有疯，不应该来这个地方！"他内心的这句话几乎要喊出声了，返回候诊区的时候，他咽了口唾沫，一屁股坐在了那个胖子身边。

他是4号，当护士喊到2号，躺在椅子上的那个人忽地爬起来，走了进去。看来3号就是这个胖子了，想到这儿，鲁德亮警觉起来，直起腰，用余光瞟了对方一眼，发现他的嘴角张着，眼睛直勾勾地盯着前方，他的口水直流，在地板上流了一大块。

鲁德亮的目光还没有完全从邻座挪开时，大厅里突然传来巨响，像是撞击的声音，接着是一阵尖利的、发疯的乱叫，周围很多人包括护士都朝声音走去，他也起身跟了过去。

"我没病，放我走！我不住院！"

有一个姑娘靠着玻璃门坐在地上，满脸是血，边哭边喊，还用头撞门（她的嘴角破了，血涂到了脸上），几个人站在门口挡着，看样子不让她出去。门诊秩序让她搅乱了。一会儿，从走廊那头来了一群穿白大褂的，抬着一个担架，拿着绳子（更像是帆布带样的东西），在家属的协助下，三两下就把她架起来，强行绑在了担架上。这个过程中，姑娘的衣裳扯破了，嗓子也喊哑了，拉走的时候只剩下哇哇乱叫。

保安把看热闹的人驱散了,回到候诊区的时候鲁德亮发现那个胖子也不见了,这时护士喊道:"4号,4号在哪里?"

到他了。

8

"说说吧,哪里不舒服?"桌子对面的人问他。

鲁德亮头脑中闪过的,是他昨晚爬起来练字的情景。跑步虽然没办法坚持了(他告诉牛国柱自己来得更早了),练字还在继续,总要给自己找点事干。

昨天晚上,在写下"海洋世界"四个字后,后续突然又变得顺畅起来,报纸上陆续出现了失眠、健忘、胃口差、体重减轻,还有心脏问题、盗汗、焦虑和胡思乱想。健忘和体重减轻的问题是鲁德亮最近发现的。体重减轻——他本来就很瘦,能瘦到自己觉得减轻,足见确实瘦了不少;健忘——他对过去十几年甚至几十年的事情记忆犹新,对新近发生的事却出现了模棱两可,甚至到了完全没有印象的地步。忘记鲁明的电话号码、记不起汉字笔画只是开始,最近他出现了找不见东西、丢三落四的情况,一些常见的物品,比如大门钥匙、自行车钥匙,经常忘记放在了哪儿,甚至刚一松手就开始满屋子找,有一天就出现了因为找不见大门钥匙而迟迟不能下楼买菜的情况。

不过自始至终他都没有提及做噩梦的情况,他想把它同现在的处境割裂开来,区别对待。冷处理,他想,不去刻意碰触,而且,这不能算是自欺欺人。

这是个慢性消耗。坐在明晃晃的、喷过消毒水的诊室里，鲁德亮又开始了自我反省：每天只睡三个小时，加上白天连轴转，是个人都会出现问题。这就是自己最终走进精神病院的原因，身体老化了，精神也被榨干，处在崩溃的边缘。

要服输，要认命。

那么现在补救还来得及吗？

刘宏斌坐在对面，边听边写，一会儿，他摆摆手，打断了鲁德亮的话。

刘宏斌说："你的身体确实有情况，你来得很及时。"

"大夫，你的意思是说我的脑子有病，不正常？"

"也不能这么说。"

"你们这里可是精神病院啊！"

"我明白你的意思，不要着急，来，先把病历上的基本信息完善一下。"刘宏斌把门诊病历本合上，用手一推，滑到桌子的另一边，鲁德亮眼皮底下。

鲁德亮把填写好的病历递了过去。

"你住在团结路上？"刘宏斌看着病历问。

"对。"

"那儿原来有条红泥街，你知不知道？"

红泥街？他怎么会知道这个地方？鲁德亮想。

"知道。早就不在了，拆了，盖成楼了。"鲁德亮现在住的家属楼，也就是之前红泥街大概的位置所在。

"你也知道红泥街？"鲁德亮问。

"社会主义的泥——"刘宏斌笑着说。

"盼做共产主义的瓦。"鲁德亮接上说。

"咱们也算是有缘分,我也在那里生活过一段时间。"刘宏斌说。

"哦,我知道有这么个地方,去过几次,记不太清楚了,那都是许多年前的事了。"鲁德亮眯着眼,做出回忆状。

"至少三十多年了吧。改革开放以后过了些年,就拆掉了。"

"差不多,对,我想起来了,那时候街道里有个破庙。"鲁德亮突然眼前一亮。

"没错,你记得很清楚,是有个小庙,而且一开始并不破,香火还挺旺,求子求平安福报的人很多。"

"后来砸了。"

"对啊,'破四旧'嘛。"

"'文革'那时候,实在太乱,太疯狂了。"鲁德亮感叹道。

"可不是?都是红泥巴,都想做成瓦,哪有那么大的炉子烧?"

"您总结得真好,很形象,都是泥巴,互相砸来砸去。"

"过奖啦,我可没有那文化,这不是我说的。"

"您是教授啊。"

"老啦!"

"刘教授,我看了墙上的简历,我比您岁数还大——"鲁德亮说。

他也不知道自己为什么脱口而出这么一句,然后紧接着就卡壳,没了下句。这是他这么长时间以来,同另外一个人聊天时间最长、说话最多的一次,他与自己的儿子、女儿,包括牛国柱,都没有说过这么多，聊得这么来。在那一瞬间，他的心头一热，然后，又像一只被错点着的蜡烛一样，噗地吹灭了——对面这个年龄相仿的人是大夫，是充满活力和能量的教授，而他呢，是病人，是老朽。

不管怎么样，两个人的距离还是被这一番谈话拉近了。

刘宏斌说："现在我回答你的问题，你是病了，但不是思维的问题，而是情绪方面出了问题。"

鲁德亮苦笑着说："我没有疯？"

"当然没有。简单地说，精神疾病有两大类：一类是思维不正常，比如精神分裂症，就是我们通常说的精神病，疯了；另一类是情绪不正常，像抑郁症、躁狂症。你是第二类，就是抑郁，轻度的抑郁，可能还伴有点焦虑。"

鲁德亮一脸茫然。

"就是脑子感冒了，不高兴了，提不起精神，但还没有到发烧的程度，这样说不知道你能不能理解？"刘宏斌打了个比方。

鲁德亮似懂非懂地点点头。

"感冒是呼吸系统疾病，呼吸道出了问题，嗓子会发炎，出现发烧、咳嗽、流鼻涕、头疼症状；抑郁是情绪方面的问题，就是负面情绪过重，得了以后会失眠、早醒、对很多事情失去兴趣，至于你说的心脏跳得快、盗汗，也是附带症状。还有体重减轻，胃口没了，吃不下去饭，当然会轻了。"

这下鲁德亮听懂了，他病了，但病得不严重，就是情绪不高，心态不够好，同样是没了老伴儿，他就没有牛国柱做得好。他需要调节，像牛国柱一样，找个什么爱好。他把自己的想法告诉了刘宏斌。

"不行！必须吃药，感冒了要吃药，这个病也一样。"刘宏斌一脸严肃地说。

鲁德亮问是不是安眠药,如果是安眠药,他可以吃。他觉得情绪的问题在他身上反倒是次要的,最主要的问题还是睡不好。鲁德亮想,他是来对地方了,这种医院肯定有安眠药。

"安眠药要吃,改善情绪的药也少不了。"刘宏斌说。

鲁德亮又一次表现出固执,他只想吃安眠药。刘宏斌什么也没说,他不想与鲁德亮争辩,而是喊了一下门口的护士,护士进来问:"怎么了,刘教授?"

"后面还有几个病人?"

"还有三个。"护士说。

"转到隔壁诊室去,就说我有急事,要去开会。"

说完后,他起身对鲁德亮说:"我们走,把你的东西带上,门诊病历拿上。"

"去哪儿?"鲁德亮一脸疑惑。

"去病房,我带你参观参观。"

9

门诊的走廊连着住院楼,住院楼一共有三栋,依次是一号、二号和三号楼,他们停在二号楼前,进电梯上了四楼。在通过一号楼的时候,十来个病人又像鲁德亮刚才看到的那样,由几个护士领着,排队与他们擦肩而过,最后进了先前的那道门。

"这是外出做治疗的病人。"刘宏斌说。

什么治疗？电击？鲁德亮心里不觉有些发毛。

"刘教授，咱们这是——"

"我带你看看我们的环境，没别的意思，别多想。你以前不是警察吗？成天和犯人打交道，我们这儿对你来说还不是小菜一碟。"刘宏斌非常清楚鲁德亮心里在想什么。

出了电梯，来到大厅，鲁德亮看到了一个铁门，门边的墙上贴的是工作人员简介、禁止吸烟标识和一开始他在门诊大厅看到的类似的宣传板：春季高发期如何做好精神疾病的预防。

刘宏斌三两步走到铁门前，按了一下门口的呼叫器，鲁德亮没有跟上他的脚步，而是走到大厅的窗台前，站在那儿透过玻璃窗往外看。

站在高处看，又是另一番风景，窗外不仅绿树成荫，他还看到了中心花园的喷泉、雕塑、凉亭，上午来时再多往里面走点就找到了。在花园深处，他看到了一片低矮破旧的建筑群，大部分是平房，最高的有两层楼那么高，周围还有大片绿地。这个地方还真大，他想。

"那是我们的老地方，大部分是八十年代修的，中间的那个院子是五十年代的仿苏建筑，我们起家的地方。"刘宏斌走过来，站在了旁边。

"看上去真有点像我们的老看守所，但是我们的围墙更高，墙上还拉了一圈铁丝网，"鲁德亮停了停，接着说，"现在那地方还有人——还有病人住吗？"

"没有了，在我退休前几年就没了。但也没有完全废弃，我们把它改造成了一个疗养基地，供康复期的病人使用，可以在里面种菜、养花,饲养小动物。旁边绿的那几片就是菜地,看见了没有?当然,因为地方大,人手不够,资金也有限,我们只弄了其中一部分。"

门铃没人应,刘宏斌从口袋里掏出钥匙,打开大门。进去是一个小房间,他又用同一把钥匙,开了小房间的门,推开后面对的又是一个同样大小的房间。门对门,房间套房间。这两个房间比较空,第一间什么都没有,第二间里摆着两个储物柜,一张桌子,一个体重秤。房间白地白墙,天花板上的灯管打得又亮,鲁德亮有点头晕目眩。

"这是正式进入病房之前的缓冲区域,三道门,两间房。如果发生什么意外,比如里面有病人想要冲撞出去,可没那么容易。"

"病人在这里更换病号服,称体重,"关门的时候刘宏斌又笑着补充说,"探视的家属也要在这里接受检查,就是搜身,和你们监狱一样,不是什么东西都能带进来的。"

护士办公室的人给鲁德亮倒了杯茶,水很烫,他两只手端着,跟在刘宏斌后面,像学生跟着老师,在病区长长的走廊里转悠,每到一个地方都听他介绍。

鲁德亮还是不由得把这里同监狱做起了比较。首先,都是封闭式管理,没有自由(这里所有房间的窗户只能打开三厘米宽,勉强伸出去一只手。刘宏斌说以前的老地方外面还安装着钢筋护栏,更像监狱),护士每天交接班时都要点名,任何时候总有人盯着,蹲厕所时间长了也有人催,出不去(除了外出治疗外),只能在指定的区域活动。其次,两个地方的生活规律性都非常强,墙上贴着作息时间表,起床、吃饭、做操、吃药、自由活动都有相应的时间安排，连看电视、打扑克牌也有固定的时间，会有人组织唱歌，诗歌朗诵，有点像监狱里的政治学习。再次，生活条件差，一个人一张床，一个床头柜，只有一些基本的生活用品比如洗漱、吃饭的东西，除此以外什么都没有，多余的个人物品统统没收（可以保留几本书），也不让和家里随意通电话。走廊里臭烘烘的，房间里的味道更大，刘宏斌解释说这是病人身上的味道，监狱里臭是因为犯人没条件洗澡，这里臭是因为病人懒惰，本身不讲卫生。最后，也是鲁德亮觉得最不适应的一点，就是监狱里住的虽然是犯罪分子，甚至是一些穷凶极恶的人，但他们头脑尚且正常。而这里住的是些什么人？有人手脚被绑在床上，大喊大叫；有人不停地自言自语，手舞足蹈；有人脱光衣服满口污言秽语；有人干脆在走廊里，在床上大小便。

在去刘宏斌办公室的路上，在躲过了一个挥着拳头突然朝他冲过来的男病人之后，他发现有一个上了年纪的女病人一直偷偷摸摸跟在后面，用一双发红的眼睛盯着自己看，吓得他冷汗直冒。

"不要紧张，这是我的一个老病号。"刘宏斌说。

一道大铁门将整个病区一分为二，把医生的办公区和病人所在的医疗区隔离开来，铁门咣的一声关上后，鲁德亮悬着的心也跟着落在了地上。坐在刘宏斌办公室的椅子上，心情稍显平复之后，他就想赶紧离开这儿，为什么这个刘教授执意要领自己进来？他到底想干什么？

"怎么样？我们的环境如何？"刘宏斌笑着说。

鲁德亮不知道该怎么回答，勉强地笑了笑。

"精神病人并不可怕，他们是一群可怜人，而且说是天底下最可怜的人，也无可厚非。"刘宏斌说着站起来，走到窗前，背对着鲁德亮，朝外面张望。

鲁德亮听到刘宏斌重重地叹了口气，然后转过来对自己说："老鲁，我这么称呼你可以吧，我一辈子，几十多年，都耗在这里了，病人进进出出，好了就走，发病了再进来，但是我不行。"

鲁德亮不知道他为什么要当着自己的面发这些感叹。

"你如果不按照我说的吃药，病情就有加重的可能，最好的办法是住院治疗。我给你安排个好一点的房间，调养上一段时间吧，帮你解决问题。"

这才说到重点了！绝对不可能，不可能住院，这种地方，一刻钟他也不想多待，何况他要是住进去了，家里人知道了怎么办？同事知道了怎么办？会怎么说？

鲁德亮几乎要从椅子上跳起来了，他内心的想法也跟着就要从喉咙里蹦出来，但是最终他只听到自己说了这么一句，声音又尖又细，一点也不像他：

"刘教授，我把门诊病历丢在里面了。"

"具体在哪儿，我让护士送过来。"

"想不起来了。"

"没关系，我给你再写一份吧。"刘宏斌说。

第三章 惊喜

10

早上八点的时候,鲁德亮收到了这样一条短信:爸,我要给您一个惊喜。

是二女儿鲁一沙发的。

为什么不打电话,非要发信息?

鲁德亮始终用不惯手机这玩意儿。虽然他的文化程度在同龄人中算高的,但是他的硬伤也很明显——汉语拼音太差,所以在手机的使用上显得捉襟见肘,尤其是没办法适应那一个个印着字母还有各种符号的小小的硬塑料按键。有一天,当他看到鲁明的手机连按键都没有的时候,他想明白了,放弃了。新生事物太多,已经远远超出了自己的想象。为什么一定要接受新生事物?它们一定是好的?我们的时代、社会一定是进步的?

起床后第一件事是吃药。必须是空腹,刘教授说空腹吸收效果最好,药物迅速进入胃肠,然后入血,这时候再吃东西。

刘宏斌给鲁德亮开了两种药。一种是安眠药,圆形小白片,每晚睡前一片，最多可以吃到两片；另一种是抗抑郁药，刘宏斌直观地解释为"让人高兴起来的药，缓解焦虑提精神的药"，是一种大白片，椭圆形，中间有条凹下去的分割线，每天早上空腹吃半片。

"一定要两种都吃，配合起来才见效，而且不要着急，病好都有个过程。"这是临走时刘宏斌的嘱咐。

安眠药鲁德亮当天回去就吃了，抗抑郁药一直到一个星期后才在很不情愿的状态下拆封。不吃的原因很简单，抗拒，内心里仍然不承认自己有病；吃的原因更简单，结果正如刘宏斌所说的那样，单吃安眠药起效不大，睡不好，噩梦不断。

头几天，他认为是自己紧张和急于求成的缘故，睡前吃药，按摩脚底，躺到床上，等药发挥作用。他认为自己肯定能睡个好觉，毕竟吃的可是安眠药啊！为此他把自己半夜的后路都断了：没有把笔墨纸张收拾出来。然后，从噩梦中惊醒，大汗淋漓，只见外面漆黑一片，看表凌晨三点半，这才一边擦汗，一边到处找毛笔砚台，在阳台的纸箱里翻旧报纸。

接下来的几天，加量，从一片吃到两片，降低自己的心理预期，一天不行就两天，两天没有效果就等第三天。效果总归是有的，他比以前更容易睡着了，过去十一点上床，十二点以后才能睡着，吃了药以后，十一点半不到就头昏脑涨，睡意来袭。有一晚，他正洗着脚，只觉得一股热浪从脚底升起，将他团团包围，双眼挣扎着闭上后，感觉自己已经躺在了床上，裹在一床柔软舒服的毛毯里，迷糊中一翻身，脑袋就像打桩机一样猛地垂下来，一只脚踩翻了塑料盆，洗脚水流了一地。

然后，在凌晨四点的时候，他又像往常一样醒来，趴在桌子前练习书法。吃安眠药的最大效果看来就是推迟了半小时醒来，以前是三点半居多，吃了以后是四点，除此以外，收效不大，他还得承受这样的风险——据说安眠药都有依赖性，一旦吃上了，就像瘾君子一样，甩不掉了。

收到鲁一沙短信的这天，正是鲁德亮开始吃"调节情绪药"（他给起了这个名字）的第三天，虽然尚未感到特别明显的效果，但是几天来他的饭量有了提高，同样的饭，吃起来比原来香了不少。这是个好兆头，看来要坚持下去，性子不能太急。

这天本来的打算应该是这样的：起床空腹吃药，然后吃早饭，一般是小米粥、馒头和咸菜，接着去菜市场买当天的菜，然后把白天大部分时间花在练习书法上（他越来越觉得那些旧报纸可能用不完了），感觉劳累了，躺在沙发上歇歇，觉得闷的时候，下去在小区周边溜达。

女儿的这条短信把一切安排都打乱了。

其实这就是一条简单、调皮的信息而已，鲁德亮感到焦虑罢了，可是鲁一沙又怎么能知道她父亲此刻正经历什么呢？

看到内容后鲁德亮立刻拨了一个电话过去，忙音，占线，第二个还是一样，到了第三个的时候，干脆变成了机器留言："您拨打的号码不在服务区。"这可把他急坏了，然后，他焦虑的劲就上来了，一开始焦虑就又开始胡思乱想了。

这小兔崽子又要干什么？惊喜？什么狗屁惊喜？

怕是只有"惊"吧。

鲁一沙是鲁德亮所有子女中最疼爱的那个，正直、乖巧、善良、有爱心。他们父女俩性格最像，这个前面已经提到过，不再赘述。这些优点是老两口在外面经常听人夸赞的,这里说几点他们不愿意提及的事情。

首先,鲁一沙来到这个世上颇费了一番周折,凡是艰难得到的,必定要万分珍惜。李秀香当时怀上她的时候正赶上计划生育政策吃紧,他们冒着被开除公职的风险偷偷地先把她生下来,后又补缴了一笔数目不小的罚款。

其二,鲁一沙"离经叛道,不务正业"。这里指的可不是染发,衣着暴露和唱摇滚那么简单。大学三年级那年,暑假回家踏进门槛,她把书包往沙发上一扔后,高声向家人宣布:我找到人生的意义了!问其究竟,回答说加入了基督教。这下可好,学生干部不当了,追求进步的计划也搁浅了,整个人"走火入魔"了!鲁德亮随后召开的家庭会议,变成了一场你来我去的辩论赛:鲁明、鲁娜包括鲁德亮在内对鲁一沙展开批判,说她不走正道,败坏门风,鲁一沙不甘示弱,说他们精神空虚,物质至上。这一场谁也没有赢的辩论赛,成了引发家庭矛盾的导火索。在家里待了没几天后,鲁一沙就拍拍屁股走了,说是要回学校,要去参加社会组织的活动,要活出真正的自己,去爱、去奉献。

大学毕业后她选择了和自己专业没有任何关系的工作,她称之为"事业"——做公益、维权。一个女孩子家,毕业后不找份安稳工作,早点成家,而是这边跑跑,那边闹闹,把自己弄得灰头土脸,一会儿收养流浪小动物,一会儿关爱留守妇女儿童,整天张口闭口公平、正义,成何体统!

最让鲁德亮头疼的莫过于第三点,就是一直到现在鲁一沙还没有成家。李秀香生前念叨的是这个,最操心的也是这个,现在任务全部落到了鲁德亮身上，而他也终于体会到了这种悬而未决的痛苦。刘宏斌告诉他，一旦得上这个病，一件在正常人看来再小再微不足道的事情，到他头上都有可能变成一块大石头，何况是女儿的终身大事。想都不敢多想。

鲁德亮又试着打了几次电话，关机了，这下彻底断了联系。这时候他捏着电话，满屋子走动，心里想的已经不是什么惊喜，而是女儿的人身安全问题了。

菜市场去不成了，冰箱里还有些昨晚的剩饭，拿出来倒进锅里热热吃了，烧上水，泡壶茶，端着茶杯，坐在沙发上，继续胡思乱想。能出什么事呢？三十好几的人了，在外面还能把自己照看不好？

他想：要不要给鲁明、鲁娜打个电话？

正在犹豫的时候，耳畔响起的另一个声音打消了这个想法：鲁明、鲁娜还把一沙当亲妹妹看吗？关心过她吗？问候过她吗？

不能这么说啊，他们毕竟是骨肉呀。鲁明虽然口口声声说一沙信了教，就和她断绝关系，但是他真的会这么做吗？儿媳妇郭萍，倒是把一沙当妹妹看待。还有鲁娜，没有念成书，可她要有自己的主见呀，女婿王鹏，一个做建材的生意人，一个暴发户，能有多大见识？嫁出去的女儿果真像泼出去的水呀！

可怜的一沙，我的女儿，天底下只有我对你最亲了，我是你最亲近的人，最最关心牵挂你的人，可是你在哪里呀！我有一天走了，你该怎么办呀？

鲁德亮这样想着，背靠在沙发上，睡着了，尽管蒙蒙眬眬的。窗外汽车开过去的隆隆响声，听起来就像是远山上的回声，他的全身放松了，呼吸变慢了，脑子突然嗡的一下，有什么从他的身体里钻出来，在房间里飞了一圈后，透过阳台的玻璃窗，跑了。这就是所谓的魂了？魂一走，整个人就彻底放弃了抵抗，瘫了，软了。

他做了一个开头美得不像话的梦。时值上午，光线温暖柔和，空气中飘散着阵阵香味，李秀香、一沙还有他三个人在花园里种树，一沙还小，十几岁的样子，头上用花头绳扎着许多小辫，准备了一个小水桶，手里拿着一把小铲子，跪在地上吭哧吭哧地挖坑。他们种的是香椿树，树苗只有手指粗细，根部带着黄土颗粒，像一株刚从地里刨出来的、细细长长的带着樱子的胡萝卜。爸爸，咱们种的是什么树啊。一沙满手是泥，停下来问他。香椿树啊，他回答说，他的声音空旷而寂寥。为什么不是苹果树、香蕉树啊？香椿也可以吃呀。走，我带你去种苹果树，开始一直没有说话的李秀香突然站起来，抓住一沙的手就跑。站住别跑啊，等等我呀，他赶紧追，边追边喊，他的喊声细弱无力，他在用力，但步伐始终迟缓。花园消失了，母女俩不见了，天色暗下来了，他跑在一片荒原上。她们都远离他，把他抛弃了。他看不清楚李秀香的脸。

有人在敲门。鲁德亮惊坐起来，拖鞋也没穿，跌跌撞撞往门边跑。开门一看是鲁一沙，鼻子一酸，眼泪流了出来。

鲁一沙手里大包小包提着东西，看到父亲光脚站着，一把鼻涕一把泪的，东西差点没拿稳。她吃惊地问："爸，你怎么啦？"

11

鲁一沙本人就是惊喜。她从北京回来了。她原计划在清明节前赶回来，一来看望父亲，二来给母亲烧纸，但是因为工作计划有变，又比原来提前了十来天。鲁德亮哭了，不知道是睡眠不好还是别的，眼圈又红了。鲁一沙长这么大见过母亲哭，见过姐姐、哥哥哭，还从没有见过父亲哭。她吓坏了，不知道发生了什么，去卫生间取纸的时候看到了脸盆架子旁边的药瓶，拿起来再一细看，什么都明白了。

这下轮到她哭了。痛哭，眼泪鼻涕一起流的哭，哭声大到让鲁德亮一下子清醒了过来，转而安慰女儿："不要哭啦，我这不是好好的吗？不要紧，就是长时间没见着你，加上你妈走了，情绪有波动，睡眠不好，现在你这不来了吗？你来了我就好了。"他觉得自己在说这番话的时候越来越像李秀香，啰唆得像个女人一样。

鲁一沙还是哭，先是因为伤心、自责，后又因为父亲的话，这些话没有起到安慰作用，反而勾起了心中的伤心事，她想起了逝去的人，还有一些永远无法弥补的遗憾。

"不要哭哭啼啼的！"鲁德亮吼道。

父亲严肃起来的时候，鲁一沙就不哭了，像个犯错的孩子，躲在角落一边啜泣，一边抬头用眼神瞄向权威。

鲁德亮郑重其事地告诉她，自己吃药上医院这件事天知地知，你知我知，千万不能告诉鲁明和鲁娜。

"我嫌他们烦，"鲁德亮说，"那个地方，那家医院，不是你想象的那样，你是念过书的人，肯定懂。现在的人生活压力大，这样的人很多，以后只会越来越多。"

鲁德亮把那天的经历翻出来，原原本本地告诉了鲁一沙。在这个过程中，他同时在思考，在回味，他想起了自己在病房里碰到的那些病人，那些让他大开眼界，以前想都不敢想的事。他想起了他的主治医生刘宏斌，还有他们之间的约定，服药三个星期后要去复查（现在还剩两个多星期）。刘宏斌到底是什么样的一个人？鲁德亮拿自己和刘宏斌做起了比较，一个警察，一个精神病医生，一个面对的是犯罪分子，一个面对的是精神病人。他想起了刘宏斌告诉他的一个真实案例：他（刘宏斌）曾经在夜间查房时被一个自称感到不适的病人骗至角落，用撕成条的床单勒住脖子，差点没了性命。

刘宏斌说，精神病人在发病时完全活在自己的世界里，不可理喻，就像鸡同鸭讲，除了吃药外，没有更好的办法，有时候不得不采取一些极端措施。

这么一想，鲁德亮觉得刘宏斌确实厉害，能在那样的环境中坚持几十年，真的不容易，也难怪那天他会真情流露。

鲁德亮在说这些的时候，不知道女儿的心思已经飘向了别处。人和人之间做不到互相理解，也许就是这个世上最悲哀的事，是所有错误和矛盾的根源。人和人之间做不到互相理解，却自认为能够理解对方，更是一场灾难。

鲁一沙的心里波涛汹涌：为什么父亲会生病？为什么会生这种病？哥哥去哪儿了？姐姐去哪儿了？他们难道从来都不关心他吗？是不是如果她不回来，这件事就永远不会有人发现？不行，父亲生病是件大事，其他事她可以隐瞒，唯独这件事不行。

第三章 惊喜

父女二人在情绪平复后,一起去菜市场买了菜。菜市场异常冷清,地上乱糟糟的,除了泥水还有一地的垃圾,顶上的绿色大棚不见了,露出了生锈的钢架,里面很多老店,原来的肉铺、调料铺、干货铺都关门了,有的连招牌都摘了。卖菜的告诉他们:不是没生意,而是这个地方要拆了。

鲁德亮买的还是那几样:菠菜、西红柿和洋芋。他要给女儿做洋芋面。他在厨房里忙活的时候,鲁一沙也没有闲着,收拾起了自己的行李。她从北京带回来几盒"稻香村",给父亲买了一些进口保健品,葡萄籽胶囊、钙片什么的。然后,她拿起抹布和扫把,收拾起了屋子。

这实在是一处老房子,墙壁虽然粉刷过,但是由于隔了太久,加上采光不够好,给人的感觉总是发暗,像烟熏过一样,室内的面积不大,刨去公摊最多60来平方米,也谈不上什么设计和装修,现在鲁一沙想,真不知道当初他们一家五口是怎么挤在一起生活的。

一切还是原来的老样子。那些老旧家具还摆放在原来的位置,布沙发、玻璃电视柜、高脚木纹茶几、皮革面的高背椅,那些现在早已经淘汰的老古董还在:缝纫机、长虹彩电、老相框和墙上母亲的十字绣。相框里自己小时候的黑白照片让她感慨万千,衣柜里母亲的旧衣服让她伤心地抹起了眼泪。书房的写字台上摆放着父亲的笔墨纸砚,拉开抽屉,她发现了厚厚的一沓废报纸,上面写着密密麻麻的字,皱巴巴的,带着墨汁特有的臭味。同时发现的还有父亲的秘密——原州市脑科医院的门诊病历、处方以及发票。病历上的字迹潦草,看不懂写了什么,在最下方医生签名的地方,她只能辨认出给父亲看病的医生姓刘,一个三个字的名字(刘文武?不对,刘什么斌,中间那个字是什么?)。

她把报纸小心翼翼地拿出来,仔细辨认上面的字迹,她发现了自己的名字,还有姐姐的、哥哥的、母亲的。有些字写错了直接涂圈或者打叉,有的字笔画重叠,能看出来是描了多次的结果,导致干了以后结成厚厚的一层痂。看到眼前这些涂抹得乱七八糟的报纸,她感到了深深的自责,她把它们与父亲的病联系到了一起:这段时间他过的究竟是什么样的日子呀!

鲁德亮在厨房里喊:"饭好了!"鲁一沙没有听到,她完全沉浸在自己的负面情绪里了。鲁德亮系着围裙,手上都是面,拿着铲子推门而入。

"吃饭了,一沙。"鲁德亮说。

"来了。"鲁一沙不敢抬头看父亲,害怕自己又会哭出来。

"那是我无聊,为了打发时间,给自己找事干。"鲁德亮解释说。

"写完了留着干什么呀?"鲁一沙不解地问。

"还没有想好怎么处理。"这是实话,从他放弃跑步开始写的都没有扔掉,有第一张就有了第二张,越攒越多。

吃饭的时候两个人相对无言,克制着小心地咀嚼,饭桌上只能听见喝汤的声音。鲁一沙觉得有必要打破沉默,于是提议饭后下去走走,消消食。

鲁德亮说好。

第三章 惊喜

12

鲁德亮住的这一片是二十世纪八十年代末动工、九十年代初完工的老小区，有十栋楼，由原州市城建局统一规划，属于福利分房，当时的住户大都是行政或者事业单位的在编职工，年纪和鲁德亮相当，现在大多已步入古稀之年。

这些楼只有五层高，没有电梯，每层楼门对门两户，楼道狭窄逼仄。时间再往前推上十来年，在商品房没有兴起之前，这里也是个热闹喧嚣的地儿，每栋楼下都停满了自行车，上下班时段人来人往，孩子们在楼下跑来跑去，追逐嬉戏。时至今日，这里只剩下衰老和破败，楼外墙上的爬山虎和苔藓、挂满阳台的白床单和随处可见的拄着拐棍的老人就能说明这一点。任何时候，不论外面的世界多么热闹，走进这里，你总会发觉有种静谧萦绕其间，像走进了一片密林。

鲁德亮住在2号楼三单元3楼东户。楼道里的灯几乎都是坏的，即使大白天进去也有些暗，墙上满是野广告、涂鸦、脚印和钥匙的划痕，电箱门坏了，走在楼道里能听见电表的嗡嗡响声。墙上除了电箱，还挂着信箱、报栏和牛奶盒，楼梯拐角处堆满了杂物，窗台上摆着没人要的破花盆。信箱和报栏基本是废弃的，牛奶也几乎没人订。

从单元门出来有一条砖砌的小路，沿路走可以绕到楼后面，下方有一片空地，有几户人家靠墙搭建了鸡窝养鸡（应该是一楼的住户），有人围起矮篱笆墙种菜，鲁德亮找了块地方，种了一棵香椿树。

他梦里香椿树是真实存在的。正所谓日有所想，夜有所梦。梦是现实的一种反映，只不过稍有偏差。当年和他一起种树的不是李秀香和鲁一沙，而是李秀香和鲁明，那时候鲁娜还没有出生，更没有鲁一沙，鲁明也只是个小屁孩，全程都没有参与进来，趴在地上，撅着屁股在挖开的土里面找虫子。如今这棵树已经有两层楼那么高，站在厨房里，推开窗户，低头就能看见这抹绿。

　　他们走到树下，鲁德亮坐在一个石墩上，鲁一沙问他，为什么要种树，为什么种香椿树而不是其他树，鲁德亮就给鲁一沙讲过去的事。鲁一沙的情绪早就平稳下来了，也正是因为平稳了，恢复了理智，她才觉得父亲确实变了，以前他可不是这样，严肃，果断，话少。她意识到了问题的严重性，母亲的去世对他造成的打击多大呀，他可以说每天都活在压抑之中。在鲁德亮向她娓娓道来这棵香椿树的历史以及团结路、红泥街的时候，她在考虑下一步该怎么办。

　　她认为，父亲的情绪确实出了问题，但吃药只是暂时的，是药三分毒，怎么能常吃？从长远来看他需要的是调节，需要有个人在身边长时间陪伴，陪他说话，帮他排遣孤独和寂寞。她在心里盘算着，脸上不露一丝神色，假装在听父亲讲话。

　　不过当鲁德亮讲到红泥街的时候，鲁一沙还是认真地听了一会儿，原因很简单，这个名字吸引了她。

　　她还是从母亲口中第一次得知这个地方的。母亲的原话是："没有红泥街，就没有你们三个。"她问为什么，母亲说没有红泥街，没有街上发生的那些事，她就不会和父亲相遇，自然不会认识，也就没有后来的一切。

　　母亲所说的"那些事情"，指的就是"文化大革命"时期，发生在红泥街上的一系列打架斗殴事件。一开始人们只是互相攻击，拳脚相加，棍棒相见，接着变成菜刀、榔头互相砍杀，到最后发展为攻击公检法，抢夺武装部弹药库的枪械，造成不少死伤。父亲曾在斗争过程中被一伙暴徒围追堵截，受了伤，情急之下躲进医院，在那里遇到了母亲，母亲是护士，救下了他。母亲告诉她当时的情况有多么糟糕，父亲身上的伤有多么严重，那些人个个拿着凶器，就是要杀了他，不留活口。听母亲讲述的时候鲁一沙还小，对那段历史不甚了解，内心自然也激不起多大波澜，她至今还记得自己当时问了母亲这么一句：那些人和父亲究竟有什么仇？

"你见过红土吗？"鲁德亮突然停下来问道。

"没有。"

鲁德亮欠了欠身子，站起来走到不远处的一块菜地里，蹲下来，一只手插进地里，挖出一些土给鲁一沙看。

"你看，这是黑土，营养最高，在东北地区常见；咱们这里最常见的是黄土，营养偏低，雨水好一点的话粮食能勉强保住收成。而红土几乎没什么营养，可能是某一种矿物质含量过高的原因，不能种粮食。红土掺水就是红泥，也叫胶泥，最大的用处就是能烧砖制瓦，能捏坛坛罐罐。"

鲁德亮告诉她，过去附近还能见到红土，雨水一来，满地的红泥，粘在过往人们的鞋底上，自行车轮胎上，甚至甩到半高的墙上，干了以后是一个硬邦邦的红土块，很难抠下来。时间再往前推几十年，红土就更多了，没有这些楼，没有团结路的时候，这一片都属于红泥街区。现在红土不见了，红泥街拆除以后，这里的土质也发生了变化，在启动绿化工程的时候城建局用了某种技术，对土质进行了改良。

鲁一沙对什么土啊泥啊之类的皆不感兴趣，除了一点，就是当初到底是谁把父亲伤得那么重的？据母亲讲，父亲失血过多，闯进医院的时候脸色几近苍白，如果再来晚一点，伤口不接受处理，很可能因为流血过多死去（当时可不具备输血条件）。

她问父亲，当年到底发生了什么？

"都是陈芝麻烂谷子的事了，"鲁德亮咽了咽唾沫，接着说，"那时候那些红卫兵都疯了一样，跑到公安局砸门，打人，说我们背叛了领袖，要砸烂我们。他们打砸我们是假，耀武扬威是真，你想啊，连公安局都敢砸，还有他们不敢造反的地方吗？我们虽然没有拦住他们，让他们冲了进来，砸了玻璃，砸了办公室，砸了警车，但是他们也没有得到什么好处。我们不能开枪，但是我们都练过，有的还会武术，我们有组织，有纪律，他们打不过我们。

"那伙人跑了，我们打赢了，但是我们几个表现突出的都被他们记下了，长什么模样，家住哪里，他们都记住了。有一天下班后我就遭到了报复。"再次提起当年的细节的时候，鲁德亮脸颊抽动着，仍然有些激动。

"对方是埋伏好，突然冲出来的。冲在最前面的在我的胳膊上来了一刀，断了我一根大血管。其他人只是对我拳打脚踢，那个人一上来就砍人。"

鲁一沙追问道："你还记得那人吗？"

鲁德亮深吸一口气，若有所思地站起来，背着手绕着树转起了圈，一会儿就走出去，走在了砖头小路上，鲁一沙只好跟在后面。他们一直走，离开2号楼，走在了1号楼下，隔着钢筋护栏就是马路上的公交站牌，耳边传来一阵尖利的马达声，一个黄发青年骑着摩托车飞驰而过。

一只白色的流浪猫大概是受了惊吓，从旁边的草丛里窜出来，朝着前方飞奔而去，然后又突然停住，刺溜一下爬到了不远的一棵树上，站在树杈上向下望。鲁一沙越过鲁德亮，好奇地追了过去，鲁德亮也不得不加快步伐。

"看啊，这里有一条狗，难怪。"鲁一沙说。

"一沙，那个人我想不起来了。"鲁德亮跟上来，边擦汗边气喘吁吁地说。

"看啊，它多可爱啊。哎呀，它肚子这里怎么了？"鲁一沙站起来，心疼地说。

13

鲁德亮认出来了，树下站的正是牛国柱的闹闹，那条黑色的小狗。它把那只流浪猫赶到了树上，自己无奈地站在树下，与树上绷紧身子的猫抬头对望，着急地抬腿用爪子刨地，发出愤愤不平的呜呜声。

鲁一沙用手摸它的头，挠它的下巴，小家伙马上就不再发抖，转而兴奋地摇起了它的小尾巴，这时候她就把它摁住翻过来，给鲁德亮指它身上还没有完全长好的伤口。

鲁德亮当然知道那伤口，他四下张望：牛国柱去哪儿了？

正纳闷的时候，牛国柱来了，一手拿着烟，另一只手里揉着一对核桃。

"老鲁！好些天不见了，干什么去了？"他走了过来，手里的核桃不停地摩擦着。"哎呀，原来是一沙回来了！"看见鲁一沙，牛国柱的嗓门突然提高了八度，笑着说，"一沙，又变漂亮了啊，从北京回来了？"

"牛叔，这是你的狗？"

"对啊，叫闹闹。怎么样？"牛国柱有些得意。

"它的伤怎么回事？"鲁一沙关切地问。

"在团结广场的铁丝网那里挂伤的，不知道谁缺心眼，把那网弄开了。"

"牛叔，遛狗要拴绳呀，你看这儿，伤口还没有完全长好，一看都没有经过正规处理，毛也没有剪。还有，除了要定期换药，还要给它上伊丽莎白圈啊。有时候伤口外面看着好像长住了，但是里面可能已经化脓了，你闻闻嘛，有股臭味。"鲁一沙像机关枪一样一下子吐出来这么多字。

"什么圈？伊利什么？"牛国柱一脸发懵。

"伊丽莎白项圈。就是像个喇叭花，套在它头上，伤口愈合的时候会发痒，有了这个圈以后它就舔不到伤口了。"

"噢，对，你说得对，"牛国柱恍然大悟地一拍脑袋说，"伊利圈我不懂，没有，你说怎么弄，牛叔听你的，狗绳子我带了。"他把烟掐了，核桃装进裤口袋，然后从另一侧的口袋里掏出来一条绳子，套在了狗脖子上。

牛国柱这种见风使舵的行事风格，鲁德亮早就领教过了，也不当回事，让他受不了的是牛国柱当着鲁一沙的面做样子的劲，其中的缘由他当然知道——牛国柱的儿子到现在还没有对象，他就是瞄准了一沙，想让一沙给他当儿媳妇，他甚至在自己面前提起过这件事。不可能！只要他鲁德亮活着这件事就绝对不可能，并不是因为牛国柱的儿子，那个小伙子长大后他还见过几次，中规中矩，这不重要，不可能就是不可能！

而见到牛国柱以后，鲁一沙突然眼前一亮。他和父亲年龄差不多，以前又是同事，退休后都没了另一半，孤身一人生活，但是他们两个人又是如此不同，一个乐观开朗，成天笑嘻嘻的，一个性格内向，闷闷不乐，最后把自己弄出了毛病。她想，为什么不能让牛国柱陪陪父亲？两个人互相是个伴儿。

牛国柱家在7号楼，回去的时候要经过2号楼，他们三个在原地站了一会儿后开始往回走，这是鲁德亮决定的，他不想继续晃悠了，心慌，着急想回家，所以走在最前面，牛国柱牵着狗和鲁一沙并排走在后面。鲁一沙说"让我牵一会儿吧"，从牛国柱手里接过绳子后她故意走得慢，和鲁德亮的距离越拉越大，这时候她把刚才的想法告诉了牛国柱，她的借口是"我爸最近情绪非常不好"。她说话时刻意压低音量，怕父亲听见，弄得牛国柱也有些紧张，用同样低的音量说："我都叫了他好几次了，但是他不听我的啊。"

鲁一沙胸有成竹地说："放心吧牛叔，这个交给我了。"

他们约好了，等会儿在牛国柱家见，商量一下具体怎么办。

回到家后，鲁一沙一刻没有停歇，在电视柜、茶几下面翻找，鲁德亮问她找什么，她说找剪刀、透明胶布，还有注射器和纱布；问她要去干什么，她说要去牛国柱家看看闹闹，那狗身上的伤没有处理好，不能再耽误了，不去不行。

让鲁一沙出乎意料的是，鲁德亮竟然随口就答应了。"去吧。"他说，如此轻描淡写。她是知道牛国柱儿子那档子事的，对此倒是不抗拒，甚至印象还不错，不过在这件事上，她也知道父亲的态度（不想让她和牛国柱过多接触）。

听到关门声响起后，鲁德亮打开窗户，向外面望去。香椿树还是那么绿，枝丫顶端出芽了，夹杂在绿色当中的，是点点紫红。想当初，它还没有长那么高的时候，他和秀香还会摘上一些嫩芽炒菜吃，香椿炒鸡蛋，香椿拌豆腐，3月下旬摘一茬，4月中旬第二茬，情况好的话在5月上旬可以摘到第三茬。现在，树长高了，他老了，没办法够了，秀香也走了。鲁一沙出现在他的视线里，手里提着一包东西，沿着水泥路朝里走去。鲁德亮想，她走路的姿势分明和原来一样，还是个孩子啊！

鲁一沙的背影渐渐模糊，直至消失不见，另一个人却朝自己缓缓走来，脸孔越来越清晰。鲁德亮关上窗，走到客厅，躺倒在沙发上，闭上眼，这个人的脸依然挥之不去。那是一张苍白的脸，一张棱角分明的脸，一张冲着自己狂笑，又开始流泪的脸。

鲁德亮觉得自己没有办法回避了，他睁开了眼睛。

灰暗之中两张脸相遇了。那张脸突然没了表情，安静下来，然后，就像受到打击一样，开始塌陷，破溃，五官一点点碎烂，掉在了地上。

与此同时，鲁德亮的耳朵里响起了一阵痛苦的号叫，他本能地抱头捂耳，一点用都没有。

他对女儿撒谎了。

这个人就是许多年前持刀砍他的人。他根本没办法忘掉，像石板上的字，深深地刻在脑子里，任凭暴雨冲刷，风平浪静后痕迹只会越来越深。

14

"对付"父亲，鲁一沙没有什么绝招，说实在的，鲁一沙觉得自己根本猜不到他在想什么，脑子里装的是什么，尤其是当她知道父亲去过"海洋世界"以后。看到医生开具的处方、门诊病历，看到放在卫生间脸盆架子旁边的药时，她更加茫然不知所措了。

鲁一沙不知道父亲的病情到底对他的想法影响有多大，他是想得多了所以得病，还是因为得病而会产生和常人不一样的想法？无论如何，有一点是确定的，那就是他现在是个病人，所以再也不能用过去的方式和他相处了。

鲁一沙是鲁德亮的掌上明珠，鲁德亮非常娇惯她，所以鲁一沙过去的一招就是撒娇，说好听、顺耳的话，但那都是过去了，现在她得想别的法子。牛国柱告诉她，广场一到晚上就有活动，唱歌、跳舞，今天晚上还有乐器演奏，于是她和牛国柱约好，晚上带父亲来广场。

晚饭的时候，她向鲁德亮谈了一下自己最近工作的情况，单位（一家总部位于北京的慈善基金）派她到海吉县（距离原州市80公里，坐大巴一个半小时）开展一项关于农村留守儿童的关爱项目，她的主要工作是和当地民政部门取得联系，做一些前期调研，大概一个星期。

"我明天早上就动身，九点的大巴，票已经买好了，赶在清明节前一天回来。"她说。

鲁一沙撒了谎,实际上她把票买到了后天早上,正式工作大后天才开始。明天她已经安排好了,从牛国柱家出来的时候,她给鲁明打了个电话,简单地说了一下情况,要鲁明通知一下鲁娜,召开家庭会议。晚上她去鲁明家过夜,有话要和嫂子郭萍说。一家人团聚,包括两个小屁孩,唯独缺了鲁德亮,而聚会的话题偏偏就是他。

鲁德亮说:"走这么急?不多待两天?"然后就像一个瘪了的皮球一样,一屁股坐在沙发上,没有了话。鲁一沙收拾完厨房后走出来,发现他又把阳台上的废报纸翻出来,铺在桌子上练起了书法。

六点了,眼看天就要黑了,鲁一沙还是不知道怎么开口,不知道怎么说话才不会被回绝。她真的着急了,就为了如此小的一件事,这是过去从来没过的经历。

现在再看到父亲趴在桌子上,在铺开来的报纸上练字时,她就觉得神经过敏。她走过来问他:"爸,你又在写什么?"

"我在抄《金刚经》,能锻炼心性。你走的那会儿我翻出来的。"

桌上果然放着一本皱巴巴的《金刚经》,也是老古董一件。

"爸,想锻炼还不简单,我给你找个事儿干,你陪我去广场吧。"鲁一沙选择了直截了当。

"现在?"鲁德亮看了一眼墙上的钟。

"就现在,我想去那儿转转,你不去的话我一个人走了。"鲁一沙说。已经没有退路了。

"你一个人去不安全,我们一块儿去。"鲁德亮说着放下毛笔,盖上了砚台。

他们收拾好下楼，走出小区的时候是6：10，鲁一沙像一只小鸟一样，挽着鲁德亮的胳膊，为自己取得的小小成就沾沾自喜。走的过程中她间或看看表，算计着时间。不能迟到。

走着走着鲁一沙就发现不对劲了。她有点跟不上鲁德亮的步伐，父亲像个加满油的汽车，动力十足，她像一节车厢，被父亲拖着走。从他眉头紧皱的脸上能看得出，他是极不情愿的。一路上，鲁一沙和他说话，想和他聊聊周围风景、路过的人和车，他一点回应都没有。

鲁德亮觉得自己的痛苦更进一步了，不是为具体某件事、某个人而痛苦，而是他觉得痛苦本身实在是一件有形的、能够感觉到其存在的事物。痛苦就像他吸进去的气，像身上挥发出来的汗，无时无刻不在缠着他，要与他合为一体。这种感觉在来到外面，走在大街上时更为明显，汽车的喇叭声、人的喊叫声让他的每一个毛孔里都塞满了不耐烦。他要快点走，快点到，快点结束。他要折腾，要发汗，要把痛苦踩在脚下，所以他很卖力气，牙关紧咬，脚底用力磨，用力踩，用力蹬。他紧紧地抓住鲁一沙的手，像一个盲人紧握住自己的导盲棍，像落水的人攥着河边的草一样不放。

他们到团结广场的时候是6：25，广场外围稀稀拉拉的没有几个人，广场中央倒是人员集中，有十来个人围成一圈，脸朝里屁股朝外，不知道在干什么。

"就沿着最外面走一圈吧。"鲁德亮说。

鲁一沙很失望，但只得遵命。

他们很快就走到了最东边，来到铁丝网前。铁丝是冰的，鲁德亮抓住做了几个踢腿动作。他看到远处的荒滩渐渐暗了，深处已经无法看清，风从网眼里钻过来，带来阵阵臭味，比上次来时更重。

"走吧，回家。"鲁德亮说。

鲁一沙跟在父亲后面，她有些失望，约好的时间已经过了，不见牛国柱的影子，广场上也没有什么乐队。

走到一半的时候，广场中间突然爆发出一阵笑声，刚才聚在一起的人群随着笑声散开来，紧接着鲁一沙就听到了狗叫声，一条小黑狗从人缝中钻出来，在广场上撒起了欢。是闹闹，戴着她做的头套，摇头晃脑的，像刚学会跑一样。

"闹闹，闹闹过来！"鲁一沙兴奋地张开双臂，弯下腰喊。

牛国柱拿着绳子追了出来，看到鲁德亮后改变方向，朝他走来。

"老鲁，你终于来了。"牛国柱喊道。

鲁德亮很不情愿地停下了脚步。

狗听到人的召唤，蹦着小腿，朝鲁一沙他们跑了过来，跑得比牛国柱轻盈，比牛国柱快，眨眼的工夫就窜到了鲁德亮眼皮底下。

鲁德亮看到的是一个头上套着圈的黑色怪物，在他的两腿之间钻来钻去，踩他的鞋，闻他的裤腿，他可受不了眼前这个碍眼的东西。他感觉自己就要发作了——火气已经上来，离燃烧就差一摄氏度。

也就在这个时候，有人拉起了手风琴，琴声一下子就击中了他，像天上下起了雨，把他浑身上下浇了个透。满地都是水，湿漉漉的，钻进他眼睛里，什么都看不见了。他迷路了，掉进一个水池里，沉下去又浮上来。池子的深处白茫茫的，闪着亮光，他因为冷而发抖，但他选择蹚水继续前进。

鲁德亮发现自己浑身是汗地站在广场中间，站在正在演奏的人旁边。

第三章 惊喜

"老鲁,你用不着这样吧,贴这么近。"牛国柱嚷嚷道。

鲁一沙牵着狗站在他身边,扯了一下他的衣服,不好意思地说:"是啊,爸,你快要钻到人家的琴里去了。"鲁德亮赶紧往后退了两步。

音乐声继续,换了一个调调,上来几对人,互相搂着开始跳舞,他们父女俩不停地挪,给跳舞的人腾地方。牛国柱也搂着一个比他高一头的女的,有些滑稽地摇来摇去。

见此情景,鲁一沙扑哧笑了,扭头对鲁德亮说:"爸,你也上去跳一个吧。"

"不了,我就站着看看。"鲁德亮说。

这也是个不小的进步。鲁一沙想。

乐队的伴奏停了,换成音响放音乐。天色暗下来了,人群头顶上有盏灯亮了,发出红色和绿色的光。鲁德亮眯着眼睛仔细看去,发现那不是一盏灯,而是一个会转的球,闭上眼睛,那球还在眼前转,形成一个阴影。

一直到晚上睡前,这个阴影还在。

发光的球在转,那段手风琴在他的脑子里也没有停,他就在这样的状态下昏睡过去了,中间醒了两次,一次是十二点被鲁一沙冲厕所的声音吵醒,爬起来发现原来卧室门开着,关好门,检查一下窗户继续睡。第二次被街道开过去的卡车震醒,轰隆隆的整扇窗户跟着晃,地板也在摇,这次应该是四点,到了起床练习书法的时候了。他睁开眼睛,发现自己在床上躺歪了,上半身靠在床沿上,再翻一下就掉下去了。

他的肩膀有些酸,脖子也有点疼,爬起来后扶着墙站了一会儿后，摇摇晃晃朝卫生间走去。开灯，拧开水龙头接水洗脸，水哗啦啦响的时候，他突然觉得尿急，坠胀感明显，裤头脱了，却尿不出来。胀得发紧，胀得疼，出来在房子里走来走去，膝盖磕到了一把椅子上。走到大门口时，忽然听到外面有响动，一个人蹑手蹑脚地从楼上走下来，停在了家门口，与他就隔了一道门。

"谁！"他吼道。

门锁有响动！他赶紧伸出手控制门把手，已经晚了，锁咔嚓一声被对方开了，有一股力量在推门，他铆足了劲，死死地顶着，无奈体力不支，门破开一道缝，伸进来一只脚，然后是一条腿。

"谁？干什么？来人啊，一沙！"他大喊道。

他死命地反抗着，同时拳头朝伸进来的肢体砸去，突然，外面的力量不见了，门轰的一声关了。他壮起胆子打开门，只见一个黑影急匆匆地跑下楼，他蹬开拖鞋，光着脚就追。那黑影跑得太快，冲出楼道后就不见了。他跑不动，颠两下尿意又来了，实在憋不住了，就硬撑着走到垃圾箱附近方便。这下尿出来了，却尿到了脚上、腿上，尿在了裤子上——彻底失去了控制。

15

"爸，你怎么了？"鲁一沙从房间里走出来，一脸倦意。

鲁德亮发现自己浑身是汗地站在客厅里，只穿着背心裤头。

"我起来上了个厕所，找药吃，你快睡吧。"他掩饰道。

看样子鲁一沙信了，回了房间，鲁德亮的心里却七上八下，发生了什么？他想，他有些分不清楚现实和梦了，他怀疑自己刚才真的喊出了声。他觉得鲁一沙看自己的眼神有些不对劲。

他的裤子湿漉漉的，由此他更加确信，刚才门外的状况是真的，但是当着女儿的面，他不能轻举妄动。

回到房间后他倚靠在床头，脑子里不停地翻腾着：这个人到底是谁？冲谁来的？目的何在？

难道是他？

这个想法让他不寒而栗。

不可能的，他想，那人已经死了。

人是他杀的。

这个世上也绝不可能有鬼这种东西。

况且，刘宏斌说了，他没有疯，只是情绪上出了问题。

鲁德亮一头栽倒在床上继续睡。他觉得自己没有睡着，脑子的一部分清醒到能听到远处工地上塔吊旋转的声音，听到建筑工人浇筑水泥时的嘤嘤嗡嗡声，大部分却让身体不听使唤，没办法动弹——连个手指头也不能动。

再次起来后外面已经大亮，鲁一沙走了，临走前给他准备好了早餐，还在桌子上给他留了张便条，上面说希望他听听音乐，对改善情绪有很大帮助，同时还希望他晚上坚持去广场走走。

昨晚没有练成字，笔墨纸砚还整齐地摆放在书桌上，没有动过的痕迹。他叮嘱过鲁一沙，从那次她闯进书房乱翻东西之后，很明确地告诉她，今后不要再动他的东西。

他走到大门口收拾鲁一沙匆忙乱丢的拖鞋的时候，门突然晃了一下，对门有人出来了，使劲地摔了一下门，走下楼梯，摔得太狠，能感到一股风从门缝里钻进来。

洗漱完毕，吃了药，吃了早饭，鲁德亮就想干一件事，也是女儿在便条上写的：听音乐。

他有录音机，有磁带，条件具备。他先找录音机。

秀香把录音机放哪儿了？应该和电视机一起，放在客厅才对啊。在各个房间转了一圈没有收获后，鲁德亮决定下功夫仔细找。

厨房和卫生间不可能，阳台的可能性也不大，除了放着几盆花以外，阳台在家里就是堆放破烂的地方。北边的阳台主要堆放着鲁德亮的破烂——书和旧报纸，退休前记的大堆工作日志、奖状、各种证件，还有他穿过的已经破了的警服，旧大檐帽。衣柜里放不下了，送没人要，又舍不得丢，全部压在两个大箱子里。南边的阳台是厨房的延伸，是个储藏间，放米面油的地方，除此之外还有一个大缸，几口坛子，李秀香活着的时候，每年冬天必定用来腌菜。厨房的角落，一个最不起眼的地方，放着一个备用煤气罐。

他首先翻各种储物柜，包括餐厅头顶上方的一圈顶柜，站在一个小板凳上用拖把棍撬。怎么可能在上面？他拍了一下自己的脑袋。然后是衣柜，除了他的衣服，还翻出了几件秀香的旧衣服，有一件羊毛大衣，当初他没舍得烧掉。

在一堆叠放整齐的衬衣下面，鲁德亮翻出来一个方盒子，里面装着明星贴画和成堆的千纸鹤，盒子里有股香味。是鲁娜的，那时她最喜欢这些东西，追星，折纸，给班上的男生写小纸条，就是不爱学习，最终没考上大学。鲁德亮托各种关系在傻傻淀粉集团下的一家厂子给安排了一份工作，工人身份，她又嫌弃看不上，三天两头不去，最后下了岗，不过好在她最后嫁得不错，生活可以用圆满二字形容。鲁德亮自己也没有想到两个女儿当中，后来最不需要操心的竟然是鲁娜。

在衣柜里鲁德亮还发现了一堆磁带。原本要找录音机，竟然先发现了磁带，里面有苏联经典歌曲一盘——《三套车》以及《莫斯科郊外的晚上》。

他一边找，一边拿着笤帚簸箕打扫卫生，打算把写字台下面、床下面都掏一遍。

他正趴在地上掏床时，响起了敲门声，起先他怀疑自己听错了，停顿了一下，但是敲门声越来越大。

透过猫眼看到的是一个花白头发的头顶。

"谁？"他问。

"我，老鲁，快开门！"传来一阵低沉粗鲁的声音。

是牛国柱，他来干什么？鲁德亮记得昨晚离开广场的时候，牛国柱说他会每天下午叫他去广场，可现在是上午十一点啊。

"老鲁，快开门，有重要事情。"牛国柱催促道。

鲁德亮开了门。就在门像昨晚那样出现一道缝，能塞进一条胳膊的时候，他突然又猛地把它关了。牛国柱在门外面哇啦啦叫，他也顾不上了——他想起了茶几上放着的药盒子，还有翻出来的说明书，急忙返回去，拉开电视柜，一股脑给扔了进去。

门再开时，牛国柱抱着胳膊愤愤地说："老鲁，你干什么？差点把我的手夹了！"

"对不起，没注意。我在打扫卫生，"鲁德亮扬了扬手里的笤帚接着问，"什么事啊，老牛？"

"原来你都知道了啊，已经收拾开了，我还专门跑过来一趟想告诉你!"牛国柱走进来,环顾一下四周,一屁股坐在鲁德亮经常练字的椅子上。

"知道什么?"鲁德亮一脸茫然地问。

"要拆了,老鲁,拆迁通知正式下来了!喜事!大快人心!"

牛国柱说着又激动地从椅子上站起来,使劲拍了鲁德亮肩膀一下。

16

牛国柱问鲁德亮需不需要帮忙,鲁德亮说不需要。他没有招呼牛国柱,没有给他倒水,在他说话的时候继续埋头扫地上的灰,其实这就是委婉地下了逐客令。但是牛国柱一点也没有要离开的意思,站起来在房子里转来转去,向鲁德亮一个劲地讲他的计划。

他对鲁德亮说,拆迁的补偿是政府早就定好的,回旋的余地不大,但是拆迁方在拆迁前会派人进行一次丈量,评估房子的室内情况,房子的装修程度高,评估的时候会根据情况加钱,他就是要在这个地方做文章。他向鲁德亮透露了自己的打算:对老房子进行突击"改造",做做表面功夫,钱到手就行。

牛国柱在房子里来回走动时,鲁德亮就觉得心烦,他的喋喋不休更让他受不了,当牛国柱说到"你快买上几桶白漆粉刷一下墙壁,因为家里实在太暗了"时,鲁德亮干脆把笤帚往地上一扔,说:"嫌暗?那咱们下楼!"

"干什么去?"牛国柱问。

"哪里有通知，带我看看去！"鲁德亮不耐烦地说。

拆迁通知张贴在每个楼道门口的水泥墙上，因为光线不太好，印刷字体又太小，看不大清楚，于是他们两个又朝着小区的公告栏走去。

公告栏的位置在1号楼楼下，离小区大门不远，距离小区内最大的露天垃圾坑只有二十来米的样子，平常都是人人敬而远之。但是今天不一样，他们两个过去的时候，那里已经站满了人。

公告栏上的通知有两份，一份是正式通告，下面盖着原州市政府的公章，甚至还附上了包括永清湖在内的东郊地图，上面用红色边框圈住了此次要改造的地方。另一份为《给全体住户的一封信》，落款是一个叫拆迁工作领导小组的机构，信的内容并没有什么新意，就是让大家配合工作，在截止日期前圆满完成拆迁，对于不配合工作、恶意阻挠甚至暴力对抗者，将采取强有力的回应措施。

通告上的大段文字内容，鲁德亮只注意到这么一句："将于四月底前完成大环境的清扫和排查工作。"这么说，很快就会有动作了？

"这个进度也太快了，看他怎么完成。"牛国柱说。

鲁德亮立在人群当中，伸长脖子，抱着胳膊，像一只秃鹫，直到牛国柱再次拍了一下他的肩膀，才像受到惊吓一样回过神来。

确定了，全都要拆了。

鲁德亮这么想着，从1号楼走到2号楼楼下，牛国柱问他："你不回去吗？"他摇摇头。他们就继续走，沿着砖砌小路走到2号楼后面，经过鸡棚、菜地，从香椿树下走过去，然后一直走到7号楼，把牛国柱送回家。

回家的路上，鲁德亮闭上眼睛，想象着整个地方拆掉、全部消失的样子。他想象不出来,睁开眼睛,四周出奇的亮,脑袋瞬间眩晕,他坐在路边的半截台阶上喘气。眼前的水泥路几十年了,坑坑洼洼的,离他不远的地方有一个下水井盖因为路面不平的原因陷进去,半边翘了起来,井盖的旁边生出来一株蒲公英,挺拔的绿色茎秆,头顶着两个圆圆的白色绒球,他正看着,一辆三轮摩托突然从旁边的过道里拐弯出来,直挺挺地开了过去,伴随着一阵咣当的声音,将它碾得粉碎。

第四章　黑影

17

他在床下面找到了录音机。

这张床是家里最老旧的床，一张箱体床，掀开床单，卷起铺盖卷，去掉床板，就是一个储物空间。折腾了半天，把家里几乎翻了个遍，却发现要找的东西原来就在自己的身子下面，每天压着它睡，真有点荒唐。和录音机一起被发现的还有一个包裹，鼓囊囊的，翻开一看，是自己过去的旧物件——相册一本，邮册两本，相框一个。

相框里放的是鲁德亮的一张黑白结婚纪念照，照片上什么布景都没有，只是他和李秀香的半身像。两个人穿着普通，照片上的李秀香微笑着，头微微朝他偏过去。

邮册里面夹的不全是邮票，还有一些粮票、布票，有两张电影票，他把电影票抽出来，捏在手里端详。它长得像现在的公交车票，正面寥寥数字，印着电影院名字和座位号。"和平电影院"，是这电影院的名字。电影院早已不复存在，鲁德亮也完全想不起来他用这张票看过什么电影,他倒是想起了一部片子,他和秀香一起看的,高仓健、中野良子的《追捕》。

鲁德亮至今记得电影里那"啦呀啦啦"的主旋律,那极尽繁华、流光溢彩梦幻般的都市景观,还有真由美充满甜蜜地大声说"我喜欢你"的场面。他记得散场后自己听到的感叹:原来资本主义是那个样子的,原来日本鬼子不都是"八嘎雅路""花姑娘大大的",原来人还可以那样活,不为一切,就为了真相。他至今还记得走在电影院外面的街道上,秀香挽着自己的胳膊,把他比作电影中男主角杜丘的场面:

"你就是杜丘。"她说。

"我不是。杜丘是检察官,我是警察,一名普通的人民公安。"他笑着说。

"你明明就是杜丘。"她停下脚步,看着他的眼睛继续说。

"我不是啊。"他坚决否认。

"你为什么不是杜丘?你也和他一样充满正义感,是个真正的男子汉!"她较真地说。

"我如果是杜丘,就是一个被追捕的人啊!你愿意跟一个逃犯生活吗?"他突然变得严肃认真起来。

"那我就是你的同谋!心甘情愿!"她坚定地说。

想到这里,鲁德亮突然难过起来,眼泪涌了上来。不敢也不能再往下想了。他一把攥紧电影票,身体紧紧缩成一团抖了一会儿,然后又后悔地展开手,把已经皱巴巴的票放在指头上揉平,小心翼翼地重新放回塑料夹里。从现在起,这就是那两张《追捕》的票,他在心里这么想。

他整理好床铺，把结婚纪念照摆在电视柜上，邮册和相册放进茶几的抽屉里，给录音机插上电，坐在沙发上听起了歌。听了一会儿，他就站起来拔掉了插头，无论听什么，他的耳边响起来的全是电影《追捕》的《杜丘之歌》，脑袋里装的全是当年和秀香一起看电影的场面。他在屋子里走来走去，不管从哪一个角度看过去，照片里的秀香都好像冲着他微笑。

外面起风了，风很大，吹得窗户响。他走进厨房查看，推开窗户，看见香椿树的枝丫在风中摇摆。关于这棵树的来历，他也对鲁一沙撒了谎。为什么要种树？他对鲁一沙说是因为当时家属区盖成后，号召大家做贡献，他就选择了种树，绿化环境。为什么单单种香椿树，而不是其他树，他说不是有这么一种说法吗，香椿树象征着长寿，有个好寓意，健康长寿，家庭和和美美，万事如意。

以上说法不全对。鲁德亮种香椿树还有别的用意，或者说它的本意——这棵树是他为李秀香种的，香椿树里有个"香"字，李秀香的名字里也有个"香"字。这就是真相，如此简单，简单到很多人都猜测不到，甚至当年李秀香本人也窥探不到鲁德亮内心的真实想法。

李秀香曾是这个世上最能理解并且包容鲁德亮的人，这棵树就代表了李秀香本人。在鲁德亮看来，她就像真由美那样纯洁、善良，那样美。

他配不上她。她是真由美，他绝不可能是杜丘。杜丘不可能为了一己私欲去杀人，纵使这个人本身十恶不赦，杜丘也一定会主持正义，让他得到公正的审判。杜丘是正义的化身，而他，从某种程度上，就代表了一种罪恶（现在，也许是患上了所谓的"抑郁"的缘故,他的自罪感变得愈发强烈了)。如果硬要说他和杜丘之间有什么共同点的话,鲁德亮内心苦笑道,也许就是他们两个都进过精神病院,不过杜丘是为了查明真相而装病,而他是真的遇到了麻烦。

时至今日,往事对他而言仍然像身上的脓包一样,触碰不得。"冷处理"只是他的一厢情愿,牛国柱不经意间的一句"永清湖边杀人案"就让他心惊胆战,噩梦连连。甚至,他连"那个人"的名字都不敢写,练字的时候他能写下任何人的名字,只有那个人不能。

那个人的名字叫黄立勋,1973年夏季的一晚,鲁德亮将他杀死在了永清湖畔。

18

一辆长城牌皮卡停在小区门口,不耐烦地按起了喇叭,门卫室的保安告诉他们,正门不开,车辆一律走西门。话还没说完,车门就开了,后排跳出两个大汉,二话不说,直接走过去拆门上的铁链,铁门发出哗啦哗啦的声音。铁链缠得虽然紧,却不是死结,三两下就解了开来。

门被推开一个口子,能进去一个人,但仍旧打不开,上面还有一把锁。大汉摇晃门不见起色后,对保安说:"别废话了,把钥匙拿来!"

保安一个电话叫来了所有当班的人,他们都拿着黑色橡胶棍。皮卡车里的人见状又把车往前挪了一点,彻底把进出小区的路封住了。双方的对峙造成了外面的人进不来,里面的人出不去,人越聚越多，时间已近傍晚，却乱哄哄的像赶早集一样。

鲁德亮和牛国柱下楼后也出不来，站在路边的台阶上，牛国柱用绳子拴着狗。看见人群聚集，听到有人越吵越凶，狗害怕得叫了起来。

"快开门，我要出去！"有人喊着说。

"看着都像流氓，太不像话了。"有人低声说。

起初的一阵骚动过后，有不少人转而变成了看热闹的，包括鲁德亮在内都认为可能要发生冲突了，手持橡胶棍的保安年龄普遍偏大，皮卡车上的人生得五大三粗但只有三个人，哪边的胜算大？

这时候保安队的黑脸队长跑过来开了门，原来那三人是拆迁办的。

皮卡车进门以后走了没多远，就停在路边。他们从车厢里抽出一架梯子，搭在路灯杆子上，然后从座位上抱出来很多卷红色的东西扔在地上，是横幅，鲁德亮看着他们踩在梯子上，把第一面拉在了大铁门的正上方。

"老鲁，你看看，像不像闹革命，一片红！"跨过大门的时候牛国柱说。

到了广场之后，牛国柱把狗放在地上，解开绳子，狗立刻生龙活虎地满广场跑了起来。因为脖子上戴着鲁一沙做的头套，视线受了影响，仍旧是一顿胡跑乱撞。

他们两个耽搁了一会儿，其他人早就到了，小乐队也已经开始了演奏，一群人摆出了大合唱的阵势。鲁德亮和牛国柱走过去的时候，他们刚唱完一曲《团结就是力量》，接下来是《映山红》和《在那遥远的地方》。牛国柱跟着唱了起来，完全沉浸其中，脸都唱红了。鲁德亮错过了《映山红》，当《在那遥远的地方》的旋律响起来时，他也加入了大部队，不过他只是跟着旋律简单地哼，声音只有自己能听见。

他其实是在看乐队的手风琴演奏，盯着那个风琴手发呆，看着她的双手在黑白琴键上跳跃，她的支撑脚在地上打起拍子的时候，他在心里也跟着打同样的拍子。

一会儿，演奏结束了，合唱也跟着结束了，天色变暗的时候，牛国柱过来对他说："老鲁，你跳舞吗？"

鲁德亮摇摇头说："不跳，你跳。"牛国柱知道他不跳，于是说："那我去了，你照看一下我的狗。"不管鲁德亮答不答应，牛国柱一把就把绳子塞到他手里，转身走进被灯光照得花花绿绿的"舞池"里。

鲁德亮还没有反应过来，就找不见牛国柱的影儿了。今晚的广场上人格外多，"舞池"也不再局限于广场的中间地带，而是几乎扩大到了声音所能及的地方。天色变暗后，在那些灯光覆盖不到的地方，黑暗的角落里，也有一对对人搂抱在一起。

鲁德亮的伴儿就是这条狗。他从来没有牵过狗，绳子到他手里一下子就绷直了——狗总想挣脱控制，弄得他十分紧张。他稍微一用力，就感到小家伙的脖子勒紧了，喉咙发出"哧哧"的声音，可他要是不用力，它就带着他到处跑。他牵着狗在人群里走来走去，走的路绝对不比跳舞的人少。

他很生气，找起了牛国柱。没有目标，他就像个没头的苍蝇瞎乱撞，每走到一对人前，就尽可能地凑上前去辨认。在人群中穿梭的时候，他就是这众多男男女女的障碍，手里牵的这条狗更是个问题，这里闻闻，那里嗅嗅。鲁德亮想，要是自己就这么一松手，脚下这个会跑会跳还会叫的黑影获得自由了，绝对吓人不轻。

四周影影绰绰，他走起路来也变得跌跌撞撞。好不容易瞟见了一个身板和牛国柱差不多的人，匆忙赶过去又不见了踪影。坚持了一会儿，他就觉得自己不行了，受不了眼前炫目的灯光，受不了震动的音响。他又开始出汗了，汗珠从额头上渗出来，流进了脖子里。

他放弃了。牵着狗往铁丝网的方向走去，他要去透透气。

黑魆魆的荒滩上闪着点点火光，他再定睛看时，发现有什么东西朝他走来。

是个黑影。他的身子不禁战抖起来，踉跄着往后退去，差点被仰卧起坐器绊了一跤。不知道什么时候，手里的狗也不见了，手心里攥着的是满满的一把汗。

他有些慌了，退回去在人群中找狗，再回头时发现黑影不见了，然后，在他扫视四周时，它又出现在了人群中，立在舞池中央，离他十来米的样子。

分明就是一个人！矮个子，有胳膊有腿。

真的是他！他没死？

鲁德亮发觉自己的双腿发软到不能动了，黑影也没有动，他知道对方正盯着自己的一举一动。

舞曲突然停了，好一会儿没有再响，广场上安静下来，能听到还没有停下动作的人鞋底摩擦地面的声音。

挂在舞池上空的一个白炽灯泡突然亮了，发出昏黄的光。借着这光鲁德亮看到，牛国柱和他的舞伴竟然就在不远处，离那黑影两三米的地方！

他压着嗓子喊道:"老牛,老牛!"

"老鲁,是你吗?"传来牛国柱的声音。

"老牛,你——你赶快过来——"鲁德亮只能这么说。

"老鲁,怎么了?叫我什么事?"

"你刚才有没有看到——"鲁德亮的目光越过牛国柱的肩膀,朝后望去。

"怎么了老鲁?看上去慌慌张张的。"

"你的狗跑不见了。"鲁德亮慌忙掩饰说,说话的时候,他觉得头上热气直冒。

牛国柱笑着说:"我以为啥要紧事呢。没关系,它自己会回来的。"

牛国柱接着说:"来,老鲁,刚好认识一下,这是郝俊英郝老师,弹手风琴,原来在文工团。"

"这是老鲁,我们以前一个单位,你们认识一下。"

"你好。"牛国柱的舞伴对鲁德亮说。

"来,咱们往亮处走吧,站在这儿连个脸都看不清。"牛国柱说。

再看时,广场上的人已经散去了大半,音乐停了,就没人跳舞了。

黑影也不见了。

鲁德亮小心翼翼地往广场中央走去。那儿有几个人围着音箱打转,说是出了毛病,突然就不响了,头顶上的灯无声地继续旋转,几只虫子在光下飞来飞去。牛国柱去找狗了,剩下鲁德亮和郝俊英两个站着,有些尴尬。

"市里面有个合唱比赛,时间定在了五一劳动节,我们打算出一支参赛队伍,老牛说你肯定行。"郝俊英说。鲁德亮不知道该怎么回应她,甚至不知道自己的两只手怎么放(刚才还牵着条狗呢)。

走神的片刻,郝俊英离开他,走过去抱起地上的手风琴,坐在了椅子上。噗的一声,琴箱拉开来,进去了气,鲁德亮这时才回过神来,然后,当琴声响起来时,他愣住了,如同那天第一次听到时醍醐灌顶一般。头顶的圆球转着,光线似乎都打在了弹奏者身上,在这一束束光中,跳动着的灰尘颗粒也好像染了色彩,像梦里一样。

19

不知道什么时间,没有任何预兆,鲁德亮又醒了,与之前不同的是,这一回他切切实实感到了疲倦,身子不同寻常的重,无法翻身,更不要说起来,意识也处在模棱两可的状态(难道是药物反应?)。

他像块被抽了筋、剔了骨头的肉一样,瘫软在床上。在这模糊意识的边缘,他发现了一件奇怪又让人兴奋的事情:他想起什么,脑海里立刻浮现出什么,感觉到什么。这种感觉如此之真实,让他深陷其中无法自拔。

想起家乡的小山村,他就发现自己赤脚蹲在地里,拿着小铲子给洋芋蔓松土。洋芋种在深山里,地是个大斜坡,他弯着腰,脸晒得通红，汗水顺着脖子一直流到肚皮上。他想着风，风就来了，在他身后呼地吹过去，发出一阵巨大的叹息。他站起来，转身看着山下扬起来的阵阵麦浪。想起音乐，手风琴就在耳畔响了，拉琴的人不是别人正是他自己，那些黑白键、低音贝斯圆点和那些印在五线谱上的音符，所有的一切都驾轻就熟。他坐在一张舒服的靠背椅上，台下是密密麻麻的听众，他一张手，音乐就从琴箱里缓缓流了出来。

一想起李秀香，她就出现了，虽然面容有些模糊，但真的出现了。她是死了呀，但她就这么活生生地出现在他面前了。他哭了，他能感觉到泪水从他眼眶里涌出来，顺着两鬓流进了耳朵里。白天醒着的时候，他始终没办法达到这样一种放松状态——能够无所顾忌地哭，像个孩子一样坦诚，像个罪人一般悔过，现在他做到了。他有太多的话要说，要表达，却不知道说什么好，她的出现已经让他感到热腾腾的；另一方面，他又不敢说话，不敢动弹，连哭都是无声的，他害怕因为自己的一个轻微动作，会让整个泡沫消失不见。他只是慢慢地靠近她，等待着，感受着，体会着，能多待一会儿是一会儿。

她能看见自己吗？他想。

"老鲁。"她在喊他。鲁德亮觉得自己全身一下子就收紧了，包括他的脑袋，里面像在绞，在压榨，他感到了眩晕。

他们两个站在香椿树下。阳光猛烈照射过来，照得四周发亮，而他们安全地待在阴凉下面，他说："我要告诉你一件事。"

她没有接过话茬，而是只顾自说自话："你呀，哎呀，你呀——"他顾不上那么多了，他要对秀香说，掏心窝子地说，他犯错了,他是个罪人。他正准备开口,话已经到了嘴边,秀香就不见了,消失了,接着香椿树也不见了,周围的一切都不见了,亮光充斥着四周。他竟然像个瞎子一样,在这亮光中失明了,什么都看不见了。他张开双臂,不停地摸索着。

他知道尽头等待自己的是什么。

那黑影来了,从一个路口冲出来,手里拿着砍刀。

这是个死结,秀香活着的时候,他没能解开它,现在,梦里这个愿望也无法达成。

他沮丧又恼怒,敞开胸膛,无所顾忌地朝着那黑影迎上去——刀从他的胸膛戳进去,血从破裂处喷涌出来。

他是捂着心口醒来的,醒来后仍然心有余悸,爬起来往门厅走去,停在门口,静听走廊里的动静。

从猫眼里望去,漆黑一片,什么也看不到,他想,早就应该在走廊里装个灯泡了。

完全没有心思再练字了,他又回去躺下。耳边传来隆隆的响声,拉土的卡车开过去了。他想继续那个梦,只要从那梦里进去,就还有再见秀香的可能。

窗外的隆隆声有规律地响着,渐渐产生了催眠的效果,他试着睁开眼睛,但是眼皮很重,根本抬不起来,这样就很好——他只知道自己躺着,却压根想不起来在哪里躺着。

不知道过了多久,咚的一声,传来一声撞击声,像在不远处爆炸一样,把他一下子给惊醒了。

响声从大门传来,应该是什么东西撞到了门上。他爬起来,走到门边,通过猫眼往外瞧。走过去的时候顺带看了一眼钟表,已经九点半了。

这个时间点走廊里光线应该很暗，不过这一回却不一样，邻居的门大开着，门厅的灯亮着，让他看了个一清二楚。他看到了进门的鞋柜和贴在墙上的镜子，鞋柜是推拉门，半边开着，上面放着几双鞋。

然后是走廊，地上堆着不少东西，有一个看上去像床头柜的柜子，有几个塑料袋放在柜子上，许多东西零碎扔了一地。一个女人从里屋走出来，抱着一个纸箱子走到外面，砰的一声，箱子就到了地上。她在不停地往外面扔东西。她是谁？

家属区这些个老楼的走廊里，堆放东西已经成了习惯，见怪不怪。这里住的老人多，人老了就变得啰唆，爱囤积东西，鲁德亮曾经不止一次地在小区看到这样的情景：许多和他年纪差不多的老头、老太婆，一手拿着一个蛇皮口袋，另一只手在垃圾箱里翻捡，把找到的硬纸片、塑料瓶子放进口袋里，带回去堆到走廊。

鲁德亮从来不在走廊里堆东西，不但不堆，而且还主动承担起了打扫卫生的义务，别的楼层他管不着，他住的三楼从来都是干干净净的，每过几天，他都要拿着笤帚簸箕，把门口扫一遍，把那些放在报刊栏、牛奶盒子和别在门把手上以及塞进门缝里的野广告、传单和名片清理掉。

信箱里面也是一样。现在已经很少有人写信了，包括他自己，没人给他写，他也不给别人写。每过一段时间，他就用钥匙把那个金属小盒子打开，把里面的东西统统撕掉，扔进垃圾箱。

他吃了药，吃早饭的时候又听到了外面的响动。

那个女人出来了，又是一大包东西，哗啦一声，直接扔在地上,一点也不留情。鲁德亮因为个子高每次都弯着腰,时间一长,就感到酸,他一边盯着外面看,一边活动身子,胳膊肘不小心碰到门,发出了响声。女人听到了,抬起了头,朝他看过来。

这一回他可看清楚了,是一个年轻姑娘,之前从来没见过,她这是干什么?他咽了口唾沫,继续观望。这时候,楼梯发出噌噌的声音,跑上来一个年轻小伙子,这个人鲁德亮认识,租住在对门已经有些年了,好像是个搞美术的,见面次数不多,每次都背个画板。

"为什么扔我的东西?"年轻人说。

"你去死吧。"女人喊道。

两个人大吵起来。

鲁德亮见状不妙,准备出去劝说,他进卧室去穿衣服,等他把衣服穿好,返回来时楼道又安静了,再一瞧,女人已经走了,年轻人蹲在地上收拾着。过了一会儿,他背着一个包也走了。

年轻人走后,鲁德亮打开门走了出来。地上一片狼藉。这一回他出来不为别的,就是打扫卫生。他从家里拿了一个大购物袋,把垃圾捡起来塞进袋子里,拎下去扔进垃圾坑。这个女人扔出来的东西不少,年轻人走的时候也没有全部带走,除了有些确实可以称得上垃圾外,大部分是书和杂志,最多的是草稿纸,有的已经画上了东西——铅笔素描、水彩画,有的干脆是白纸。

最难处理的是那个木头柜子,看着小,分量着实不轻,拉开柜门,简单粗糙地分成上下两个格挡。他在里面发现了半罐茶叶、几袋方便面和一大包已经过期的饼干,把这些全部拿出来后,还是很沉,他根本没办法把它从三楼弄下去。

鲁德亮把年轻人的书和草稿纸做了整理,统统放进柜子里,然后把柜子靠墙放好,下楼扔最后一袋垃圾。外面的天气不好,阴沉沉得像要下雨的样子,风刮起来,吹得头顶上挂的横幅呼啦响,不知道哪个角落的哭声和咒骂声迎风钻进他的耳朵里。

正式通知拆迁后的第一天,小区的垃圾坑就已经满了,有人扔了一个沙发进去,垫子烂了,露出黄色的瓤子。一路上他看见了几个和他一样扔垃圾的,还有不少捡破烂的,在臭气熏天的垃圾坑附近徘徊。

回来的时候,他在小卖部买了一个灯泡。

20

自从灯装上以后,三楼的走廊里就彻夜通明。鲁德亮觉得这还不够,晚上睡前,他把客厅和门厅的灯也留着,这样只要他醒来,一推门眼前就亮堂了。他当然认为自己心有魔障,但是这么做不失为一种减轻思想负担的好办法。

不过这么做更加强化了他的一个坏习惯,每晚醒来,除了第一眼看时间外,接下来必然走到门上,屈膝弓腰,通过猫眼往外面看。夜晚,三楼的楼梯口折叠成一个圆弧,形成一道昏黄的光,他越是担惊受怕就越是要让这光投射进他的眼里,这其中有一种几乎变态的好奇心。他找来一根电警棍,挂在门厅的衣服架子上。虽然不干工作了,配枪早被收走了,电警棍还是能搞到手的,这玩意儿无疑又给他吃了一剂定心丸。自从上次梦到有人撬门后,他甚至考虑要不要换把锁。

第四章 黑影

装好灯泡后的第三天，晚上十点，在家里来回转悠了几圈，确信安全以后，他把所有的灯关了，躺在沙发上，停留在黑暗中，静听墙上钟表的嘀嗒声。看了一眼门外投射进来的那微微黄光后，他闭上了眼睛。他的呼吸放缓了，心跳也放慢了，他等待着，等待那张脸，等待黑影出现。

目前看来，吃药可以促进睡眠，改善部分情绪，但是并不能阻止他做噩梦。要解开这个心结，还得靠自己。刘宏斌说，药物治疗只是一方面，心理治疗对他的病也有帮助。对心理治疗，鲁德亮是这么理解的，就是自我暗示，自我疏导，攻克难关后最终达到自我认同。换句话说，现在的问题是他一直没有办法正视过去，接受自己。

他等待着，黑影没有出现，于是他起身，开灯，坐在饭桌前提笔写字。

这一回，他准备了厚厚一沓报纸，写起了大字，寥寥几个字就是一张。他写上了"犯罪分子""杜丘""正义"，又写上了"红泥街"。

他开始重复写"红泥"两个字，写了满满一张。事情的开端就是当年的那个地方——红泥街，所有的一切又都离不开红泥。

那件案子放到现在来看并不复杂，但在当年实实在在是一件轰动的大案。

1966年，轰轰烈烈的"文化大革命"开始了，到了1968年，斗争不断升级，原州县也不例外，从一般的街头斗殴发展到大规模的枪械作战，人武部、公安局都受到了冲击，后来军队进驻，斗争才渐渐平息。但是1973年，斗争在原州县又死灰复燃，鲁德亮所在的公安局再次受到了冲击。这一切都与那个人有莫大的关系。

想到这里，鲁德亮犹豫再三，写下了他的名字——黄立勋。歪歪扭扭的三个字，中等大小。写完之后他静候片刻，一直等到手腕不抖了，太阳穴那里不跳了，才继续回忆下去。

原州县东郊的地块盛产红泥，尤其是红泥街，当地人因地制宜，修建了许多砖瓦厂，烧砖制瓦，产出除了供应原州县外，还供给周边区县。红泥街上最大的厂子就是黄立勋负责的，"文化大革命"开始后，他还成立了一个手工作坊，利用红泥制作领袖的塑像，然后他就成了红泥街革委会的一员，颇有些影响力。

案子是这样的。1973年4月的一天，原州县公安局接到泥塑作坊打来的电话，说库存的领袖塑像遭到了严重破坏，要他们迅速派人调查。那天出警的人正是鲁德亮。

他在报纸上奋笔疾书，写下了"谎言""真相"这两个词，然后又在它们中间加上了两个字——"掩盖"。

最终的调查结果，那只是一起意外事故，所以不会有人为此负责。黄立勋对这个结果不予认同，红泥街革委会更是严正抗议，在他们的煽动下，革命群众再次走上街头，将原州县公安局团团包围。

不过这次，"砸烂公检法"没有像1968年那样继续上演，局里有了经验，干警们也有所准备，团结一致，成功化解了一次可能升级的群众暴乱，挫败了黄立勋们的"阴谋诡计"。在那次斗争中鲁德亮、牛国柱等一干年轻人表现突出。但是正如鲁德亮告诉鲁一沙的，事后他遭到了黄立勋的报复，被他砍伤，几乎丧命。

不知不觉时间已经来到了十二点，他吃了片药，洗漱完毕，准备休息，但是砚台里的墨汁如同流出来的浓血一般，在灯下闪着光，让他睡意全无。他咬紧牙，蘸了一笔，浓墨写下"报复"二字。

然后，他立刻挥笔，像挥动扫把扫地一样，唰唰两下就把这两个字画了圈，太用力了，毛笔都分了叉，他还不解气，把那张报纸撕成了碎片。

报复？黄立勋对他干的事才是报复，他可从来没想过要报复他，就像黄立勋那样，叫上一伙人埋伏在他下班路上，伏击他，要把他杀死！

黄的死是咎由自取！

这个念头产生以后，鲁德亮着实吓了一跳，不过很快他便冷静下来：这种说法不是出自他，而是牛国柱。

他清晰地记得，黄立勋被宣布死亡后，牛国柱来到他的办公室，就像前些天得知家属区不日之后将会拆迁那样高兴地拍着他的肩膀说："死得好，站在人民群众的对立面，咎由自取！"那时他内心的惊恐和现在相比，并没有什么本质区别，所有人都不知道，人是他杀的。这么多年来，一直到今天，这个秘密仍然小心翼翼地掩藏在他心底。

"秘密""命案""因果循环"……鲁德亮接着写，一发不可收拾，从一笔一画的楷体字变成了草书，额头上沁出来的汗也不再是紧张恐惧的汗，而是兴奋的汗。

命案。这是所有问题的关键。

黄立勋杀人了。

他杀人了！

他是个杀人犯！

什么是因果循环，这就是！

在带人砍伤他两个月之后，黄立勋杀人了，那段时间鲁德亮休假养伤去了，等他回来以后，发现黄立勋已经变成了阶下囚，在公判大会上被判死刑。

换了张报纸后，鲁德亮写下了"牛国柱"。

牛国柱参与了那件案子的侦破。案发后没多久犯罪嫌疑人就落网了，后续的进展非常顺利，人证物证俱在，包括供词，铁案如山。人民法庭判他死刑，和他一起判死刑的，还有四个反革命分子和一个强奸犯。

一直到现在，鲁德亮还记得牛国柱向他陈述案情时的情景，"眉飞色舞、添油加醋、滔滔不绝"，这是他当时对牛国柱的形容。后来牛国柱逢人便说自己的表现是多么神勇，如何机智果敢地采取手段抓住了黄立勋，但是死者的家属，那个母亲却不值得人同情，因为街坊四邻传言，她一直和另一个比她小的男人厮混。

这正是鲁德亮对牛国柱比较反感的原因，他反感他不是因为他市侩，爱吹嘘，说话嗓门大，而是他觉得牛国柱整天只顾自己乐呵，麻木，缺乏同情心，从根本上讲，他们不是同一类人。鲁德亮隐约记得，他和被害人的母亲在审判大会上见过，还说过话。审判进行中，当台下那些胳膊上缠着红袖章的围观群众陷入癫狂，歇斯底里地高喊口号的时候，只有被害人的母亲在无声地哭：她也挥舞着手里的红宝书，但是她在偷偷抹眼泪。

所以，鲁德亮不愿和牛国柱结伴，不愿意参加他张罗的那些个活动（当然，鲁德亮本身性格孤僻内向也是重要原因）。

"合唱团？"

写完这三个字，鲁德亮在后面打了一个大大的问号。这时候，牛国柱的形象突然出现在他的脑海里，一手提溜着鸟笼，另一只手里把玩着一对核桃,大踏步向他走来。

"鲁德亮,不要忘了,你可是杀了人的!"牛国柱轻蔑地说。

杀死一个本该死的人,做错了吗?做错了吗?

鲁德亮撸起袖子,把毛笔戳进砚台里,搅动几下,拔出来就写:

"错错错错错。"

一连串的"错"字,几乎是泼到纸上面的。他全身心地投入进去,站起来写,用力地写,正写着,楼梯口突然传来一阵响动,惊得他胳膊抖了一下,毛笔从手里滑脱,砸向桌沿,掉在地上,黑黑的一团。

21

他停住不动,地上的笔也顾不上捡,静候着。

他觉得这次很有可能是自己听错了,产生了幻觉甚至有可能这压根就是自己发出来的,旧报纸摩擦的声音。

钟表上显示:凌晨两点。

他错了,弯下的腰还没有直起来,就听到了第二声,一阵轻微的金属碰撞声。

有情况!

他蹑手蹑脚地走过去,停在门口,弓着腰朝外面望去。

确实有情况!

昏黄的灯光下,有一个黑影,背对着他贴在对面的门上,应该是一个男人，正弯着腰用什么东西摆弄门锁。是那个画画的年轻人吗？看上去不像，自从他走了之后，已经好些天，对面没有任何动静了。他确信，对面的房子是空的。

这时候他想起了挂在衣服架子上的电警棍，后退两步，小心翼翼地把它从上面取下来，在这个过程中，他的心提到了嗓子眼上，一阵狂跳。他确信自己没有发出任何声响，但是那黑影却停住了，回过头四下张望。然后，他朝自己走来，停在了门外面，眼睛朝猫眼里看。

外面的光一下子就消失了，鲁德亮用力绷着，好让身子不再发抖，他一动不动，连眼睛都不眨一下。他能看见我吗？他想。

他觉得自己快要坚持不住了，这时候黑影又重新回到刚才的位置，继续摆弄起了门锁。在光亮重新回归一瞬间，鲁德亮看见了他的脸。

但是这张脸无法看清，脸上胡子拉碴，还用帽子遮住了额头。他是冲着我来的？找错了房间？在这阵轻微的金属碰撞声音响起的同时，鲁德亮的身上开始出汗，警棍在手上也开始变得滑腻。来不及思考了，他的行为几乎是下意识的：强行控制住自己发抖的身子，开始慢慢地拧门把手。手上用劲，在转动把手的过程中同时往里拉，这样做几乎没有声音。

"咔嗒"一声，对面的门开了，与此同时，鲁德亮也跳了出来，像他年轻时一样，还没等对方反应过来就扑了过去。两个人滚作一团，从房子里滚了进去。鲁德亮死死地抱住对方的大腿，黑影剧烈地挣扎着，不断用脚蹬他。

"你是谁，想干什么？"鲁德亮吼道。

第四章 黑影

黑影只顾着大口喘气,鲁德亮觉得他比自己刚才抖得还要厉害,明显是受了过度惊吓。

"快说,你是第几次来这里了?广场上是不是你,一直在跟踪我?"

黑影用力一甩,挣脱开来,把他踢倒在地,冲进了里屋。这个过程中他的帽子掉了,鞋也被鲁德亮扒下来一只。鲁德亮爬起来,第一反应是关门,然后把门反锁住,用力把门厅的鞋柜拉倒,挡在门口。把灯打开,捏着电警棍,走了进去。

他觉得自己的血全部涌在了头上,身上的其他部位没什么感觉,却充满了力量,强硬无比。

无论对方是谁,结局如何,今天他就要来一次了结。

房子里那么多屋子,黑影不进去,偏偏跑到了朝南的阳台上。

"你不要过来,不要逼我,再过来我就跳下去!"黑影把窗户打开,站在一个小板凳上,半个身子探了出去。

他已经无路可退了。

鲁德亮走进客厅,同样把灯打开。

天花板上的日光灯太亮,照得他好半天才回过神来。

邻居家里家具很少,没有像他家那样笨重的组合电视柜,电视也没有,白墙一面。整个客厅就放着一个三人布沙发,一个简单的不带抽屉的茶几,空间显得很大。地上很乱,扔着纸张和几件衣服,垃圾桶被踢翻,发馊的垃圾散落了一地。

这下鲁德亮看清楚了,黑影是一个矮个中年人,45岁到50岁之间,短头发,方脸,小眼睛,络腮胡,穿一件黑色夹克。他到底什么来头?

对方猛地来了这么一下，鲁德亮不知道该怎么办了，停下来不敢再往前。两个人隔着客厅的窗台，距离三四米远，窗台上放着三个花盆，都有土，鲁德亮想：要是他把它们当武器砸过来，也够自己喝一壶的。

一会儿，待冷却得差不多以后，鲁德亮发话了："听着！我信守承诺，说到做到，我不过来，你也从凳子上下来。不要有什么别的想法！"这并不代表他放松了警惕，手里的警棍虽然垂下来，但还是捏得很紧。

中年汉子听后从板凳上下来，活动起了筋骨。他朝着鲁德亮看了看，发现他竟然是个头发花白的老头时，脸上露出不可思议的表情，然后，他突然一个箭步，就要往外冲，鲁德亮早有准备，一伸腿，把他绊倒在地，然后揣起电警棍朝他的屁股上就是两下。

"跑什么跑？"鲁德亮呵斥道。

中年男子瘫软在地上，号叫了两声以后，开始痛苦地呻吟。

"快说！你是谁？去没去过团结广场？去没去过？你是不是在跟踪我？是不是？"鲁德亮用膝盖顶住他的腰，把他牢牢控制在身下，电警棍处在随时待命状态，继续拷问。

男子吐了一摊口水后，开始大口地喘气。

"知道我以前是干什么的吗？我是警察。"

这一回他就开始求饶了，甚至哭了起来。

"求求你，算我求你了，我不敢了，再也不敢了，就放过我这一回吧。"

"你前几天晚上去没去过团结广场？穿一身黑衣服？"鲁德亮厉声问道。当过警察的人就是有这种本事，这种气质，70岁了，喊一声还能镇住人。

"我不知道你在说什么——去过！去过！我——我就是从永清湖的荒滩那边过来的，没敢走大路，我——"

和鲁德亮想的八九不离十，是个小偷，入行没多久，没经验，胆子又小，瞅准了小区最近混乱，想趁机捞上一把。前几次尝试都不太成功，没什么收获，这次就更加倒霉，撬门作案时碰到了老警察。

"我没有——我为什么要跟踪你？我不敢骗你，这个小区我来过几次。"

一听他确实来过这儿，鲁德亮就问是什么时候，他回答说前一段时间，还让鲁德亮把他的裤腿卷起来，露出小腿上的伤口让他看。

小腿上有一块看上去没多久的伤疤，周围还红丝丝的一圈。

"楼梯口扶手的钢筋挂的，直接插进了肉里面。"他带着哭腔说。

这个人就是前段时间楼梯里的黑影没错了。鲁德亮正想着，那人又捂着伤口低声地哭了起来，鼻涕和眼泪一起流，看上去窝囊十足。

"不要哭了，站起来。"鲁德亮松开了他。

他站不起来，勉强靠墙蹲着，继续抹眼泪，他的身子因为哭而战抖着。

"厂子倒闭了，整个集团都没了——我没工作了，一大家子要我养活——我错了，我没办法——"

这个男人说，他是傻傻淀粉集团公司的工人，老总和会计师合谋造假账，把国家的钱挪去炒股票，赔了个精光，拍拍屁股跑了，现在不但员工的工资发不出去，还拖欠收购农民的洋芋钱。

难怪他的身上有股酸臭味，鲁德亮想。集团公司总部他去过，当年为了给鲁娜办工作，他提着大包小包自上到下，轮流打点。

"你走吧，不要再来了。"鲁德亮对他说。

男人迅速站起来，不可思议地看了鲁德亮一眼，整理一下衣服，走到门厅找到鞋子和帽子，打开门，溜了。

鲁德亮试着把房子恢复原样，把阳台窗户关上，把鞋柜挪到原来的位置。他知道这么做不对，但还是没忍住打开了剩下的两个卧室门。其中一间卧室吓了他一跳，墙壁上满是花花绿绿的涂鸦，正中间画着一个巨大的骷髅头，口中吐出来一长串红舌头，旁边是一行字：操你妈，社会，人生。

是啊，这个社会，还有人生。鲁德亮躺在床上的时候，心里反复默念的也是这句话，他太累了，刚才的紧张与惊险是一次巨大的消耗，不过心中的问题算是解决了。一会儿他就睡着了，这一晚，甚至路边的卡车和工地上的噪音也没能影响到他。

第五章　广场事件

22

鲁明和鲁娜一家来了，很突然，事先没有打招呼，人已经进了小区，快走到楼下的时候，鲁德亮才接到电话。他来不及生气了，挂断电话后用最快的速度把笔墨纸砚收拾起来，把地上的污渍处理掉。

鲁德亮坐在沙发上，看着外孙小龙趴在地上摆弄玩具。女婿王鹏去楼下倒垃圾了，鲁娜浇花，儿媳妇郭萍在厨房做饭，孙子毛毛在饭桌边玩手机，鲁明则坐在沙发的另一头，手里捧着一本书。除了鲁一沙，他们都来了。

鲁德亮假装像过去一样，坐在沙发的正中间，不过只有他自己知道，一切再也回不到过去了。过去他常板着脸，直挺挺地坐着，摆出一家之长的威严，现在的他除了孤独和脆弱，还有种无力感，就是保持这样的坐姿，这种好似什么都没有发生过的神情，都要耗费他不少力气。

不过鲁德亮掩饰得确实很好，鲁明就从他脸上什么都读不出来。"抑郁症，进了精神病院"，家庭聚会的时候，当鲁一沙说完这些后，他们都不信。"有病历，有处方，他在偷偷吃药！"鲁一沙哭着说的时候，他们又不得不信。鲁明立刻想到了他的一个同事，一个颇有前途的年轻人，一天午休时，趁着办公室没人，打开窗户，从银行大楼11楼一跃而下，当场惨死，家人料理后事的时候，说他患有抑郁症，一直在吃药。当时鲁明就想：有什么想不开的？死都不怕，还怕活着吗？

也正是从那时候起，鲁明才知道了抑郁症的可怕，这种病会死人的！现在，知道坐在离他只有几米远的父亲也有同样的问题，这让他难以接受。怎么可能呢？郁郁寡欢，不苟言笑，老头子几十年了不都这样吗？

他合上书，站起来说："这本书没什么意思，我换一本去！"

他就是找了个借口溜进书房，实际上按照鲁一沙说的，在抽屉里翻找起了所谓的病历、处方，提心吊胆地忙活了半天，一无所获。鲁德亮对此早有防备，鲁一沙那天进房间翻找过一次，给了他一个提醒，于是在找录音机的那天，他趁机把所有的东西一股脑放进了自己的床底下（除了报纸，练过字的报纸找地方放在了阳台上）。

郭萍勒着围裙拉开厨房门，探出脑袋喊："饭好啦！"鲁明从书房出来，鲁娜走过去拉地上的儿子起来，鲁德亮把手放在沙发上，支撑着站起来，向饭桌走去，坐得一久，站起来也觉得困难，他的孙子在他一屁股坐在饭桌前的时候还在一旁忘我地玩手机。人多地方小，饭桌显得有点拥挤。郭萍搬了一个板凳，坐在旁边。

"看我发现了啥？"王鹏敲门进来了，进门后手里扬着一卷纸，笑着走过来，展开来拍在饭桌上。鲁德亮一看，正是隔壁年轻人的画。

"哪儿发现的？"鲁娜问。

"走廊的柜子里。"王鹏说。

"哎呀，多脏啊，赶紧收拾了吃饭。"郭萍从厨房出来，把一碟菜放在桌子上。

"不着急啊，姐，你看画得多好啊！鲁娜，你也看看，小龙，快过来！"王鹏说。

"确实画得不错哦，看上面的人，多像啊！有鼻子有脸的。"鲁娜说。

"对啊，我就羡慕像这种有艺术细胞的人，怎么样，就让小龙学画画吧，早点培养兴趣爱好，已经五岁啦，再不学就晚啦，你们说呢？爸，你说呢？"王鹏捏着儿子的脸蛋问大家。

"这人我知道，租隔壁张姨的房子，欠了大半年房租不交，现在不是拆迁吗？让他搬也不搬，张姨叫她侄女给强行清了，东西全扔了。"鲁明说。

"你怎么知道的？"鲁娜问。

"我给出的主意，对付这种无赖，就要这么办，我还让她有时间把家里的门锁也换了，以防万一。"

原来是这小子在后面捣的鬼。鲁德亮想。

"王总，还让小龙学画画吗？有艺术细胞的人连房租都交不起了，我看还是学你以后怎么赚钱吧。"鲁明笑着说。

"都吃饭吧。"鲁德亮阴沉着脸说。

鲁德亮这一开口，就像开动了一台抽气机，把房子里的空气一下子全给吸没了。所有人都陷入了沉默，连使筷子吧嗒饭都变得小心翼翼，鲁德亮怎么可能觉察不出其中的异样？只不过这一次他却会错了意，他压根不知道自己的病情已经不再是什么秘密，还以为在这个节骨眼上，是自己的这套房子使气氛骤然变得尴尬。

他知道，自己的这些儿女们盯上这套房子，已经不是一天两天了。秀香活着的时候，鲁明说过，鲁娜也说过，女婿也旁敲侧击地提过；秀香死后，他们更是争先恐后，一个接一个地上门，想要把他接过去住，都被他一一回绝了。这样看来，只有鲁一沙表现得傻乎乎的，还像没长大一样。

毛毛还在一旁专注地玩，游戏的声音这时候就显得格外刺耳。

鲁明终于忍不住了，一把夺过手机，狠狠瞪了他一眼。

"干什么啊？拿来！"孩子从椅子上跳起来喊道。

"造反了你，小王八蛋，整天就知道玩，饭都不吃了？"鲁明生气了。毛毛站起来甩张脸走了，坐在沙发上，呜呜地哭了起来，郭萍跟着过去哄。孩子一哭，鲁德亮就觉得闹心，放在过去，他也许会管管，不过他现在有心无力，便只顾硬着头皮扒饭。

但是孩子这么一哭，却缓解了尴尬的气氛，把其他人胸中积压的闷气给释放了。他们又开始有一句没一句地聊了起来。

"那咱们这个房子是不是也要收拾一下？"鲁娜说。

"肯定要收拾，你没看公告上写的，五月份开始入户评估。"王鹏说。

"王总，你的消息来源多，这房子一平方米能赔多少？"鲁明笑着问。

他们就这样在饭桌上讨论起了拆迁，还有房子的翻新问题，在这一点上他们和牛国柱想法一样，为什么不呢？怎么能和钱过不去？

鲁德亮想，果然和他想的一样。还差一点，碗里的饭就吃完了，他忍了。

说到牛国柱，他们又把话题往鲁一沙身上扯："一沙也老大不小了，牛叔就这么一个儿子，挺合适的！"在这个问题上，他们竟然保持了一致，简直是赤裸裸的挑衅！他曾经在家里不止一次地说过，他不是老顽固，也认同自由恋爱，反对所谓门当户对的"包办婚姻"，但是他坚决反对一沙和牛国柱的儿子处对象。儿女们当然不知道自己父亲的那段往事，而鲁德亮自己也许没有意识到，也许极力否认，内心深处他其实是有些惧怕牛国柱的，惧怕他再提起与那件案子有关的一切。

啪的一下，鲁德亮把筷子架在空碗上，站起来离开饭桌，一屁股坐在了沙发上，这是无声的抗议。

儿女们还在讨论，似乎忘了此行的主要目的。在那次家庭聚会上，他们也是这样，激烈程度有过之而无不及，在老人赡养的核心问题上争得面红耳赤，互相指责、推诿，现在说到房屋拆迁时，他们又和好如初，氛围似乎变得无比融洽。

鲁娜和王鹏从心里是不相信鲁德亮会得"精神病"的，见到他本人后更觉得不可能（他们互相耳语："他这不是好好的吗？"），只有郭萍还惦念着老人，记着鲁一沙对她说过的话，所以这次，在其他人大包小包提着水果、牛奶来的时候，她进了药店，买了整整六盒安神补脑口服液，睡不着觉喝这个很管用。唯一的问题，就是怎么把东西给他？鲁一沙临走前千叮咛万嘱咐，千万不能让老人知道他们已经知道他得病这事。

厨房里的活忙完了，看到王鹏不停地抬头看表后，郭萍觉得时机差不多了，就走到门厅把准备好的东西拿出来给鲁德亮看。她刚说了没两句就被鲁德亮打断了，她看到其他人不停地给她使眼色，让她闭嘴。

"这是什么？拿走！"鲁德亮怒不可遏。看到安神补脑液，他简直要爆炸了，自己睡不好这事他们知道了？

他想把那东西直接从楼上扔下去。

说完之后他又觉得自己有点失态，慌忙改口说："说了不要拿东西了，来就来了，大包小包的干什么？都给我拿走！"

"时间不早了，你们都回去吧，我要休息了！"

在他们换好鞋准备出大门的时候，他又补充了一句，斩钉截铁："这个房子不改动。我说了，不做任何改变，要么就把你们的钥匙变回来！"

他们走了，饭桌收拾得一干二净，家里也干干净净，鲁德亮打开门，发现楼道里的那个木头柜子还在，里面的东西也在。就这么一个柜子放在那儿，看上去倒也不碍事。

回到家里，在厨房的垃圾桶里，他发现了王鹏拿进来的几张画，揉得皱巴巴的。他把它们拿出来弄平，其中有一张水彩画，各种色彩涂抹在一起，看了半天都搞不清什么名堂。一会儿，他才发现自己看明白了，年轻人在上面画了一条路：天是暗红色的，河流是墨绿色的，土黄色、黑色和深褐色的树丛和杂草在两旁疯狂蔓延，在所有的斑驳和影影绰绰之中，一条浅蓝色小路径直穿过，一直延伸到远方，渐渐变淡直至消失不见。

23

他们走后,家里瞬间安静下来,鲁德亮却突然觉得烦闷无比,在地上着急地磨来磨去,脑子里千丝万缕,交缠在一起,越缠越紧,缠了两个小时以后,他做出决定,拿出一把"剪刀",把它们全部"剪断":

他决定加入老年合唱团。

牛国柱为了这事已经催促他不下三次,每次他都以这样那样的借口推辞了,现在他的想法变了。

做出决定后,他的行动很迅速,立刻给牛国柱打了电话,表达了自己的意愿,他是如此坚决,尤其是在子女们看望过他之后——他们让他感到不安、烦躁和不自在,如果必须要和人相处的话,他宁愿选择陌生人。

还有一个原因,也许是此刻他最需要的,他想听郝俊英的手风琴。

但是牛国柱的回答让他很失望,今天不行,郝老师不在,家中有事,如果去的话只能跳舞。鲁德亮说那就不去了,他只对唱歌感兴趣。第二天中午鲁德亮又把电话打了过去,牛国柱说可以去,郝老师人在,但是他忙着收拾房子去不成,他把郝俊英的电话号码给了鲁德亮,让他自己联系。

鲁德亮退缩了,只把那个电话号码存了起来。晚上牛国柱打来电话问他去了没有,鲁德亮借口自己有事没去成,两个人说好第二天一起。

也许这就是所谓的好事多磨。没想到接下来的一天,原州市刮起了沙尘暴,刮到太阳快下山也没有停的迹象,于是谁也没有再联系谁。外面昏天暗地、狂风怒吼的时候,鲁德亮把录音机的音量开大,在家里走来走去,隔着窗户看到香椿树在风沙中飘摇时,他的心如死水。

　　恶劣天气过后的第二天,空气陌生、干燥,空中充满了土腥味,外面仍旧灰蒙蒙的,树上、路面上包括汽车上都蒙着一层灰,走在小区里,随处可见零落的垃圾、砖块和树枝。

　　正当鲁德亮觉得今天也不可能的时候,午后突然飘起了一阵雨,雨停后天空彻底放晴,相比昨天蓝得让人觉得不可思议。牛国柱打来电话,说今晚可行。万事俱备,只欠东风。

　　他们比前几日提前两小时出发,也就是下午四点。牛国柱牵着狗,狗的头上还套着鲁一沙做的那脖圈。鲁德亮问,为什么要带狗?唱歌的时候怎么办?牛国柱说不用担心,随便找个地方拴住就行。

　　他们等了一会儿,人陆陆续续地来,到四点半正式开始时,前前后后来了差不多三四十号人,鲁德亮在人群中发现了几张熟悉的面孔,有不少人和他是一个小区的,就是不知道住在哪里。

　　鲁德亮看见了郝俊英,穿着一身深绿色花纹的裙子,脚上是一双擦得油亮的黑色皮鞋,头也烫染过,背上手风琴后,气质形象很好。和以前一样,他想站得近一点,好看她演奏,但是这回不行,来了一个维持纪律的光头,手里拿一个大喇叭,教他们怎么站队形。"这边的几个过来!男女分开,不要站到一起!"光头喊道。

　　牛国柱个子小,站在前排,鲁德亮站在最后一排,一回头,就看见狗被拴在健身器材的金属腿上,吐着舌头,哆嗦着身上的毛。

　　排练开始之前,光头捏着大喇叭,另一只手里拿着一沓报名表，介绍了一通关于比赛报名的内容。鲁德亮听到，现在他们这些人只是候选，还要淘汰一部分，到时候确定下来的正式人选必须参加五月份的比赛，不能以任何借口退出。（光头吼道："大家要有集体荣誉感！"）鲁德亮越听越觉得这个人话里有话，好像是在说，不想参加的人趁现在退出还来得及。

排练开始时，光头把喇叭扔在一张椅子上面，摇身一变，挥舞起双手，成了合唱团的指挥。他们排练的曲目有两个——《歌唱祖国》和《映山红》，而不是鲁德亮想的那样，会有《在那遥远的地方》或者说《莫斯科郊外的晚上》。

合唱效果并不理想，有些人跟不上节奏，老是跑调，可把光头急坏了，他嘴上骂骂咧咧，不停地喊停，不停地纠正，造成有些段落他们得反复唱。鲁德亮觉得这样做完全没有必要，一帮老人，为了共同的爱好聚在这里消磨时光，说是一群互相抱团取暖的老牲口，一点也不过分。他就是这么做的，没有像牛国柱那样全力以赴，唱得脸红脖子粗，他站在最后排，嘴巴张着，随着大流，目光始终落在郝俊英的身上。不管怎么样，能听到手风琴声，他已经知足，连时间对他来说都过得比平时快了不少，不知不觉两个小时悄悄溜走，六点半了，太阳已接近下山。

"集合了，最后再来一次。"光头喊道。

队伍站好以后，光头一个手势划过去，琴声响起，他们又唱起来。唱到一半的时候，突然停了，琴声停了，应该是指挥的手势发生了变化，叫停了，鲁德亮没有反应过来，周围的人都不唱了，他还继续唱，声音就跑了出来，弄了他一个措手不及。

"唱的这是什么？停了！停了！"光头气急败坏地喊道。

"最后面那个是谁?唱的什么乱七八糟的!"他伸手指向最后一排。

他们互相看着,一脸茫然,纷纷逃避躲闪。

"刚才那个人,你最好自觉一点,站出来让大家认认,不要耽误大家的排练。"光头不依不饶。

"我知道你是谁,大个儿,我盯上你很久了,你不好好唱,混进我们的队伍想干什么?你的眼睛一直往哪里看呢?"光头继续挑衅。

鲁德亮向前跨几步,站了出来。

"你刚才说什么?"他厉声问道。

"我说你的眼睛往哪儿看呢,不要以为我不知道,你想干什么我一清二楚,你最好清醒点,先把人做好,再来唱歌!"光头冷笑着说。

鲁德亮简直气炸了,就要发作,牛国柱走过来一把把他抱住,说:"老鲁,冷静,不要和这种人一般见识。"

牛国柱正说着,突然"啊"地惊叫一声,放开鲁德亮,冲出人群,疯一般朝健身器材那里跑去。

几声惨叫从铁丝网那边传来,人们的注意力瞬间就被转移了,都跟着走过去。

五个年轻人,三男两女,在仰卧起坐器附近徘徊,其中有一个黄头发男的手里牵着闹闹,像玩流星锤那样,把狗吊起来,朝坐在铁板上的一个女孩甩过去,吓得她双手捂脸,尖叫着跺脚。

狗的脖围不见了,掉在地上,狗嗷嗷叫着,颤抖着立刻缩成一团,牛国柱冲过去和他理论的时候,他又抓起绳子,把狗从地上提起来,重重地摔在地上,像皮球一样又踢了一脚,碰在了健身器材的铁柱子上。

这一次因为太用力,绳子竟然断了,狗悲惨地叫着,夹着尾巴像只没头的苍蝇一样到处乱跑,牛国柱追上它,把它抱在怀里时,它看上去已经完全没了生气,像死了一样。

牛国柱气得火冒三丈,他们激烈地吵了起来,吵嚷声整个广场都听得到,合唱团彻底给吵散伙了。

"要怪就怪你自己,老头,你不把狗拴牢,吓着我女朋友了。""狗日的,我操你妈,我日你祖宗!"牛国柱冲上去只顾骂,骂得脸都红了,还没等他反应过来,年轻人就给他来了一脚,把他连人带狗直接放倒在地。

"你们这帮老不死的,'文革'余孽,老子早就看你们不顺眼了,每天都跑到这里唱啊跳啊,搅扰老子清净,怎么不去死?赶紧给老子滚,不然老子不客气了!"说话间年轻人不知道从哪里弄来了一根双节棍,拿在手里。

围观的那么多人,没有一个吭声(包括那光头指挥)。只有鲁德亮走过来,把牛国柱从地上扶起来,径直朝年轻人走了过去。

"老鲁,你干什么?算了,不和流氓一般见识。"牛国柱一只手捂着肚子说。

"闭嘴!把你的狗看好!"鲁德亮怒吼着,吓了牛国柱一跳。

"小伙子,你刚才说什么?"鲁德亮问年轻人。

"你想干什么?打架吗?老子奉陪到底!" 黄头发年轻人手里的双截棍甩得哗啦响,其他两个小伙子紧紧站在他后面。

三个年轻人对上了一个老人。

"我问你,你刚才骂了句什么话?"

"'文革'余孽！老子骂你们都是'文革'余孽怎么了？老不死的，你们就不能滚蛋，让广场上清净一点吗？"

"小伙子，你骂什么我暂且不管，但是你不能动手打人，打人是违法的，今天在这里，当着这么多'余孽'的面，你必须道歉！"鲁德亮逐字逐句地说。

"我要是不呢？你谁啊？找死是不是？"

鲁德亮又朝年轻人靠近了一步，在离他只有一米远的地方停了下来。太阳就要下山了，天边泛起的红光照在他的脸上，他不得不眯起眼睛，才能看清四周的一切。

他看到年轻人染黄的头发，苍白的脸，看到了他因为激动而起伏的胸膛，还有他紧握双截棍的拳头。鲁德亮在想，如果这一棍子敲在他头上，会产生什么样的后果，如果一下，或者几下，能把自己做个了结，把他从当下解救出来，也不是什么坏事。

他觉得，这就是个机会，一个死的机会，老天爷给的。

夕阳照得时间久了竟然也有些眩晕，晕晕乎乎中鲁德亮把自己的身体朝年轻人扔了过去。在这种自暴自弃中，他产生了一种神奇的快感，好像走过去的不是自己，而是另一个人。

他绷紧身子，握着拳头说："听着，年轻人，我叫鲁德亮，今年70岁，家住在城建局家属楼2号楼三单元东户，退休前是警察。"

说完这些后，他抬起手指着自己的脑门对年轻人说："小伙子，你就朝这里打，把我打死。"

也许是看到广场上的人越聚越多，也许没想到鲁德亮会来这么一出，这帮人退缩了，骑着摩托走了。

黄发年轻人载着女友，临走前一脚刹车，停在离鲁德亮几米远的地方，用手指着他，恶狠狠地说："老头儿，我记住你了，咱们两个没完！你等着！"

鲁德亮回去以后，就在家一直等着，不是等年轻人报复，而是等着睡觉。十一点半，温水吃下一片安眠药，躺在床上，内心久久不能平复，胸口猛烈地跳，浑身的肉也由于激动而发颤，不过这一回，汗倒是没怎么流。半夜醒来，脑袋发胀，肠胃不适，一阵阵地干呕，拿出毛笔砚台，在阳台上抽出两张报纸，坐在饭桌前重操旧业。四点半，厌烦，无法继续下去，温水吞服第二片药，躺倒在床上。卡车一辆接一辆地开过去，远处的塔吊继续转动，水泥在搅拌中发出嗞嗞的声音，所有这些全部听得一清二楚，然后，不知道过了多久，也许是安眠药终于起了效果，他觉得自己掉进了一个泥潭里，只剩半个脑袋露在外面，抬起一只手挣扎了半天，终于还是被泥浆吞没了。

第二天早上起来，走到门厅时，鲁德亮发现门缝里塞着一张纸，又有人塞野广告了？打开门拿起来一看，是一张纸条，两个指头宽，上面写着一行字：我找到你了。

第六章　"我找到你了"

24

纸条和药瓶、鸡蛋、馒头以及一小碟咸菜一起,放在饭桌上。茶杯里的水冒着热气。

鲁德亮的第一反应,就是自己被那个社会小青年盯上了。在把一片"情绪调节药"拿出来掰成两半的时候,他开始后悔昨天的莽撞了,并不是说害怕所谓的威胁,而是沾上这档子事,实在麻烦,如鲠在喉。他想起了刘宏斌的话:"你必须有一个监护人,这类病人与得其他病的病人相比,更需要监护人。"

"这类病人"指的就是像他这样进过精神病院的人。监护人,顾名思义,监管和护理。"这类病人"的监护重点放在前者,即监管上,监管定时吃药,监管是不是出现了幻觉妄想,是不是开始胡言乱语、情绪变得难以控制。如果要让他选择一个监护人,头一个想到的就是女儿鲁一沙,况且现在只有鲁一沙知道自己的情况,他认为昨晚要是她在,后来的事也许就不会发生了。

这年轻人想干什么?鲁德亮思来想去不明白。如果他要报复,光

第六章 "我找到你了"

明正大地来找好了，干吗非要偷偷摸摸地塞张纸条，制造紧张气氛？

半片药下肚，鲁德亮再拿起纸条时，想法又变了。他仔细地观察着上面的每一个字，发现它们是用蓝黑墨水的钢笔写的，尽管这些字谈不上复杂，但是每个都写得非常工整，笔画、结构都像练过硬笔书法一样，完全可以用清秀来形容。俗话说，字如其人，昨天晚上那个一头黄发、出言不逊的小年轻，那个野蛮残忍的小混混，像能写出这种字的人吗？

他把书房的毛笔砚台拿出来，把昨天只写了一个版面的废报纸找到，在另一个版面上重复写道：我找到你了。蘸上墨，一口气写了三遍，直至后面的字迹越来越浅。然后，把纸条放在报纸上加以比较，他不知道这样做的意义是什么，是要说服自己这些字出自一个文化人之手吗？

他站起来，在房间里转了一圈，又回到原地。

这几个字能说明什么？上面的"我"是谁？"你"又是哪位？也许完全是一场误会罢了。这是一张写给别人的纸条，这个小区这么大，有十栋楼，每栋都有三个单元，每个单元又有十户人家，为什么不可能是由于疏忽，塞错了门缝，给错了人？再看这东西，不正像谈恋爱的中学生们在课桌间传的小纸条吗？不正是鲁娜上学期间爱干的，属于青春期的少男少女之间的恶作剧吗？这些想法在鲁德亮的脑子里产生后没多久，马上就会有一个相反的念头跳出来进行抵抗，推翻。这个世上哪有这么多巧合和误会，他想，昨天不正是由于自己一时冲动，泄露了家庭住址吗？小区有这么多户人，为什么字条偏偏出现在自家门口？再者，现在谁还会用这种恶作剧的方式谈情说爱？

无论这个人是谁，本意要干什么，鲁德亮都觉得对方的目的已经达到了，因为他又开始焦虑了，这种悬而未决的感觉实在让人受不了。他在房子里焦虑地转来转去，打开录音机听了一会儿音乐也并没有缓解多少。十点半，他出门去外面溜达，在小院子里听鸡叫。一个老妇人牵着孙子的手，在草坪上逗小鸡玩，老母鸡在草里啄食，一堆黄色的鸡崽围在周围唧唧叫唤。鸡窝就要拆了，它们还能安稳地长大吗？

鲁德亮坐在香椿树下，等着太阳爬上枝头，阳光从树梢间透过来，照在地面上，形成一个个光斑。他若有所思地站起来，踩着砖头小路往回走。楼道门口贴的拆迁公告不知道被谁扯掉了，墙上只留下胶水粘得最牢的两个角。抓着扶手，踩着台阶往上走的过程中，他脑子里想的还是那个留纸条的人，他就是这么偷偷溜进来，趁人不注意，把纸条塞进门缝的。

回家后，手机响了，是一条牛国柱的短信，然后鲁德亮看到了三个未接电话，也全部来自牛国柱。他正愣着神，牛国柱的第四个电话就来了。

"老鲁，你怎么不接电话？"电话里牛国柱的嗓门一如既往的大。

"我刚才下去了，没带手机。"

"老鲁，你怎么样？今天还去吗？"

鲁德亮不知道该怎么回答。经过昨天的那一番折腾，他也不想去参加什么合唱了。

"老鲁，都怪我，怪我没把狗看好，以后我再也不带了，你也不要担心，就是几个小混混，能有多大能耐，还想上天不成？我有

第六章 "我找到你了"

办法对付他们。"

你能有什么办法？鲁德亮想，昨天你被人一脚放倒在地上的时候说话怎么不见这么硬气？但是如果现在不答应，反倒被牛国柱小瞧，认为自己怕了。他会怕几个小流氓？这是其一。其二，如果那几个小年轻再被他撞见，一定要把纸条的事情问清楚。

"那就去吧。"鲁德亮的话里带着勉强。

"但是我过去，只看看，不唱歌。"他又说。

"去了再说！好，那就老时间，下午四点你楼下见。"牛国柱挂断了电话。

简单地吃了午饭后，鲁德亮躺在床上休息。他睡不踏实，一会儿楼上出现了响动，什么东西砰的一声掉在了地板上，然后是一连串高跟鞋的声音，从卧室走到客厅，打开门，沿着楼道吧嗒吧嗒一路走下来，走到三楼的时候，鲁德亮醒了，坐起来，一身冷汗。

四点钟楼下见面时，鲁德亮远远地看见牛国柱朝自己走来，没有牵狗，一身运动装打扮，肩膀上挎着个一米长的圆柱形皮革套子，这是要干什么？打羽毛球？不是说好的唱歌吗？

"给你看我带的好东西。"牛国柱说着取下套子放在地上，拉开拉链，露出来的是一根细长的金属棍，像羽毛球拍那样末端有个柄，然后是另一个黑色的，短小精悍，胳膊粗细的圆柱体，中间有个孔。牛国柱蹲下来，像拧螺丝那样，把两样东西进行了组装——把细长带把的金属棍转进粗圆柱体的孔里。

是一根门球棍。

"儿子给我买的，一直找不到组织，没有用武之地，今天终于派上用场了。那小子要是再来，看我不打断他的狗腿！"牛国柱发狠地说。

他们穿过马路,来到广场。进去的时候牛国柱不放心地四处瞅了瞅,没有发现情况,这才松了一口气,把带的东西挂在离他最近的健身器材上,笑着对鲁德亮大声说:

"老鲁,来,唱起来!"

鲁德亮朝他摆摆手,朝相反的方向走去,无事可干,他准备小跑几圈。东边铁丝网附近的健身器材上空荡荡的,不见昨天那帮小年轻的影子。

牛国柱跑过来,把他往回拉:"走走走,人都来了,这是干什么?"

他又略带神秘地小声说:"那光头走了,再不来了,本来就是临时叫来帮忙的!"

牛国柱推推搡搡,鲁德亮也半推半就,两个人又从人群里站了进去。

光头不在,但是郝俊英也不在。拉手风琴的换了人,一个男的,穿一件枣红色夹克,戴一顶鸭舌帽,虽然技巧娴熟,演奏的过程中始终抬着头,没有看过琴键一眼,但却面无表情,拉风箱像是在拉一把锯子。牛国柱说,郝俊英感冒了。

鲁德亮非常失望,加上曲目没有变化,更让他提不起精神。这种状态一直延续到了晚上临睡前,吃下一片安眠药,脱了睡衣,拉上被子,就像盖上棺材板一样沉重。一天结束了,他想,一天天就这样,实在无聊得可怕。

第二天早上起来是八点,他的脑袋昏昏沉沉,一片空白,走到饭桌前,看见摊开放着的毛笔和报纸时,又恢复了丁点记忆,想到

第六章 "我找到你了"

了什么,来到大门口,一个硬邦邦的东西立在那儿,差点绊了他一跤,睁眼一看,是牛国柱的门球棍。这东西怎么到这儿的?印象全无。这不重要,他再一低头,赫然发现门缝处塞着半张纸条,慌忙打开门,弯腰捡起来又赶紧把门关上。

纸条上写着:我认得你,鲁警官!

25

一样颜色的墨水,一样的笔迹,差不多大小的纸条,只不过这一回确定了,就是冲着他来的!

是谁?到底要干什么?

鲁德亮三两下把衣服穿好,带着一股怒气冲出了大门。

小区里异常冷清,他走到1号楼下才遇到人。前面奔跑着一个学生家长,肩膀上挂着书包,一手挽着小孩。家长催促说,快点,快点,小孩就用力猛跑一段,小脚丫子踩得水泥地啪啪响。到了小区门口,大人像提木偶一样,把小孩拎起来跨过小铁门,跑向公交车站。

公交站牌附近倒是有不少人,一辆破旧笨重的大公交喷着气开了过来,停靠在路边,下来几个,上去一拨,车子晃晃悠悠,像个鼓囊囊的蛆,开走后留下一股黑烟和一阵热烘烘的臭气。

鲁德亮在站台上转了一圈,脑门冒汗,直喘粗气。在用目光扫了一遍所有的陌生人后,他又清醒了一点:这是干什么?这样就能把留纸条的人找见了?想到这儿他一下子泄气了,拖着疲惫的身子沿着马路牙子往回走，满脑子里仍然是刚才的纸条。这个人到底是谁？认得自己又不敢光明正大地站出来，只能采取这种小偷小摸的做法？

不知不觉中他发现自己又走在了前往团结广场的路上。这是他自从上次去医院检查身体后，第一次在早上去广场。

广场上的人不是特别多。他第一眼就看见了坐在躺椅上休息的抽陀螺的人，脑袋还是像个没有熟透的西瓜瓤。在他们下午排练合唱的地方，站着一群跳扇子舞的女人。一个练剑的人，穿一身白色绸缎衣裳，伸出来的剑在阳光下明明晃晃。他迈开步子跑了一会儿，没有穿自己熟悉的那一身，跑起来不习惯，有些施展不开的感觉。

他就跑了半圈，来到铁丝网跟前，简单地做了几个伸展动作，然后一屁股坐在仰卧起坐器上，什么也不做，眯缝着眼向远处张望。这一回有了新发现，视线尽头，远处的荒滩上，两台挖掘机一左一右，甩动机械手臂正在做清理工作，旁边停着一排黄色载重卡车，施工现场发出轰鸣，扬起的阵阵黄尘，像中型龙卷风。一辆满载的卡车开走后，露出一个缺口，通过缺口他似乎看到了简易彩钢房的影子——蓝色的顶，白色的墙面——这些人已经对这儿动手了，如此之快。

往回走的过程中，鲁德亮决定也要行动起来，否则就只能坐以待毙。没有什么更好的办法，他决定守株待兔，不出门，不睡觉，等也要把这王八羔子等来。

接下来的时间，他都在惶惶中度过。白天练字，同时时刻注意着楼梯里的响动，只要有人上下楼，他就走过去，通过猫眼向外张望。走廊的灯白天也开了，尽管效果不是那么明显。他把一沓旧报纸铺在门口，心想着只要有人动一下，踩在上面就会发出响声。

每过一会儿，他就站起来，走到门边看看，然后继续坐下来，用旧报纸和几本已经翻过很多遍的书打发时间。人民文学出版社1975年出的一套《水浒传》，就是其中之一，随手一翻："第七十七回：梁山泊十面埋伏　宋公明两赢童贯。"他虽然谈不上什么埋伏，但也算是有所准备。

下午三点的时候，他出去在小区里溜达了一会儿，打开门在楼道里没有发现任何异常，外面也和平常一样安静，拆迁的事情像一阵风一样，刮过去就好像没了下文，只剩下公告栏那张最大的公告，还有挂起来的一条条红色横幅，像本命年勒的裤腰带一样在头顶耷拉着。他走到离楼道有一段距离的地方，站在一棵树下，朝自己刚才出来的地方张望。楼道口黑魆魆地像一个地窖口，那儿的木门很早就坏了——虽然安了门把手，但是很多人开门的时候从来都是用脚不用手，时间一长，其中的一扇从门轴处首先断裂，被物业的人卸掉，紧接着是第二扇，原因是有人投诉说大风刮过来时，剩下的一扇就会砰砰响，影响休息。

他就这样站在不远处，观察着，等待着。他想，如果现在有人从楼道里进去，他就立刻跟上去。

一阵风吹来，他冷静下来，仔细一想，留纸条的人多半在大白天不来，光天化日之下，多少会有所顾忌的，再者那个人说不定白天也要工作，要养家糊口，骚扰自己只是副业。三点半他回到家，坐在沙发上躺了一会儿，要不是手机响，迷迷糊糊差点就要睡着。

牛国柱的电话又来了，肯定是叫他去广场排练。他不想去，又不知道怎么解释，第一个电话响了一会儿自己停了，过了几分钟第二个又来了。他把手机调成振动模式，扔到沙发上就这么嗡嗡响。牛国柱已经站在2号楼楼下，电话打不通，他就急了，蹭蹭上楼，敲起了门。

鲁德亮听见门口他铺在地上的报纸发出窸窸窣窣的声音后，蹑手蹑脚地走过去，通过猫眼观察。起初只能看见门外人头顶上稀疏的花白头发，然后当对方抬起头时，鲁德亮就看见了牛国柱变形的脸，像个冬瓜一样，他在敲门的时候身体前后晃，同时用眼睛朝猫眼里瞄。鲁德亮一动不动，屏住呼吸耐心地等，一直等到牛国柱敲累了，停手了。

牛国柱走的时候弯腰捡起地上的一张报纸，看了两眼又扔回原地。等他走远以后，鲁德亮回复了一条短信，大概意思是他最近一段时间在儿子家住，过来不方便。登记报名已经开始了，牛国柱回复他说。错过就错过吧，鲁德亮想，现在心烦意乱，哪能顾得上呢？

四点、四点半、五点、六点，一直到七点吃过饭，楼道里都没有任何动静，打开门，地上什么都没有。反倒是谁家炒菜做饭的嘶嘶声，铲子在锅里搅动的声音，隔着窗户都能听见。

晚上才是真正的考验。八点过后，外面彻底暗了，鲁德亮就把家里所有的窗帘拉上，把客厅、饭厅、门厅的灯打开，坐在饭桌前，开始了焦虑又漫长的等待。透过猫眼看外面，好像打开了一个全新的世界，一个朦朦胧胧，充满黄色氤氲的地方，盯的时间一久竟然觉得有些瞌睡。

不能睡着，千万不能睡着！他奶奶个头，他奶奶个熊！想睡觉的时候不瞌睡，不能睡的时候瞌睡却提前来了。怎么办？熬，挺，坚持住！用凉水洗了一把脸后，他钻进书房，把鲁一沙学生时代用过的台灯拿出来，用接线板接在饭桌上，打开来，在刺眼的白光下练字。从八点到十点，利用断断续续的时间（因为还要时不时站起来瞧外面），他练的字已经超过了前几天的总和。

十一点。到了上床睡觉的时候，也到了最关键的时刻。今晚这片安眠药索性不吃了，取而代之的是热茶。鲁德亮端着茶杯在家里踱步，走到阳台上，推开窗户，欣赏外面的万家灯火。北边厨房那边的窗户推开后正对着的是3号楼，旁边是4号楼，也能看见斜着的半边6号楼，这些楼上的灯光星星点点，大部分人家已经熄灯休息了；南边晾衣服的阳台上风景截然相反，街道上的路灯亮着，车辆时不时开过，路边还有人结伴行走，他们说的话听上去很遥远。天顶无限深邃，泛着暗红的光。

公交车站上的最后一班车开走后，鲁德亮已经两杯茶水下肚，他在门后简单地热了热身，扭扭脖子踢踢腿，像观察天文望远镜一样，耷拉着脖子通过猫眼瞄向外面。他做好了打持久战的准备，给自己搬了把椅子，就是自己经常坐着练字的那把，上面还绑着一套靠背和坐垫，觉得累了，就坐下来歇会儿，然后站起来继续观察。十一点半，他把家里所有的灯都关了，把已经调成静音的手机装在睡衣兜里，肩上搭一条毛巾，趴在门上继续张望。外面的光通过门上的这个小孔投射进来，形成一段光柱。

十二点、十二点半，外面依然没有什么动静，没有人上来，也没有人下去。他静悄悄地打开门，发现没有异常后轻轻闭上。

到了一点钟，他坚持不住了，有些想放弃，从椅子上站起来走到沙发上躺下来，深而慢地喘着气。

躺到一点半的时候，外面突然传来一阵脚步声，他赶紧爬起来走到门口看，一个年轻女子搀着一个醉酒的男人跌跌撞撞地走了上来，男的一脚踩到了报纸上，嘴里骂骂咧咧，女的用高嗓门说："哎？这儿的灯怎么是亮的？"

鲁德亮看着他们一脚深一脚浅，摇摇晃晃朝楼上走去，从他眼前消失。走廊里门砰的一声关上后，紧接着听到的是女人的高跟鞋掉在地上的声音。他根据脚步判断，他们从门厅径直去了卧室。他也从门厅一路跟着来到卧室，听着声音在自己头顶消失。

这个女人他知道，就住在楼上，可这个男人却从来没见过，他是干什么的，他们又是什么关系？他被自己的这一连串问题给吓倒了，他想，他是不是已经到了一种病态的程度？就这么站在自家门口通过猫眼张望，算偷窥吗？

半夜有点冷，他把枕头和被子从卧室里拿出来，就睡在沙发上。沙发比床软，被子合上没多久，就迷迷糊糊地陷了进去。像终于躲进一个安全的地方一样，鲁德亮舒展开身子，放下全部的重负，扎扎实实地睡了起来，客厅里一度响起了鼾声。他的口水沿着嘴角流淌下来，是一条细线。

但是这样的状态持续了没多久，凌晨三点半，他就像一个上好的发条一样，全身绷紧弹了起来。外面静悄悄的，一点动静都没有，但是他又不确定自己刚才睡着的那会儿发生了什么，于是他打开门，走出去瞧了一眼。没有字条。地上的报纸已经乱了，也脏了，上面留着几个泥脚印，他把它们重新铺好。

回去的时候他发觉饿了，进厨房翻找吃的，发现有一点剩饭菜，半块干馒头，他也顾不上那么多了，端起来就吃。东西下了肚子以后又觉得难受，隐隐作痛，赶忙喝热茶挡一挡，喝得肚子鼓囊囊的，一连上了好几次厕所。

这是个恶性循环，他想，他正亲手一点一点地摧垮自己的身体。他觉得这说不定就是对手乐意看到的，看着自己在惶惶中一步一步走向崩溃，肉体上，精神上。

不行！不能再这样下去！

他把门口的椅子搬进来，回归原位，坐下来，在一张报纸上写道："勿做亲痛仇快之事。"写完之后，他把所有的灯关了，包括走廊的，然后走进卧室。

窗户上的玻璃开始震了，又到了拉土车出动的时刻。自从外面开始施工以来，这还是他第一次在清醒的状态下听到这声音。他把窗帘撩起来，朝外望去。

他不知道自己是躺下以后多久睡着的，总之这一觉睡得足够死，睡得他第二天早上醒来把什么都忘了，刷牙洗脸的时候才想起那档子事。他含着满嘴牙膏沫从卫生间跑出来，直奔大门而去。

门缝下面没有塞进来纸条，他不放心，开门一看，楼道里的报纸不见了，一张也不剩，显然有人来过。他有些慌，不觉心中一沉。

果然不出所料，往外跨了两步他就发现了问题，一张纸条，有字的一面朝上，躺在楼梯口的水泥地上，十分显眼。他奶奶的，王八羔子！又来了！这回是故意放在这儿的，还是已经被路过的人看过了？他担心是后者。

纸条上写着：鲁警官，这么多年过去了，我没办法忘记！

气愤中他正想把它撕碎丢掉，突然发现纸条的背面也有字：信收到了吗？

还有信？哪来的信？抬头看见信箱后，他连忙跑回房子找钥匙。幸亏上面有锁！打开信箱，找到了三封信，扔在一堆垃圾广告上面。信封上没贴邮票，就是三个普通的白色信封，胶水封口，肯定也是留纸条的人塞进去的。

三张纸条，对应着三封信？这么说有的信已经在里面躺了几天了？

回到家后，他坐在饭桌旁，忐忑不安。现在可以肯定的是，纸条不是广场上那个小年轻留的，和他一点关系都没有。那么信又是谁写的？一切仍然悬而未决。

信封上都写着"鲁德亮警官亲启"，并且在右下角标着一个画圈的阿拉伯数字。鲁德亮把三个信封放在一起比较了一下，发现这个数字标明的就是来信的先后顺序，刚才这阵子，由于紧张，三封信在他手里来回倒腾，要不是这个数字，他真不知道应该先拆哪一封。

动手拆第一封的时候，鲁德亮的心里一阵阵担忧。看信之前，他先到厨房里弄了杯水，咽下去半片药。

第七章　神秘来信

26

（1）

鲁警官：

　　你好！

　　你站在桥上看风景，看风景的人在楼上看你。

　　对你来说，我只不过是又一个陌生人，但对我而言，你就是全部。

　　我知道就这么联系你显得太唐突了，我也着实忍了一段时间，一来不想打搅，二来不知道怎么开口。但是我终究无法忍受记忆的折磨，无法抗拒倾诉的诱惑，我不知道自己是否还有明天，毕竟我已经很老了，也许没办法坚持到说完，也许说话颠三倒四，缺乏逻辑。但我还是要说，毕竟，会说话，难道不是全部的意义所在吗？就像有个作家说的，生活不是我们活过的日子，而是我们记住的日子。过去无法改变，活着不就是为了讲述吗？

鲁警官，你不知道那天见到你时我有多么吃惊。几十年过去了，我听到大家都在说，时间不等人，日子怎么越过越快，不够用了。但是时间对我来说总是那么漫长，就像别人从日出到日落一直在康庄大道上奔跑，而我被扔进泥潭，终其一生挣扎于其中一样。在我以为自己就要这样与世隔绝，带着所有的秘密孤独终老时，你出现了，你能把我拯救出来吗？

在这之前，我要问你一个问题，鲁警官，你现在的状况，和你过去的遭遇有关吗？

我能体会你的感受。有很长一段时间，我也无法入睡，而且我遇到的不仅仅是失眠和情绪的问题，我还做噩梦，常常无法分清现实和梦境，吃药也得不到任何缓解。我吃的药，药劲很大，吃了以后我老是梦见自己身处一间没有窗户的房子里，外面应该是夜晚，因为房子里灯光如同白昼，除了正中间放着的一张床和白墙上挂的一面镜子外，我一无所有，我尝试着推门、大吼大叫，无人应答，镜子里的我，牙齿松动，双眼昏花，血液似乎都放慢了循环。鲁警官，你和我一样做噩梦吗？半梦半醒的时候，你能体会到一种快要窒息的感觉吗？

那天的你看上去还和过去一样，精神抖擞，我跟在你后面，一度怀疑自己看走了眼。人老了，一身病，腿脚不灵便，听人说因为缺钙，骨质变得疏松，长骨也会变短，造成身体塌了，身高跟着缩短，而你却没有，永远是长腿，高个儿，直挺挺的鼻梁，我费了不少劲，才不至于被你落下很远。

有人喊你，你走得更快了，但还是回过头来看了我一眼，就是这一眼让我更加确定是你没错。从你的眼神里我能看出来，你不认

第七章　神秘来信

得我，甚至还有点惧怕我，我能看出来你的慌乱，我手里捏着你的东西，想还给你，到最后的关头犹豫了，我不知道再次见你的时候应该说什么。我害怕自己会失控。

事实上，当时我已经几近崩溃，那种感觉就像在一个巨大陌生的城市，在人流熙攘的火车站，浑浑噩噩之中突然看见久别的亲人一样，努力地大声呼喊，挥舞双手，可对方就是视而不见，相逢转瞬即逝。在你身后的门砰的一声锁上后，我万念俱灰，我哭了，浑身在颤抖。他们总是在我面前说，我这个人感情贫乏，待人冷漠，难道非要我掏心窝子给他们看吗？就算掏出来，他们能看得懂吗？我听到这样一种玩笑似的说法：长江后浪推前浪，前浪死在沙滩上。这是一种悲哀，却是现实，又是历史的必然，现今的年轻人不理解我们，活在自大、无知与空虚当中，不正如当年的我们一样吗？

先写到这里，不瞒你说，我的记忆时好时坏，现在不知道写些什么了。同时我知道突然写封信，尤其是太长的话，对你来说是一种搅扰，所以事先让宁山捎了张纸条过来，你看到了吗？

愿一切都好！

一个与你有过几面之缘的人
2019年3月29日

是一封匿名信。这种信鲁德亮见得多了，在刑侦大队办案的时候他们就时常收到各种匿名举报线索，有的确实对破案有帮助，绝大部分没有任何价值，纯粹浪费时间。

但是，这还是第一次有人给他个人写匿名信。

他当然不知道写信人是谁，想不起来他们在哪里见过，更不知道他手里有自己的什么东西。

他只觉得后背发凉，为什么这个人对自己的情况了如指掌（知道他睡眠不好）？他一直在跟踪自己吗？

有一点是肯定的，给他塞纸条送信的人名字叫"宁山"，但是这个名字同样在他的记忆里没有留下任何痕迹。

拆开第二封信的时候，鲁德亮觉得自己的手在抖。

（2）

鲁警官：

用胶水把信封粘上以后没多久，我就后悔了，宁山已经穿上鞋子，准备好出门，他用一副可怜巴巴的眼神看着我，我心软了，只好把信交给他。他是个听话懂事的孩子，就是话有点少。在我看书写作的时候，他一个人在隔壁的房子里安静地待着，从不打扰我的清净，休息的间歇，我把门推开一半，看他在干什么，他就问我要不要去葫芦河边散步，或者要不要喝口水。这情形让我回忆起了过去美好的日子，同时又让我心痛不已。

关于宁山，关于我自己的遭遇，我慢慢会告诉你。他出门后，我坐下来给你写这第二封。我想继续前面的内容，谈谈历史。

鲁警官，你认为历史是什么？历史是过去，是记忆，是一段永远回不去的时间，这是绝大多数人面对这个问题的答案，但是他们都错了。人们要么浑浑噩噩不自知，要么在知道真相后选择了沉默和逃避。

历史是一张网,鲁警官。这张网没有漏网之鱼。

与历史打交道如同溺水,这是我真切的感受,不知道你是否有同感?像是脑袋被人强行摁进水里一样。不喜欢,反感,厌恶都不行,它会说,你怎么能不喜欢?我这是在帮你过上更好的生活,这样你以后学习游泳的时候就容易多了。历史就是这样,不管你做出什么反应,哪怕是轻蔑地看上它一眼,甚至吐口唾沫,你也终究会加入它的门下,成为其中一员。历史的大部队浩浩荡荡,朝着一个方向奔去,你无法反抗,也不得脱身。

过去是这样,将来仍是这样,亘古不变。我的丈夫王新石不同意我的观点,他原本是县政府的一个小文员,业余爱好写诗,虽然他没能活到现在,但他认为将来肯定会变得美好。

从某种程度上来讲,他是幸运的,我想告诉他,现在虽然能吃饱穿暖,能发表诗歌了,但是现在,美好消失了。

30岁那年,他着了魔,尤其是当他读到食指的那首《相信未来》之后,整个人都变得疯癫,他把自己关在小屋子里,在本来能写下自己作品的稿纸上,一遍又一遍地抄写这首《相信未来》:

当蜘蛛网无情查封我的炉台,

当灰烬的余烟叹息着贫困的悲哀,

我依然固执地铺平失望的灰烬,

用美丽的雪花写下:相信未来。

可能你也知道这首诗,在这里我只写下第一小节,当年新石曾当着我的面反复诵读它,在我劝说无效,指着窗户朝他大喊时,他才吓得降低音调,最终冷静下来。但是终究,他内心里狂热的火苗一经点燃便无法熄灭,也正是从那一天起,他萌生了成立诗社的想法。他决定成为食指(尽管那时他还不叫食指)的坚定追随者,他决定成为全新的自我,他对我说:

"我痛恨政治,我无法在这个时代获取现实感。"

"幸好有诗歌存在,它是我的宗教。"

"我要笑着活下去,相信未来!"

他让我给他出谋划策。说实话,我不会写诗,并且对诗歌缺乏应有的鉴赏能力,只是凭着感觉,品味整体韵味,揣摩其中的意象。我读诗,但没有他狂热,我们对待诗歌在某些观点上一致(比方都认为中国古典诗歌缺乏灵魂应有的深度,过度寄情于山水,其实不光是诗歌,中国的文化传统在个体灵魂部分同样呈现出了空白),这给他造成了我热爱诗歌的假象。我帮他的忙完全是出于我对他的爱,爱他的人,也爱他的才。那时候我一边照顾年幼的宁山(那一年他还不到10岁),一边努力工作,在不耽误正常生活的同时,寻找志同道合的人加入诗社,找适合举办沙龙的场地,还偷偷摸摸地用学校的油印机帮他印刷诗集。

说了这么多,鲁警官,我的观点是面对历史,乐观是一剂毒药,悲观不是解毒剂,理智才是。新石就是一个例子,乐观让他变得盲目,失去了理智,当然,这过程中他确实写了不少能称得上好的诗,但这只是加速了他的死。现在,回过头来看,我能原谅他犯下的一切错误,因为他终究是死了,死让一个人变得可怜,尤其是当这个人只有三十几岁的时候。

鲁警官,我不了解现在的世界、外面的一切,因为我一个人实在待了太久,几乎与世隔绝,身边的人走马灯似的换,没有一个值

第七章　神秘来信

得信任。我把自己封闭起来，直到遇见了你。

鲁警官，现在是崭新的二十一世纪，发生在许多年前的事早已结束，那么请你告诉我，现在的人乐观吗？相信未来吗？不管怎么样，当你听到"胜利了""成功了""一切会更好"等字眼的时候，我希望你能保持清醒和警惕。

宁山回来了，我问他怎么样，他说他费了不少力气才把第一封信塞进了你的信箱，那里面好像已经塞满了。除了我以外，你还和谁在通信？

夜已深，我又想起了第一次与你见面时的情景。那是四十多年前的事了，我们都在台下，站在喧闹呼喊的人群中，我没有喊，我发现你也没有，你虽然张着嘴，但是你没有用力，你在犹豫。那时我就认定你不是一个盲目的乐观主义者。

好了，就写到这里。我知道你肯定想弄清我是谁，就让我给你开个小小的玩笑吧。你是警察，善于破案，相信你能很快得出答案，如果我提供的线索还不够多的话，请把红泥街算作一个。

愿一切安好！

一个理智的悲观主义者
2019年3月30日

第二封信读完，鲁德亮心底的谜团非但没有化解，反而越大了。他发现了一个非常严重的问题，写信人无疑是他的同龄人，而且很有可能年龄比他还要大，那么她的孩子，这个叫"宁山"的必定已是人到中年，可为什么看了信中的描述，感觉他还没有长大呢？

信中提到的他们的第一次见面，鲁德亮自然是印象全无，但是由此他产生了一种这个人什么都知道的感觉（比方说她就知道红泥街），对发生在过去的事情，她记忆犹新，这正是她的可怕之处。

四十多年前她就已经留意并暗中观察自己了！

瞬间他就有种被洞悉感，她在暗处，而自己已全然暴露。

四十多年前，正是"文化大革命"如火如荼的时候，现在她重提她和她丈夫的那些往事，意欲何为？她要他拯救她，救她什么？

历史对她来说是一张网，这封信对鲁德亮来说何尝不是？

至于她在信中提到的"玩笑"，在鲁德亮看来更像是赤裸裸的挑衅！

线索！寻找线索！

鲁德亮这么想着，站起来朝阳台走去，在他过去的杂物里翻找起来，找到一本写了一少半的塑料皮笔记本（单位发的，封面上还印着警徽），然后去书房找来钢笔和墨水，重新坐到饭桌前。

笔记本前面的一部分，是他过去的案件记录，笔迹已经发黄，他简单地翻了一下，发现上面记录了两桩案子，一桩盗窃，一桩杀人。他把之前的那三张纸条别在本子的塑料皮里，开始梳理信中所谓的线索，像他过去做的那样，在本子上写了起来。

姓名：未知

性别：女

年龄：75岁上下（据孩子年龄推断）

职业：教师（提及"学校"，佐证：信件的文字）

家庭关系：丈夫王新石（已去世，县政府文员，写诗），儿子王宁山（基本情况不明，有蹊跷）

涉及事件:"文革",写诗,成立诗社。

涉及人物:食指(诗人?);其他社会关系,指代尚不明确。

涉及地点:红泥街、葫芦河(提示她的住址?)

写信目的:倾诉?拯救?(关键词:折磨、记忆)

写到这儿,他就写不下去了。那封标着数字"3"的信就在桌子上不远处,好像在同自己招手。

27

(3)

宁山一屁股坐在板凳上,大口地喘着气,他身上的绒衣脏兮兮的,膝盖上、胳膊肘上全是土,脑门上明晃晃的全是汗。我递过去一张卫生纸时,他像一条饿狗看见食物一样一把抓了过去。纸张瞬间变黑。

我问他怎么了,为什么慌里慌张,他说,那个人出来了,差点把我抓住了!说这话时,他紧张得浑身发抖,我对他说,你不要害怕,喝口水就没事了。我在家里转悠了一圈,把门窗全部关好,又检查了一遍,对他说,不要害怕,你看,这样坏人就进不来了。

从他的脏衣服上判断,他没有走大路,很有可能是一路从永清湖的荒滩那里跑过来的。鲁警官,我们之间的距离说远其实也不远,就隔着这荒滩。最近那儿开始施工,全是土。整个城市一直在施工，在修理，在发展，在进步。每天晚上我躺在床上，总能听到卡车的轰鸣，听到挖掘机凿地的巨响，风停的时候响声尤其明显，像远处的地下关着一只号叫的野兽。你能听到吗？夜晚的工地上灯火通明，尽管那里和我住的地方相距较远，但仍能看到弥漫在上空的亮光，像有人在那儿点起了一堆篝火。

鲁警官，我知道宁山说的那个人就是你，我哄了他很久，才说服他继续送信。我也知道，你不可能是坏人，但这孩子就是胆小，怕生。我是不想面对你，他是不敢面对你。

鲁警官，下面我要讲的是一件真事。

三年前冬天的一个上午，天气很冷，不久前下了一场大雪，积在路面上还没有彻底消掉，我把自己裹得严严实实，在东郊淀粉厂附近散步，走进一个巷子里时，发现许多人围在一个绿白相间的大垃圾箱附近。当时我很纳闷：为什么这么多人围着一个垃圾箱不放？我走过去时，闻到了臭味，箱盖虽然盖得严严实实，一阵阵青烟还是通过缝隙飘了出来，熏得我难受头疼。两个人用手抬起盖子，在恶臭散去后，发现最里面，在铺垫得厚厚的垃圾层上，有一个穿着破烂的男孩，蜷缩在一大块硬纸壳子下面。我听见人们在议论：

"为什么躲在这儿，离家出走了？"

"看他身上穿的衣服，太单薄了，多可怜啊！"

"所以他才躲在这里，把垃圾点着取暖呀。"

"快拉他出来，缺氧时间长了会死人的。"

几个好心人七手八脚地把男孩从垃圾箱里拉出来，平放在地上。看到他一动不动，有人说快点叫救护车，有人跑进了路边的商店,还有人选择继续围观。

他像个小雕塑,保持着最初的姿势,侧卧着,睡着了一样。他的脸蛋脏兮兮的,头发粘在一起像片瓦,身上的棉衣烂了,几个大窟窿里露出黑乎乎的棉丝,穿着一双军绿色的胶鞋,却没有袜子。他的两只手始终缩在衣袖里。一个人俯下身子,试着把它们拉出来,却无功而返。他们还掐人中穴,捏他的脸蛋,拍他的背和肩膀,大声喊着:"喂,喂,醒来吧!"没有任何反应。

"怕是已经没救了,缺氧窒息。"一个人说。

"是一氧化碳中毒。"一个男人蹲在地上观察了半天,站起来说。

旁边有一个女人没有忍住,已经哭了起来。

也许是哭声太突然,也许是地上太冷,男孩突然醒过来,爬起来,在众人的眼皮底下,一溜烟跑了。

一切发生得太突然,很多人都没有反应过来。"吓死人了,活过来了,也就没事了。"过了一会儿才有人这么说。

围观的人散了一大半,垃圾箱还冒着烟。只有我迈着步子,像只乌龟一样跟在那孩子后面。龟兔赛跑,最后胜出的是乌龟。男孩在一阵小跑后,在距离我百米开外的地方放慢了步子,越走越慢,最后停下来,倚靠着电线杆,坐在了马路牙子上。这一回,再也没有人上前围着他了。我走过去的时候,发现他脸色发青,呼吸细弱,瘦小单薄的身子不住地发抖,像刚从水里打捞上来一样。

鲁警官,说了这么多,我要告诉你的是,这个男孩就是宁山,最后我救下他,收养了他。现在回过头来想,如果那天我不出来散步,他可能会死,后来我听说,他们在垃圾箱里又发现了两具孩子的尸体,两个女孩,这两个现在已经体会不到人间痛苦、去了极乐世界的孩子，一个是宁山的姐姐，另一个是他的妹妹。我走以后，救护车赶到，然后是警车，救护车把她们装起来拉走了，警察在垃圾箱周围拉起一圈黄色警戒线，不让任何人靠近。后来我听人说，那个垃圾箱在很长一段时间内没人再往里面扔垃圾。

我给男孩取名叫宁山，全名王宁山，和我的亲生骨肉名字一样（胸怀一座山，安之若素）。鲁警官，请你相信我，我没有说胡话，我有两个宁山，两个孩子，现在的宁山正和四十五年前的那个一样，个头一般高，眉宇间也有几分相像。看到眼前的这个宁山，每天喊着他的名字，就好像回到了过去。我供他吃，给他衣服穿，有时候，保姆不在的时候，我还硬撑着起来给他做饭。我希望他叫我一声妈妈，但是他只肯叫我奶奶。这样也好，每次他这么叫我的时候，都会把我从幻想强行拉回到现实中来，让我体会到时间的流逝和生命的真实。

鲁警官，"王宁山"这个名字对你来说，还有印象吗？我给你时间，好好想一想。

鲁警官，宁山是受过苦的孩子，他身上有些地方的伤痕，到现在还留着。我无法想象他到底经历了什么，他不告诉我，我也宁愿相信那些伤是他在城市到处流浪，翻捡垃圾的时候不小心被利器划伤、割伤或者在和姐姐妹妹奔跑玩耍的时候跌伤的。我希望有一天，当你遇到这个孩子的时候，能够正常对待他，不要吓唬他，如果他有什么做得不当的地方，我作为监护人，向你致歉！

鲁警官，不知道你看到前两封信了没有？此刻，凌晨一点半，我坐在灯下，忍着疼痛写这第三封。我站起身想倒杯水的时候，觉得自己的身体已经彻底空了，快要使不上劲了。

第七章　神秘来信

死又朝我逼近了一步，所以我又写了张纸条。如果说前两张纸条只是想引起你的注意，现在我迫切希望你能看到这些信，真诚地希望你能和我交流。我知道，你说不定早就把我忘了。我不能对这件事抱有太多希望，就像所有的事情一样。

我是真诚的，所以再次请你原谅我的唐突，还有轻佻，我指的是上一次说的"玩笑"，我无意戏弄你，事后我惭愧万分，我不配开玩笑，对我来说这是种罪孽。活着对我来说是痛苦的，就让痛苦继续下去吧。

如果你愿意和我交流，听我倾诉，我会把一切都告诉你。我不会再遮遮掩掩，像某些人那样。这是种欺骗。

鲁警官，我叫陈淑合，生于1940年，今年79岁。你住的地方，现在叫团结路，过去叫红泥街，我小时就在那里长大，八十年代没有改造之前，那儿还有我的房子，准确地说是我父母留下的祖屋。我在红泥街长大成人、成家立业、结婚生子，我在红泥街度过了前半生，和平常人没什么两样，有快乐，也有迷茫不知所措的时候。这之后便迎来我人生的转折，命运没有眷顾于我，痛苦接踵而至，在此期间我更是犯下了深重的罪孽，这辈子恐怕无法偿还的罪孽，所以后来对我的折磨，无论是肉体还是精神上的，我全盘接受。

鲁警官，我知道你也来过红泥街，而且不止一次。我们在红泥街上碰过面，有过短暂的交谈，所有的这些，你想知道吗？

如果是的话，请你在看到这封信后，能给我回信，内容不限，我想听到你说话。你把信箱的门打开，不要上锁，把你的回信放到里面，让宁山过来的时候顺便带走。或者，你可以什么都不写，只把信箱解锁，虚掩上，表明你在聆听即可。这个小小要求，你能满足我吗?

　　我听广播上说，沙尘天气马上又要来，这实在是非常糟糕的一件事，上次刮大风因为保姆忘记关厨房的窗户，玻璃碎了一块不说，还造成家里尘土遍地。原州的天气近年来变得越来越恶劣，越来越难以捉摸，四季不再那么分明，天气忽冷忽热。永清湖干了，葫芦河也受到了污染，散发着阵阵臭味，我在河边散步的时候，发现两边的树木看上去都病恹恹的，我怀疑是土壤出了问题。总之，愿我们这些上了年纪的人，都能安然度过如此恶劣的天气!

　　最后这封信没有开头，也没有落款和日期。
　　"陈淑合，"鲁德亮一放下信，就在本子上写了起来，"原红泥街居民，生于1940年，79岁，'养子'王宁山。家住葫芦河附近……"
　　他就这样趴在饭桌上写写画画，并时不时重新拿起信，在上面搜寻着，不知不觉一个多小时就过去了。看着笔记本上密密麻麻的字迹，他就觉得头脑发胀，有些缺氧。他突然有种挫败感，忙活了大半天，一无所获。他写着，笔尖在纸上沙沙响，说是分析推断，倒不如说又是在练字，只不过从毛笔换成了钢笔，从旧报纸换成了笔记本，回到了老路子，通过这种方式排遣焦虑罢了。

28

　　鲁德亮把南北两个阳台的窗户打开透气。烧水壶里的水咕嘟咕嘟叫时，他在房子里走来走去，边走边思考。沙尘天气要来？来就来吧，现在他脑子里卷起来的，丝毫不亚于一场沙尘暴。

问题其实已经搞清楚了，这个叫陈淑合的女人就是想给他写信，如此而已，他自己反倒陷了进去。他想，当初这些纸条要是那个小年轻留下的，一切问题反而简单了，现在，目前现有的这些"线索"，什么都说明不了，一切仍然是一个无头案。

他们在红泥街见过，并且还说过话。这是一个突破口。他想，四十多年前，红泥街，所有的事情，是好是坏，都必须从他的记忆里重新打捞出来了。

鲁德亮找到信箱的钥匙，走到外面重新检查了一下信箱。这是一串小钥匙，共四把，除了信箱的，还有电视柜抽屉、衣柜门和床头柜抽屉的，现在还在用的，就只剩下这个信箱了。已经有十几年，没有人给他写过一封信，单从这个角度来讲，能收到信本身就是个不小的惊讶。

信箱是个绿漆刷的长方形铁盒子，外面残留着几张巴掌大的野广告，用胶水粘得牢牢的，他试着撕过很多次，包括用热毛巾擦，始终没办法完全去掉。有一次，有人竟然把一张广告斜着贴在了信箱口上，挡住了一大半，可把他气坏了。

打开来一看，信箱里空空如也，锁上去的时候他犹豫了一下，想起了最后一封信中那个人说的"小小的要求"——不要上锁，虚掩着。为什么要这么做？如果不照着做又会怎样？

不能让这个人影响自己原本的生活！

回到家后，他把毛笔砚台拿出来，在饭桌上铺开报纸，继续练字。坚持写了不到一个版面，出汗了，笔杆子滑腻到握不住，开始抖动了，写出来的字也走了样。

　　他的心里，另一个声音仍然不断响起：这个人到底是谁？想干什么？她怎么会认识自己，并且熟知自己的情况？比如说知道他的住址。难道她跟踪过自己？在公安系统工作了大半辈子，鲁德亮什么样的怪事没见过？敲诈恐吓信，求救信，光是直接办过的案子里就有很多件，只是这一回，这种事情竟然落到了自己头上！

　　毛笔字是练不成了，在一阵焦躁不安中，他把摊开来没多久的报纸收拾起来，目光又瞄准了那几封信。

　　这件事必须要有结果。置之不理不是办法，但也不能就这么顺着对方的意思来。他要分析，要推断，从现有的材料中发掘，把这个人找出来。他把笔记本打开，翻到空白的一页，写了起来：

　　（一）细节问题与突破口
　　1.她的手里到底有我的什么东西？
　　2.她在红泥街上犯过的深重罪孽是什么？
　　（二）怎么办？
　　怎么处理对方提出的信箱问题？置之不理？

　　真是怪事！怪事！

　　鲁德亮的字一开始还是楷体，一笔一画，到后面就潦草得有些不像话了。刺溜一声，他把写好的一页内容从本子上撕下来，揉成一个纸球扔进垃圾桶，然后继续在家里转圈。

　　他能感到，有一股子气正在体内聚集，膨胀，使他发热，发抖。他走到饭桌前，把信拿起来，边走边看，这时候他又觉得自己

第七章 神秘来信

的脑子飞速地旋转，比眨眼还要快，随之而来的眩晕让他不得不停下来，趴在桌子上喘气。

信的内容，有不少地方他没能看懂，可能是因为对方要说的事情只开了个头，对他来说好比盲人摸象，但这只是一方面，他觉得更重要的是，这个人说话的口气他有点接受不了（可能所谓的文化人都这样）。他自认为还是读过一些书的，但是这个人写下的内容文绉绉的，一些段落，大道理头头是道，实在是不知所云。

他觉得写信的人就是一个书呆子，一个怪人，再考虑她的年龄，和他一样，属于"那个年代"过来的，让这个可能性又增加了一分。但是，她的思路又是清晰的，所写的内容十分具有说服力，又让他不得不刮目相看。尤其是她提到的这个"垃圾箱流浪儿事件"，让他为之一震。

对！垃圾箱流浪儿，他怎么把这个给忽略了！这件发生在三年前的事件曾经轰动全国，基本情况和第三封信里描述的几乎一样，那个垃圾箱就位于傻傻淀粉集团公司厂房外面的一条巷子里，从那巷子里走进去，是厂子的家属区。三年前原州的冬天，12月中旬，下了一场大雪，雪停后一个星期，人们在垃圾箱里发现了孩子的尸体，验尸报告显示，两姐妹死于一氧化碳中毒。他们受不了寒冷，翻进垃圾箱里，用捡来的硬纸壳当被子，再点燃垃圾抱在一起取暖，这才造成悲剧。据一位目击者称，就在出事的前一晚，他路过那个垃圾箱时，还听到了里面孩子们的说话声。

关于这件案子，鲁德亮就知道这么多，原州市在那些天获得了全国的关注。当时的新闻铺天盖地，第二天的《法制日报》肯定做了相关报道，不过现在他手里没有当时的报纸，不知道上面说了什么。再说,能说什么呢?又有什么好说的呢?死者长已矣,已经发生的无可挽回。中国是个大国,每天都会有类似的新闻发生,吸引人们的眼球,同时将过去从记忆里抹掉。

但是这件事鲁德亮恐怕这辈子都忘不掉了。他又从头到尾读了一遍第三封信,知道还有一个孩子活着,让他在激动的同时发自内心地对这位收养他的"神秘人物"肃然起敬。他没有想到坊间关于此案有一个流浪儿最后活下来的传闻竟然是真的,并且这些天他就在用这种方式和他"面对面"交流!

他又想,如果能找到这个孩子,所有的问题不都迎刃而解了吗?他应该还会继续来送信,留纸条吧。这么想着,他的焦虑感瞬间减轻了不少。人就是这样,千奇百怪,想法说变就变,难以捉摸,他突然比任何一个时刻都盼望着下一封信的到来。

第八章　红泥街秘事

29

　　上午十一点多鲁一沙打来电话，询问他的近况，鲁德亮说自己很好，最近一直和牛国柱去广场参加老年合唱团，为了五一劳动节的比赛，坚持去排练。他又脱口而出了那两首歌名——《歌唱祖国》和《映山红》，还抱怨了两句那个光头指挥，使一切听上去很自然，好让女儿不那么担心，她高兴地笑出了声。午休时间过后，两点的时候，电话又响了，是鲁明，和之前他打过的所有电话一样，接通后首先是一通嘘寒问暖，最近怎么样，沙尘天气要来，注意关好门窗，然后一个转折，进入正题——在鲁德亮看来才是儿子的真正目的，所谓的"心在石头上"。鲁明问他拆迁的进展，最近有没有工作组的人上门（"我听说人已经进驻小区了"），还问他需不需要帮忙。鲁德亮拉下脸正要发作时，儿子的话题又变成了李秀香。

　　清明节快到了，鲁明说了一些准备花圈、纸钱之类的事，鲁德亮耐着性子听完，嘴里"嗯嗯"地答应着，挂断电话后又完全想不起自己到底说了些什么。

没多久就起风了，风刮起来，又快又急，在房子里就听到外面哪户人家窗户磕碰的声音。他先关的是厨房的窗户，顺带瞅一眼外面，香椿树在风中猛烈地摇晃着。

天色瞬间就暗了下来，抬头看表只不过下午三点而已。狂风啸叫着，想从窗户的每一个缝隙里钻进来，地上的碎石砂砾被卷起来，一切能被卷起的东西统统被卷起来，抛到半空，再重重地砸下来。

鲁德亮想，这样糟糕的天气，那孩子还会来吗？

五点钟的时候，外面还是昏暗一片，风却是小了，鲁德亮在家里实在觉得烦闷，戴上口罩帽子出了门。

外面的世界和任何一次沙尘天气过后一样，脏乱、混沌，空气中满是土腥味，地上是薄薄的一层土，踩上去隐约能看见脚印。远处的天灰蒙蒙的，风继续在那里吹，沙尘依旧在翻滚，小区附近的风却完全停了，树木停止摆动，鸟叫声又响了起来，阳光透过天顶的尘土照射进来，形成一个静谧、泛黄的空间，有种老旧照片的感觉。

四下静悄悄的，只有鲁德亮一个人走在路上，他把口罩摘下来，呼吸着这充满土腥味的空气，突然有种恍如隔世的感觉。他觉得自己好像回到了过去，回到了几十年前那个灰不溜秋的原州县城。

他推着自行车走在一条土路上，路两旁种着柳树，树后面是清一色的平房。那土路上布满了脚印和自行车辙，他走着，迷了路，就把车子停在树下，走近一户人家，想敲门问路。

一开始他并没有发现树荫里坐着一个老头，敲了半天门没人应后，老头说话了，问他干什么，他说他在找一个叫红泥街的地方。这里不是红泥街，老头说，要找红泥街，再往前走两里路，路过一个破庙，就到了。于是他骑上自行车，继续往前走。

那是他第一次来红泥街办案子，谁能想到若干年后，他竟然把家安在了红泥街上。此刻他想，现在脚底下踩的这路，对应着过去红泥街的哪一块呢？

鲁德亮从口袋里拿出一张准备好的报纸，展开来铺在路边的水泥台子上，坐下来，陷入了回忆。他沿着刚才的思路，努力回想自己来红泥街的情形。那个写信的女人在信中提到，他们在红泥街见过面，他想把这一段提取出来，无奈他能想起的，全是与案子有关的事，联想起她在信中提到的罪孽，难不成她与自己办过的哪件案子有关？

他在红泥街办的第一件案子，就是前面提到的那件大案。

1973年的春天，他参加工作刚满两年，只是原州县公安局的一名普通民警，级别比刚入职的实习警员高一点。一天局里接到报警电话，对方先是说有人闯进他的地盘，把他的东西砸了，还打伤了他，后又说被人偷了，造成了财产损失，总之一句话，没有杀人也没有放火，不是什么大案子，就派他去了。那时候，原州县公安系统在"砸烂公检法"运动中几近瘫痪，后来情况虽然有所好转，但元气大伤后不是那么容易恢复的，所以当时这么一件稀松平常的失窃案，能接电话，并且派出人手，已经相当不错了。

七十年代的原州县城城区很小，大概只有现在的五分之一多一点，形状狭长，东西长，南北短，像个水平放置的纺锤，整座县城只有一条东西方向的主干道。红泥街位于城区的最东边，可以说出了红泥街就到了乡下，面对的是广阔的农村地界，没有现在的淀粉集团公司厂区，更没有所谓的商场、成片的住宅区和供人们休闲的公园和广场。街道往东几里路就到了永清湖，湖水碧绿，天空湛蓝，野草山林茂密，葫芦河河水淙淙，环绕县城半圈后流向远方。

他记得，当他最终到达案发现场时，才发现报案人所说的那个地方是一家泥塑作坊。在一个自称是看门人的中年男人指引下，他走进院子。这一间是账房，这两间是作坊，这一间又是材料间，看门人逐一向他介绍说。走到库房门口时，那个中年男人拿着一串钥匙，颤巍巍地打开门，带他走了进去，一股瘆人的寒气和土腥味扑面而来，看门人一拉灯绳，白光闪过，他把里面看了个一清二楚。

库房地上堆着的成品和他想的完全不一样，没有观音菩萨、弥勒佛，没有寿星和财神（他本该想到以上所有形象都属于封建迷信，属于"四旧"的范畴，包括街道口被人砸烂的庙），没有任何传统节日的彩绘和泥人，地上的泥塑是清一色的领袖像，包括站像、坐像，还有半身像。一部分塑像是好的，整整齐齐，另一部分遭到了破坏。鲁德亮惊呆了，一阵腿脚发软过后，这才意识到了问题的严重性。

他捡起一座损坏的塑像，拿在手里掂了掂重量，用手捻一捻试了试硬度。塑像是实心的，做工好，分量足，红土牢牢地黏合在一起，质地细密，像是一块石头般坚硬。

所以，他面对的就是一个暴力毁坏场面，不用力气是制造不出来的。他又仔细勘察四周，墙上、窗台上有磕碰的痕迹，按理说地上应该有颜料残片和红土渣才对，但是却并没有，恰恰相反，地上明显有人清理过，库房的门窗是完好的，没有动过的迹象，嫌疑人是怎么进来的？还有，房间里为什么隐隐约约有股酒味？

在库房后面，他发现了一个空酒瓶。他正寻思着，门口传来一阵啜泣声,走出去一看,发现看门人正坐在台子上哭。

"怎么办啊,我完了,死定了,他肯定不会饶了我的。"看门人边哭边说,"我后悔了,我不应该报警。警察同志你走吧,就当什么都没有发生过,我不报警了。"

为了稳住对方的情绪,鲁德亮蹲下来,向他说了一些劝慰的话,大概是让他要相信党,相信人民政府,相信人民公安的破案能力,一定会将犯罪分子绳之以法,绝不放过一个坏人,也肯定不会冤枉一个好人。这番话起了作用,看门人突然站起来,扑通一声双膝跪地,大喊冤枉救命,在情绪平稳下来以后,他把自己知道的统统告诉了鲁德亮。

正如鲁德亮所料,当时他面对的是已经遭人破坏的现场,破坏现场的人不是别人正是这个看门人。由于案发第二天是厂子的休息日,作坊的师傅包括账房早早回家了,故案发当晚只有看门人一个人在,他有点劳累,在门口的小房子里睡着了,半夜在迷糊之中听到院子里有响动,也并没有放在心上,以为是附近的流浪猫。第二天早上才发现库房门大张着,锁被撬开了,地上一片狼藉,他吓坏了,不知道该怎么办,清理了一下现场后(甚至换了把锁)还是选择了报警。

那个男人瑟瑟发抖的样子鲁德亮至今记得,那画面现在回想起来仍旧十分清晰,好像就发生在不久前一样。那一天作为一个男人,他丢掉了所有的尊严,像一只到处找洞钻的老鼠,一条无家可归的老狗一样。毁坏领袖塑像,是罄竹难书的滔天大罪,死罪可免,活罪难逃。在后来的陈述中,看门人说自己在发现情况后,也曾想过一走了之,但是这么一跑,不就显得嫌疑更大了吗?何况他跑了，老婆孩子怎么办，家里的老母亲怎么办？

他语无伦次地对鲁德亮说："死了，我死定了，他……他肯定不会放过我的。"

鲁德亮问："你说的这个'他'，指的是谁？"

他说："是黄师傅，塑像全是他设计的。"

鲁德亮舔舔指头给笔记本翻了页，继续问道："叫什么名字？""黄立勋，立正的立，功勋的勋。"看门人说。

"多大年纪，哪儿人？"

"35岁，就是这街上人。"

"你是不知道，他是一个能人，也是个狠人。"看门人又说。

"昨晚你喝酒了吗？这个是不是你丢的？"鲁德亮拿出酒瓶，在他眼前晃，他哭得已经有些失神了。

"昨晚我没有喝酒。"过了半晌，他才说。

那个酒瓶，鲁德亮想起来了。酒瓶上提取出的指纹是另一个人的，看门人没有说谎。

回忆在这里停住了。不知道时间过了多久，鲁德亮只觉得大腿根有些麻木，坐在地上应该已经很久了吧，抬头再一看天，竟然已经变得清晰起来，不再是浑浊一片，远处甚至呈现出类似雨过天晴后的那种淡蓝色，配上还没有完全消散的黄尘，有种水彩画的感觉，煞是好看。

事情就是这样的。所有的事情都在一点一点变糟，终致不可逆转，但这过程中又时不时夹杂着丁点的虚假，给人以希望，使人麻痹大意。就像这沙尘暴，明明是自然退化的表现，却还在结束时给人留下这么一个印象。

第八章 红泥街秘事

鲁德亮曾想，随着时间的推移，过去终会变淡，然后在自己老去的那一刻，随着死亡一笔勾销，但事情却偏偏不是这样的——不能对历史抱有侥幸，也不能对未来抱有期望。他觉得自己开始有些理解第二封信上那些絮絮叨叨的话了。

这件发生在1973年4月的案子，最终成了他人生抹不掉的一笔。黄立勋，这个他不想提及的名字，又一次不可避免地在回忆中出现了。案发后两个月，也就是当年6月的一天，黄立勋带着一帮人在他下班途中砍伤了他。

鲁德亮拖着颇为疲惫的步伐走进楼道，爬上楼。要开门的时候，鬼使神差般掏出来的竟然是信箱的那串小钥匙，他怎么把这串钥匙给带下来了？他在心里默念着"不可能，绝对不可能"，打开信箱一瞧，一个白信封端端正正地躺在里面，取出来再看时，在"鲁德亮亲启"下面还有一行红色圆珠笔写的大字：红泥街秘事。

在信箱正下方的柜顶上，他发现了两个灰尘脚印，准确地说是一个半。无须提取，也不用什么丈量分析，单凭肉眼判断，那就是一个孩子留下的足迹。鲁德亮推断，就在他出去的间歇，一个男孩走进小区，像只野猫一样轻盈熟练，进了楼道，径直上三楼，停在信箱前，踩在柜子上面，把手里的信塞了进去。

30

(4)

宁山说，前几次他放在信箱里的信都不见了。这绝不是偶然，我知道你能看到。

疼痛让我整晚都睡不好。我打开柜子，把小药箱拿出来，那原来是一个装大山楂丸的黄色铁盒子，现在成了我的"百宝箱"：银翘片、去疼片、降压药、心得安、安眠药、阿司匹林，应有尽有。去疼片对我的疼痛作用并不大，吃了安眠药脑袋只会变得更加昏沉，过后就会疼，我宁愿身上疼也不愿意头疼，让人不清醒。

所有的药都是保姆拿过来的，还有一些吃的、用的，都是这个叫吴美华的中年女人带来的，我没有掏过钱，包括她的工钱。我有退休工资，又没有什么大的开销（宁山很听话，从不伸手向我要钱），每次我把钱塞到保姆的手里，都被她推回去了。大姐，钱已经有人付过了，你安心在家待着，养好身子，她说。我知道那个人是谁。我问她，是不是红兵。她不说话。我说是不是一个戴眼镜的老头，经常穿一身西装。她点点头，走了。

我只不过想确认一下而已，我知道是红兵，除了他还能有谁？他曾经对我说，会照顾我一辈子，看样子他做到了，从过去到现在，到我上了70岁，生活快要无法自理的时候，雇人照顾我的生活，每天过来一次，做做饭，打扫一下卫生，买点蔬菜水果、面包饼干，像探望一只动物园里的动物一样。作为一只动物，除了"享受"，我没有别的权利。年轻的时候我去过省里的动物园，见过不

第八章　红泥街秘事

少野生动物,老虎、狮子、豹子、猴山里的猴,还有大铁笼子里的鸟,给我印象最深的是大象,像一座小山一样,腿被铁链拴在一根柱子上,动弹不得,那儿的皮磨烂了又愈合,接着又烂掉,没了脾气,站在自己的屎尿里,和每一位过往的游客拍照留念,吃他们带来的香蕉。

一开始,我是不相信这个叫吴美华的,我认为她不过是红兵派来的又一个傀儡,但是我不能就这么直接上去盘问她,以免造成不快,引起怀疑。我观察了她很长一段时间,观察她的一举一动,留意她的一言一行。我还跟踪过她,当然是在前些年,在我的腿脚还能走长路的时候。我把钱故意留在不太显眼的地方,比方说放在茶几下面,然后在她收拾家的时候,我假装在隔壁房间睡觉,她走后,钱还完好地放在那儿,没有一点动过的痕迹。

我多虑了,她就是一个普通的保姆,准确地说是个钟点工人,靠给别人家打扫卫生维持生计,出了我家,坐公交又进了另外一家。她总是背着一个大书包,手里提着一个塑料桶,敲门进我家以后,从桶里拿出橡胶手套和抹布,接上半桶水,戴上手套后开始擦桌子、柜子,从卫生间拿出扫把,扫完地后接着拖地,玻璃脏的时候还会擦擦玻璃。最重要的是,她会做饭,口味还不错,我不怎么挑剔,主要是宁山爱吃,每次都吃得干干净净。

说起宁山,三年前我收养他的时候,又着实担心了一阵子,害怕被红兵发现,害怕吴美华把这事告诉他,于是我骗她说,这是亲戚家的孩子,父母不幸亡故,非常可怜,家里又没有其他人,只能交给我照顾。与其说她信了,倒不如说她一点也不关心,不在乎(她只需要干活、拿钱),就像现在的红兵对我一样,对他来说,现在的我算什么？我曾经当面质问过他，他要么保持沉默，要么还是那一套说辞，让我放弃不切实际的幻想，好好养病。他说现在不同以往，现在是一个全新的时代，过去的早已过去，那些发生在过去的事情，还能惊起多少波澜？他用了一个词——垃圾，来形容过去。他说中国人就是这样，爱生产垃圾，又爱倒垃圾，已经倒掉的东西，就不能再去翻了，他说："垃圾堆里有毒，有病菌，虫子蟑螂，再翻一遍，就会造成二次感染。"是这样吗？之前我认为是这样的，那是因为我没有碰到你，现在，情况不同了，事情变了。

在碰到你之前，红兵是我这么多年来接触到的唯一的熟人。他和我一样，过去都住在红泥街上。他比我小10岁，我又比新石小3岁，所以当我和新石成年的时候，红兵只是个孩子，而当我们两个步入中年的时候，他还是个愣头青。

我讨厌愣头青，在我看来，愣头青只会长篇大论，又夹杂太多情绪化的东西。诗社成立之初，我就劝新石，设立一个年龄门槛，不要让太多年轻人进来，比方说25岁，满25岁的人更加成熟、理性。他说这是诗社，又不是思想社，大家以诗会友，用作品说话，写诗需要年轻人的想象力，需要冲劲、闯劲。他否决了我的提议，招揽了很多年轻人，这些人大部分我叫不上名字，也没有留下很深的印象。

1969年5月，洪流诗社在红泥街秘密成立。新石、黄峰还有我作为最早的发起人，也是诗社为数不多的30岁上下的人。"洪流"这个名字是黄峰取的，寓意十分明显——咆哮、奔放、自由、无所顾忌。同样的道理，我讨厌这个名字。我对黄峰说，这个名字太惹眼。黄峰只冲着我冷笑，我感受到了他眼神中的鄙夷，仿佛在说：

女流之辈，懂得什么？

在诗社后来的一次聚会上，黄峰当众朗诵了他的诗，一组命名为《洪流》的组诗，在其中一首题为《岩浆》的诗中，他写道：

我是让敌人惧怕的岩浆，

有着红色的、捉摸不定的身躯，

红色的脉管中流淌着热切的渴望，

我要让人知道，

哪怕有一天，我凝固了，死去了，

变成一堆坚硬的黑暗物质，

我的内核，

永远是红色的！

他读完后，房间里鸦雀无声，然后响起了掌声和欢呼声，有的人还把手里的报纸卷成卷当喇叭吹。我吓坏了，挥手示意他们赶紧停下来。他们一副爱搭不理的样子，这些发疯的少男少女！后来我拿起茶几上的小红本摇得哗啦响，提醒他们隔墙有耳时，他们这才放下翘起来的腿，多少收敛了一点。

对黄峰的诗，新石向来嗤之以鼻，现在看来，他的看法是对的。黄峰的诗确实经不起推敲（一段时间过后，围绕在他身边的那些青年男女都去了新石这边），只不过那时我们还不知道，他的人也是一样。

很多事情，新石从来不上心。沙龙、聚会每次都要我来张罗，我找不到合适的地方，只能选在家里进行。新石说这样也好，看看红泥街上都是些什么人，烧砖的，制瓦的，造缸的，捏泥人的，他们离开这一地的红土，离开这胶泥还能做什么。我知道新石说这话还有讽刺黄峰的意思,他总是这样自负、傲慢,在某些人看来可能这代表着浪漫,所谓的理想的化身,在我看来就是天真,是幼稚到可笑,是不负责任!

对,不负责任,一个不负责任的男人,一个永远不懂你的付出和辛苦的男人!一个不理解他人,容易遗忘,盲目乐观的人!他忘了宁山是怎么变成后来那个样子的?难道我只是厌烦那些年轻人吗?

我害怕他们,我害怕所有体内充满荷尔蒙、高嗓门以及动作粗野的年轻人,就像我害怕蛇一样!蛇会咬人,蛇有毒。

一直到现在,我还害怕他们,回想当年的经历,我仍旧会发抖。我没办法忘记那些人对宁山做了什么。1967年,他们整整闹腾了一个夏天,成天在街上游荡,通过破坏释放和发泄自己。学校停课了,工厂停工了,所有原来正常运转的,全部陷入了停滞,只有他们永不停歇,他们不仅仅要做清早八九点钟的太阳,他们要一直燃烧下去,发光发热,做全天的太阳,做二十四小时的太阳。我的宁山和他们相比,什么都不是。他只是个玩泥巴的孩子,什么都不懂,什么都不明白。

那段日子学校停课,教室被占了,用来开展批斗,其中不少红小兵是我的学生,十五六岁,之前我还给他们教书,教他们认字、阅读,教他们做人的道理,一夜之间,情况就变了,我被他们揪住站在教室中间,命令交代问题。他们用毛笔在我的脸上、衣服上乱画,我能看出来,有的人是害怕的、茫然的,但是最终他们都屈从了,屈从这么一个全新的游戏——把自己的老师当成书法课的教学工具。

那天学校照常停课,早上我照例去学校报到,推门一进教室,发现里面除了学生，还有我的一些同事。看见我后他们说快进来，就差你了。我不明就里，仍然心慌。他们站成一圈，把老校长围在中间，他的衣服破了，脸上也有血印，缩着脖子，弯着腰颤巍巍地站在那里，满头是汗，一个劲地用袖口擦鼻涕，像只刚从泥水里蹚过去的老山羊。

他们说老校长是"反革命"，是潜藏在教师队伍里走资本主义道路的叛徒，这个我信，那个年月谁还不会被扣上这样那样的帽子呢？随后他们又说老校长是强奸犯，强奸了一个16岁的女学生（当时那个女学生也在人群里，低着头站在教导主任的旁边）。有人递过来一张纸，上面写满了人名，让我也签名，名单要往公安局送。政教主任对我说，今天你不用担心，不斗你，也不剪你的头发，不往你脸上抹脏，只需要你签字。我心想，坚决不能签，但是我也知道拒不签字意味着什么。正当我犹豫的时候，女学生哇的一声哭了，这一哭坏了事，人群骚动起来，变得群情激愤，他们把我晾在一边，冲上去打老校长，瞬间他就被围在一个更小的圈里，像磁铁扔进一堆钉子里一样。站在前面的人打他，后面够不到的人喊起了狂热的口号。

我觉得他们只是单纯地在打他，不带任何感情色彩，他们就算不打这个人，也会去打另外一个，或许哪一天就会轮到我。他们用书本抽他的脸，朝他身上吐唾沫，还不准挨打的人做出任何本能反应，不能抱头，不能捂脸，更不能躺下来，必须要像一个布偶一样，不做任何反抗，甘愿受罚，方能体现出悔过。

鲁警官，现在你们是怎么破案的？冤假错案还多吗？虽然我是个外行，但是这个浅显的道理我懂，给一个人定罪应该人证物证俱在。那天回来后我想,如果说签名能当证据的话,那么以后只要大家想法一致,是不是就能把一个活生生的人置于死地?

那天下午我在厨房里,看到地上一地的烂菜叶了和案板上破烂的瓶瓶罐罐,想起自己抽屉里所剩无几的粮票,我对未来信心全无。目睹了太多的暴行之后,我已经没办法为自己受到的震撼和恐惧留出多余的空间来容纳和消化了,这就是我以后生活的日常。

饭做好了,是一锅让人恶心的菜糊糊,冒着绿色的泡像蛤蟆的背。新石没回家,出门时他半开玩笑地说,自己不一定能活着回来,我想机关单位的批斗活动应该只会更加激烈吧。宁山3点左右就出去玩,到了饭点还不见人,我开始担心起来。我把饭菜盛好后出门找他,出去后我沿着街道走,边走边喊他的名字,没有回应。路过的张大爷说,看见他往红泥庙的方向走了,那儿热闹,人多。我就过去找。街道两边平房的白墙上贴满了大字报,柳树垂下来的多余枝条被砍掉,好挂上横幅。我至今记得有一块横幅上面写着:社会主义的泥,盼做共产主义的瓦。

到红泥庙时,很多人围在那里,喊声震天。在距离庙不远的地方,我找到了宁山,他躺在一棵树下的泥水里,呼吸细弱,满脸是血,旁边丢着一块砖,上面残留着血迹。他身上沾满了泥,一只手还攥得紧紧的,打开来是一团泥巴。

他的头破了,血汩汩地往外流。我抱起他,不知道自己要往哪里去,街上的卫生室现在还有人吗?谁能救他?谁能救他?我发疯一般地从骚乱的人群中挤过去,一块砖飞过来砸在我的大腿上,我不觉得疼,还用膝盖顶了一下,把砖块顶了回去,抬头只见一个十五六岁的男孩,用一双大眼睛怯生生地看着我。

红兵不止一次告诉我，对敌人的仁慈就是对自己的残忍，他知道宁山的遭遇后对我说，当时如果换作他，会不惜一切代价找到凶手，一定要让对方血债血偿。我说不能将罪责归咎到某一个人头上，如果非要指认一个凶手的话，就是那个病态而疯狂的年代。

　　他笑了，笑得那么自然，那么轻蔑。他说，时代变过吗？不要把所有的罪孽归咎于时代，千里之堤，溃于蚁穴，哪一桩不是一个个具体的人犯下的？我们两个呢？我有罪，我承认。你呢？你就清白了？

　　我从来没有说过自己清白这种话。我也不打算为自己洗白，我写信就是为了揭露，把我知道的全部说出来。我曾经写过不少类似的材料，被红兵发现后销毁掉（我挽救了其中一部分，一并寄给你），他警告我不要再翻旧账，这样做捞不到什么好。后来他干脆不管了，他认为我写的东西不会有人相信。他说，随便写吧，你这个疯女人。

　　我不这么认为。

　　你肯定信，而且我也有办法让你相信。

31

　　"1969年成立洪流诗社，发起人：王新石，黄峰，陈淑合。1967年王宁山出意外（红泥庙打砸事件）；红兵，1950年生，好友，原红泥街住户，二人关系？"

　　这第四封信鼓囊囊的，在没打开之前，里面好像装着一沓钞票。鲁德亮一边读，一边继续在本子上写。他又从书房找来一支红色圆珠笔，边写边圈，把自己认为需要注意的特别之处圈起来，做上记号。

  对他而言，单是"红泥街"这三个字的分量就已经足够，他不愿意回忆的往事，全部与这条街道有关，几十年来他一直小心翼翼地选择回避，而这个给他写信的红泥街老住户在不厌其烦地回忆自己琐事的同时，也把他逐渐引向记忆深处。在本子上记录的时候，他想，他要不要也写点东西，把那些内心深处最隐秘的东西写出来，与其忘不掉，不如剜一块下来，用这种方式能不能做到彻底切割？

  不过当前，鲁德亮对手头这些信件的好奇心已经远远大过一切，他胡思乱想，失眠，焦虑，他也不知道自己怎么就去了趟"海洋世界"，被诊断出有病，每天极不情愿地吃着药。但是如果换个角度，把这些信当作一个聚焦点，当作每天都要完成的任务，不也是一种活法吗？人总要给自己找点事干，试着用一种确定的焦虑（由信所带来的）代替那些不可知的惶恐，不是强出了许多？

  他给茶杯续上水，坐下来继续。随着信中笔迹越来越潦草，读起来也愈发觉得吃力。他把里面出现的所有人名重新罗列出来，在本子上画了一个关系图，在图上标注他们各自的职业。他们之间的关系并不复杂，就是有一点让他产生疑惑：这个比陈淑合小10岁的红兵是什么人，他们两个是什么关系？陈淑合讨厌所谓的愣头青，难道这个叫红兵的不是？从信中不难看出，至少两个人是亲密的，一直到现在还有来往。"我有罪，我承认。你呢？你就清白了？"这句话说明了什么？他们以前犯过案子？合谋？看上去这个叫红兵的男人同样不简单，他的口吻像在要挟，恐吓写信人。

第八章 红泥街秘事

信读到这一页，只占了半张信纸，另外半张是空白，什么都没有，再翻过一页，模样完全变了，首先信纸从原来的红线变成了绿线，纸张要更小一点，旧一些；其次，这些绿线纸上的笔迹更浅一些，看上去不像是刚写的，有不少地方甚至有些发白。

鲁德亮突然意识到，这或许就是陈淑合提到的，她"挽救"出的那部分内容。没错，他大概翻了翻，再次肯定了这个结论，剩余部分都是过去写的，至于写信的具体时间，还要等看了内容才好判断。

他给自己泡了杯茶，继续往下读。

新石，你知道吗？那天我一进医院，就好像掉进了冰窟窿里。

我不放心，一直到最后都不放心，他们处理得过于简单，把伤口缝住就完事了，好像他是头受伤的牲口一样，进了屠宰场，开了一刀，昏迷过去，等血流得差不多了，突然又告知不杀了，得救了。但是当时我又能说什么？我能对那些医生护士说什么？无论好坏，不都交到他们手里了吗？他们个个看上去都那么麻木，那么冷漠，那么疲倦，他们的动作始终那么缓慢，表情严肃又悲伤，我不知道他们都经历了什么，就像他们同样不知道我在承受什么一样。

人与人之间是根本不可能做到互相理解的。

天黑透了以后，你才骑着自行车匆匆赶来，你说最近形势异常严峻，机关的批斗大会上又揪出来不少坏分子，包括老局长在内，还有先前的几个资历较老的科长全部遭殃。你不问宁山的情况，反而给我讲这些，让我非常生气，而当你见了躺在床上，头上缠满纱布的儿子后，又对我发起火来，怪我没能照看好他。

我们两个就在医院的走廊里吵了起来，把值班室里已经休息的医生护士全部惊吓出来。一个戴眼镜的白大褂走过来呵斥道，你们干什么？怎么还不走？看见他的胳膊上戴着红袖章，我们都怕了。我抱着宁山，坐在自行车后座上，颠簸着离开了。"原州县反帝医院"几个发光的大字，在我们离开很远后，还能看见它闪着红光。医院离家并不是很远，骑车半小时左右，但那却是我有生以来走过的最长的一段路。

宁山像刚生下来吃奶时那样，蜷缩在我怀里，安静地枕在我的胳膊上。他的头被一圈一圈厚实的纱布包起来，昏黄的路灯光扫过，看到纱布上渗出的血迹时，我难过地哭了起来。马路上没有人，两旁的柳树黑压压垂下来，快要扫到我们的头。我难过地哭，就给这些树哭，给藏在树杈上的鸟儿哭。那一刻我觉得一切都是我的错，学校停课了，我待在家里，就应该把所有问题处理好，外面那么乱，我为什么不把门关起来，反锁住？为什么要让孩子出去，不让他接触这个可怕的世界，不就行了吗？

可能吗？可能吗？一直吭哧吭哧蹬车的你突然回了我一句。我说，什么意思？觉得我做不到吗？

我不想和你争辩，你冷冷地对我说，你什么都不懂！

是的，我什么都不懂，你最懂，孩子在外面被人砸得满头是血的时候，你在干什么？胳膊上缠一块红布，手里捏着那本巴掌大的书，扇老领导的耳光？孩子昏死过去，躺在医院急救室，伤口流血不止的时候，你又在哪里？是不是围成一圈，一边喊口号一边朝别人身上吐唾沫？

我知道我不该这么说，但我还是说了。你猛地一拉车闸，停了下来。我听到了你急促的喘气声，我能感到你呼出的热气。你背对着站在离我们最近的路灯下,我看不清你的脸,但我知道,你彻底怒了,我害怕你会打我,同时又希望你打我一下,你打我,你就能好受一点,也许皮肉之苦能让我忘记心上的伤,但是你没有这么做,你对我说,咱们回吧。

那天晚上你不知道从哪里弄来了一瓶酒,坐在椅子上喝了起来。我的心里一团乱麻,把宁山放在床上,坐在床边等,等他醒来。医生说他没事,就是失了点血,比较虚弱。到了半夜三点,他醒了,疼得哇哇哭,我给他倒水,抱他起来上厕所。你完全喝醉了,被哭声惊醒,摇摇晃晃走进卧室,一屁股坐在地上,抱着一条床腿说起了醉话:"我能怎么办?你让我怎么办?"

新石,这个问题我现在回答你,你没有办法,我们每个人都无能为力。

新石,你知道吗?在你走后的这些年里,我一直在用同样的问题问自己,我能怎么办?我写了首诗,名字叫"历史":

每天睁眼,面对的都是历史,
空气中,水里都是。
已经死去的是历史,
活着的也是。

肥皂散发着霉味,
浸泡出黄色的苦碱水,
洗脸的时候,我问自己:
这次能摆脱吗?

拒绝他，但我正在成为第二个他，
哦，他像一头野狼一样，在我的房间里号叫，
窗外月亮发狂地在燃烧，
我的孩子却在不该沉默的时候选择沉默，
他杀死了一只鸡，把羽毛拔下来插进泥土里，
他说那里有生命的水。

慢慢地，我的体内长出了另外一个声音，
慢慢地，我变成了一只甲虫，
背着丑陋的壳试图抵挡，
我没办法接受现实，你能喝酒，他选择虐待，
我的孩子仍旧停留在红色泥巴中舞蹈，不知道疼。

我只能写诗，还有做梦，
告诉我，我该怎么写你？
为什么你亘古不变，
为什么你有一张没有骨头的脸？

尽管你看不到这首诗，但是冥冥中我觉得你懂。你懂我，你爱我，你也懂这个世界，但是你就要按照自己的方式活，不顾及他人的感受。告诉我，看到宁山变成后来的那个样子，你怎么忍心呢？

你还记得红兵吗？就是那个和咱们住在一条街上，隔了百来米的小伙子，瘦高个，近视眼，人长得白白净净，知识分子家庭出

身,父亲是一名美术老师,主攻雕塑方向,后来被自己的学生殴打致死,母亲随后改嫁,他和奶奶相依为命,一起生活。他告诉我,宁山是受到惊吓后才变成这样子的,当时应该拍一张X光片,看看脑子里有没有损伤,但是现在一切都来不及了。我相信他说的。他也是一个被耽误的人,本来可以上大学,念他喜欢的医学,"文革"开始以后,学校停课,考试取消,他因为出身问题,一开始只能在街上的砖厂里当烧砖工人。但是我相信他说的。

一切都来不及了,宁山一步一步,变成了现在这个样子。今天早上吃饭的时候,他又冲着我傻笑,把我递过去的碗直接扔在地上,粥撒了一地,碗摔成了碎片。我赶紧弯腰用手捡,这时他突然扑上来要和我抢,吓得我把已经捡到手里的碎片扔在地上。我摊开手心对他说,你看,什么都没有,空的。但是他不依不饶,嘴里哼唧着,像一头蛮横的小野猪一样,往我身上撞。我被撞得往后退,不小心踩到一块陶瓷片摔倒在地,手被割伤,血立刻流了出来,在地上滴了一摊(后来红兵看后说伤不要紧)。我见过流血,不觉得害怕,让我感到害怕的是宁山看见鲜血后的反应。他走过来,用脚踩,踩的时候还扭腰挥手,就像我们跳交谊舞一样在地上转圈,把血弄得到处都是。

我只好哄他,我也只能哄他,短短几年时间,他长高了不少,长高了,也变壮实了,看上去一点也不像一个只有十岁出头的孩子。他还是那么爱玩泥巴,两条粗壮的小胳膊插进泥水里,像两截脏兮兮的莲藕。我没有他劲大,嗓门也没有他大,他发起火来在房子里哇哇乱叫,附近的街坊都能听见。不明白的人还以为我虐待他,但是知情人都知道,红泥街"某户人家"住着一个疯孩子,走到街道口，就会有人提醒，不要从某某家门前经过，那里经常站着一个孩子，用砖头砸人。有一次，我买完菜回家，在巷子口碰到一个老太婆，拽着我的胳膊，不让我进，说里面有个疯娃，要小心。没有人知道那天我有多伤心。

新石，他们什么都知道，有句老话，若要人不知，除非己莫为。中国到处都是墙，墙里到处是耳朵和嘴，中国人又非常喜欢站在道德制高点上，当一个人在道德上出现污点后，大家恨不得除之而后快，你怎么可能逃脱得了？

你以为你和那些女学生的事，能瞒得住吗？耳朵就贴在咱们家的墙上，嘴巴随时把听到的传播出去，像学校的广播一样。一开始我是不相信的，后来我亲眼看见你们出现在公园里，出现在河边的时候，我信了。你曾经对我说过，你需要自由，"自由比粮票、布票要珍贵"，那时候你做到了——爱的自由，性的自由。在诗社聚会的时候，我认出了那个女学生，二十岁左右，大眼睛，高耸的胸脯，一条又黑又粗的辫子藏在绿色军帽下面。白天她是"排山倒海之势"的一分子，晚上她悄悄溜进家里，加入我们中来，脱下军服，摘下帽子，成了"洪流"的一朵浪花。

新石，那段日子我一直在暗中观察你们的举动，观察你们二人之间"亲昵的"眼神交流。有一晚你朗诵的时候，她托着下巴，抬头仰望着你，一脸崇拜，她抛过去一个眼神，你的脸色立刻变了，声音也似乎跟着战抖起来，于是你就用刻意的停顿来掩饰自己的慌张。这只是开始，是你还有点羞耻心的时候，到后来你就变得肆无忌惮了，你们抓住任何一个我不在的机会厮混在一起。她很年轻，我也不老，但你还是选择了她，选择了一个更加紧致、更加充满诱感和想象的肉体。在暴力和混乱的旋涡当中,你又给自己打了一剂迷乱的针,这种感觉多么刺激!后来我细细琢磨了你的那些作品,那些你们在一起后的诗。你标榜的所谓真正意义上的现代诗、朦胧诗,里面出现了很多与情爱有关的意象,充满了你的色情幻想。你通过诗幻想,我也没有闲着。我不止一次地想象过你们二人在一起的种种细节,你们走进卧室或者你直接把她抱起来放到我们的床上,宽衣解带后,你们像两条刚蜕完皮的蛇一样缠在一起,激烈地运动,好像这就是最后一次见面一样。

你就在我被一群人围住批斗的时候,在床上和一个女人战斗,在我们的孩子把胳膊插进泥水里搅和的时候,用你那玩意儿搅弄对方的身体。而我只能默默承受,承受闲言碎语,无端指责。我一遍又一遍地对自己说,一切都会过去,风平浪静或者峰回路转的时刻终究会来,我要守住底线,任何时候我都不告密,不揭发你。那时候我有更重要的事情要操心要考虑——孩子的身体,如果这个节骨眼上家庭再发生变故,那就是灭顶之灾。

然而,灭顶之灾终究发生,无可挽回。我带着宁山去了不知道多少次医院打针吃药,甚至还试过不少农村的土方子,给他的脖子上挂一个装满小米的红布小兜,坚持在每晚睡前叫几声他的名字,好让他赶紧回来,但都没有什么效果。后来,在偷偷摸摸请教一个被斗倒后扫厕所的老中医的时候,他竟然对我说,为什么不试着去街口的红泥庙拜拜,上香许愿,扫除晦气?

我突然觉得,一切就是个笑话。活着也是,一个残酷惨烈的笑话,我们的一举一动,只会让老天爷看了发笑。既然最后的结局都是一样的,我觉得我也想通了,明白了,看开了。你不向我坦白,没关系，我要向你坦白时，已经来不及了。

  我和红兵在一起了，是他找的我，我没有拒绝。那天他敲门进来，说自己口渴，我给他倒了碗水。给宁山看病的时候，我在医院见过他几次，他告诉我他认识我，他也住在红泥街上。那晚他看我的时候，我就知道有事要发生，他把碗放到地上，走过来搂住我，开始亲我。他的个头比我高了，但是动作极不熟练，身体僵硬得像一棵树。他脱我衣服的时候，我也没有拒绝。看到我的裸体后，他由于激动而浑身发抖，一双手不停地揉捏我的乳房，脑袋探下去，俯下来想掰开我的下身。在最开始的激动过去之后，我迅速冷静下来，也不再回应他。他问我，为什么停了？不要了？我说，我害怕留在地上的碗，会出事。

32

  信的内容到这里戛然而止，鲁德亮长舒一口气，有些不太相信自己刚才看到的，陈淑合与这个叫红兵的男人，关系果然非比寻常，信的内容和尺度一时让他难以接受，那个年代正常的男欢女爱尚且偷偷摸摸，更别提信中提到的越轨行为。他愈发佩服这个女人了，能把隐私分享给一个陌生人，是需要勇气的，这一点他自愧不如。

  茶有些凉了，泡涨的茶叶泛起了黄，沉到杯底有点像已经烂了的水草。鲁德亮的记忆突然被勾起，他不禁想起若干年前，就有这么一杯类似的茶，一直放凉了都没人动。水也是他倒的，杯子就放在原州县公安局治安科办公室一进门的桌子上，敬茶的对象正是黄立勋。

　　案发当天他回到局里向队长汇报时，队长的脸都吓得变了色，把情况反映给局长后，局长也坐不住了，从楼上跑下来，进了治安科后立刻把门反锁住，拉住鲁德亮询问情况。当时的气氛十分紧张，局长直接授意，成立了一个代号"红泥415"的特别专案组（415代表案发时间4月15日），专案组成员除了局长、刑侦队长外，还有政委和一个主管刑侦的副局长，他们没想到会发生这样的事情，一个个如临大敌。不能声张，秘密办案，尽快结案，是局长给他们下的命令；大事化小，小事化了，力争把一切消灭在萌芽状态，则是办案的原则。当天下午，在鲁德亮返回局里后没多久，一队人身着便衣，在刑侦队长的带领下，悄悄摸进了红泥街。鲁德亮被排除在行动之外，局长看了他的现场勘察报告后非常不满，要求把里面出现的诸如"损毁严重""暴力破坏""蓄意"等字眼全部删掉。他受到了严厉的批评，说他觉悟不高，政治上锻炼不足，办事欠考虑，还需要接受考验，等等，总之，这件案子就基本与他绝缘了，最后的结案报告也另有他人撰写。据说上面这样写道，看门人承认自己喝了点酒，打开库房门盘点库存，在挪动泥塑的时候造成部分损坏，后来经过清点，绝大部分塑像完好无损，看门人此举动使人民财产遭受一定损失，虽无主观恶意，但仍存在重大过失，属于玩忽职守，是否属于反革命罪范畴，交由革委会讨论处理。

　　也许，那个年代的真理就是，错误只能用另一个错误去掩盖，荒唐只能用另一个荒唐去消灭。鲁德亮自始至终认为，看门人是冤枉的，"真凶"另有其人，并在那酒瓶上留下了指纹，只要按照这个线索在红泥街上排查下去，一定会有结果，但是局长用一份虚假的报告把整件事压了下去。鲁德亮不是唯一一个持有这种观点的人，他和他的许多同事私下里都认为这就是一起蓄意破坏的案件，情节严重，性质恶劣，但是他们都默认了这种做法。有一个人和他们一样，不认可这一结果，不过他的反抗更为激烈。

这个人就是黄立勋。那天他进门后一屁股坐下后，鲁德亮就觉察出来者不善，给他倒了茶也不喝，还说不要企图用一杯茶水麻痹他的革命意志，妄图掩盖事实真相，他要求见领导，见局长，见不到人就不走。那时上面有交代，要拖延，像打游击战一样耗着，直到对方筋疲力尽，什么要求都可以满足，就是不能让他见领导。前任局长在1968年"砸烂公检法"的时候被扣上"现行反革命"的帽子，受尽折磨而死，让继任者更加小心翼翼，采取不回应、不正面交锋的做法，只求不主动招惹，静候事态平息。不过这种策略终究还是失败了，败给了偏执和顽固，败给了狂热：不回应也是一种罪，躲躲闪闪就是心里有鬼，就是消极抵抗，与人民为敌，与全国如火如荼的大好形势背道而驰。

黄立勋前前后后一共来了三次，每次鲁德亮都毕恭毕敬，耐心向他解释案情，但他就是不信，他说真凶另有其人，说得有鼻子有眼。他说红泥街住着一个阴谋家，一个混入革命群众中的"坏分子"，就是这个人毁坏了塑像，他已经将此事通过信件反映给了革委会，并且相信总会有人站出来主持正义。

鲁德亮记得，这个棱角分明的矮个男人，每次都要在办公室里慷慨陈词一番，样子就像是在朗诵诗歌，而最后一次，他真的给他们带来了一首诗，放到现在，如有人在大庭广众之下读诗，肯定会被认为是脑子有病，而在当时，朗诵的过程中，办公室里所有的人起立，大气也不敢喘一下。黄立勋的口齿清晰，声音洪亮，念完之后脸色一点没变，鲁德亮暗想这个人的肺活量可真不一般，别看他身材矮小，里面确实憋着一股子劲。不知道其他人想法如何，当时鲁德亮的内心极其复杂矛盾，或者简单来说，就是心虚，除了表面上唯唯诺诺外不知道该怎么应对，而也许正是这种态度，让对方察觉出来后，陷入不信任的恶性循环之中。

终于，双方的矛盾爆发。鲁德亮记得，那是几天后的一个上午，一群人浩浩荡荡前往公安局，把大门围了个水泄不通，他们穿戴整齐，手里拿着书，胸前别着像章，队伍里还有人捧着作坊的红泥塑像。黄立勋走在最前面，手持喇叭向在场所有人喊话，大意是来的人都是红泥街上善良的革命群众，自发组织起来，前来保卫伟大领袖，坚决抵制原州县公安局有关领导的反革命罪行。怎么个保卫法？光靠嘴上说不行，道理说不明白，就要靠拳头了。这一点，他们在出发前也做了周密的安排，在公安局大门附近的巷子里，几辆装满红砖的手推车原地待命，只等场面热闹起来。

就这样，1968年原州县城街道盛行的斗争，在1973年卷土重来，1968年砸烂的公安局铁大门，在1973年又遭了殃。鲁德亮他们没有坚持多久，大门就被攻破了，对方手持铁棍、木棒冲进来，见人就打，见东西就砸，天上同时下起了砖头雨，地上红色的粉末和血混在一起，黏糊糊的，喊打喊杀声充斥着大院的每一个角落，音量完全盖住了哭泣和哀号。

与1968年不同的是，局里这一帮年轻人在被对方的"三板斧"吓倒后，立刻选择了反抗，他们发现要是再不动真格，就要被打死了。鲁德亮看到有个人把警服脱掉（也许只是怕弄脏）赤膊上阵，他也跟着脱了,从地上捡起砖头砸。他们人少,而对方人多势众(据说整条街道的人都被鼓动来了),混乱中黄立勋还捏着大喇叭躲在后面,不停地煽风点火,朝过往群众喊话。擒贼先擒王,危急之中鲁德亮冲进人群,一脚将黄立勋踢翻在地,再一招擒拿把他控制住,用手死死扼住他的喉咙,逼他就范。牛国柱也冲过来帮忙,一把夺过喇叭,大声吼道,都不要过来,退后,不然就弄死他!鲁德亮的手像钳子一样紧紧地卡住黄立勋,僵持片刻后,他服了软,通过喇叭喊话,让他的人散去。

这一招起了作用,人群逐渐散去后,他们立刻把铁门锁上,黄立勋则一路被拖拽进了局里,往审讯室的方向走。众人怒气未消,有人一脚把他踢进了审讯室,又来了一脚,踹到桌子跟前,他的头磕在桌角上,昏了过去。政委来了,弯腰看了看,让人去水房弄了点水泼在他身上,好让他清醒清醒。他睁开眼,微微抬起头,看了看四周,脸又贴在了水泥地上。

这时候局长来了,有了主心骨,大家满心期待,希望局长出面说话,替所有人主持正义。然而,局长的做法让所有人都失望了,他把黄立勋从地上扶起来,安排到他的办公室,给他洗脸,端茶倒水。办公室门紧闭,外面有人把守。鲁德亮记得,他们在里面谈了整整两个小时,究竟发生了什么,谁也不知道,当天黄立勋就被释放了,他走的时候几乎是昂着头离开的。当时局里上下人言纷纷:此人到底是何方神圣?

后来他们才知道,除了那个泥塑作坊外,他还是红泥街砖厂的负责人、红泥街革委会的一员,砖厂生产的红砖供给很多地方,所以他与很多领导走得很近,在东郊非常有影响力,此后发生的几件事，也印证了这一点。虽说黄本人看上去最终妥协，接受安排的结果，看门人作为替罪羊，以反革命和恶意攻击领袖的罪名判处极刑，但他口中那个毁坏泥塑的真凶，被他逼得自杀身亡。接下来就是一系列的秋后算账——公安局长，尽管他小心翼翼，也没能善终，后来被人罗织罪名，进了监狱。还有当时参与斗殴的干警，处分的处分，警告的警告，总之打倒了一大片。

鲁德亮也许是他们当中比较惨的一个，除了受到处分（停职停薪做深刻检讨）外，没多久就遭到黄立勋的报复，几乎是捡回了一条命。知道这件事内情的，除了双方当事人外，就是鲁德亮的爱人——那天医院的值班护士李秀香了。他的同事，包括至今和他关系最近的牛国柱也不知情。一开始养伤时，他借口生病向局里请假两个星期，后来恰逢老家一远房亲戚去世，借口奔丧又拖延了一个星期，伤口拆完线后，忍着疼痛，装作若无其事回局里报到，后续又通过各种借口抱病养伤数天不等。

数年后，除了对家人的只言片语外，鲁德亮对这件事始终守口如瓶。有一段时间，他老是做噩梦，梦见的是黄立勋瘦削的脸，像用刀刮过的石膏雕像一般，五官奇丑无比，一双死鱼眼恶狠狠地瞪着他，又或者梦见黄立勋喊他的名字，喊声恶鬼一般凄厉，将他惊醒。

那是因为发生在他们两个人之间的事，还远远没有结束。

外面突然传来一个孩子的号哭声，鲁德亮站起来朝阳台走去，他看到马路上有个孩子坐在地上哭，他的一只鞋掉了，孩子的母亲就站在不远处，肩上背着他的小书包，手里提着鞋带。母亲在朝孩子喊话，但是太远了听不清内容，公交车开来了，母亲赶紧朝孩子跑去，把他从地上拽起来，拉到马路牙子上，敲打了几下，孩子的哭喊声更大了。

好惊险啊,鲁德亮想。回到屋里他的手机响了,拿过来一看是鲁一沙的短信息,她说海吉县的项目已经结束了,她很快就回来,后天。

一条短信让他的焦虑又犯了,后天才回来,距离现在至少还有三十几个小时,但他的表现好像只剩下3个小时一样。他不知道怎么处理桌子上,还有写字台抽屉里这个陌生女人的信,他把信全部找出来,还有那个笔记本,装进一个塑料袋里扎好,然后想找个地方藏起来。这个柜子不合适,那个抽屉又不行,找来找去,折腾了老半天,最终的落脚处还是他的床下面。他把床单揭掉,把被褥卷起来,掀开床板。

他把信藏在了最里面。完成之后,他又开始毫无意义地翻,病历、处方、药物说明书被他翻了出来。他想,如果有一天事情暴露了,被发现了,他宁可被发现的是他的病历而不是这些信和这个躲在暗处的女人。他有种不祥的预感,非常不好的事情要发生,就是因为这些信,或者说是因为这个女人。不好的事情要发生,她知道得太多了,而他又不得不继续读这些信,才好一探究竟。他又想,如果大家都知道他是一个去过精神病院的人,一个疯子,一个不正常的人,一个脑子有问题的人,事情会不会变得不一样呢?

下意识地翻开病历看了一眼后,他突然发现,自己真的要去一趟精神病院了,距离他的第一次复查所剩的时日已然不多。时间约在了4月6日,清明节刚过,他就得去一趟"海洋世界",见刘宏斌一面。

第九章　王宁山

33

汽车在一段保养极差的公路上颠簸着，路面上到处是坑，车上的人对路况发牢骚的时候，鲁德亮坐在车里闭目养神。车速不快，可能只有20码左右，尽管如此，车身的颠簸已经让他感觉到了不适。他缓慢地深呼吸着，同时手里紧紧攥着一块已经有些湿了的手绢。

路况差是车子跑不快的一个原因，另一个原因是车多，各种颜色、各种款式品牌的私家车一辆接一辆，像最终找到归宿的羊一样，争着往栅栏里钻。他们的目的地只有一个——福寿山，并不是组团去观光旅游，而是去扫墓，尽管场面看上去有几分像。

福寿山是原州市最大的公墓所在地，之前因为地处原州市南边，也叫南山，虽说有点风景，但最多是一处供人周末闲来散心的去处。后来不知道经过哪位风水大师指点，说此处是一块风水绝佳之地，于是有官员和有钱人将自己的祖坟迁了过来，很多人纷纷效仿，发展到后来，政府直接在山上建起了公墓。

鲁德亮一开始并不想把李秀香葬在这儿，安身的地他在退休后没几年就选好了，就是他的老家，生养他的地方，一个远离市区的小山村，蓝天白云下面的一块麦地。这块地是他的老父亲留下来的，现在交由另一个亲戚打理，他就在这地里圈了一块，留给他和秀香百年之后使用。他曾经不止一次想象过自己死后埋在这里的样子，地里照旧种着麦子，春天播种，耕牛哞哞，秋天收获，金黄一片，冬天下上一场雪，大地银装素裹，安静肃穆，鸟儿从树上飞下来，落在雪上，蹦跳着留下一片脚印。他就躺在下面，与这自然融为一体。

但是，几年前原州市出台了最新的殡葬管理办法，使他的这一想法化为泡影。管理办法规定一律不得进行土葬，说土葬毁坏耕地，是对土地资源的极大浪费。办法出台后没多久政府就开始铁腕推行火化政策，并且迅速演变为一场"平坟"运动：凡是已经埋进土里的，全部都要挖出来，火化后二次安葬在公墓，已经打造好棺材的，限期上交进行破拆。虽然当时舆论一片哗然，但是最终又听之任之，没了下文。

李秀香的墓穴是鲁明一手置办的，当时他一并给自己的父亲也预留了位置，只是没有对他提起，这是一件双方心知肚明却不能挑明的事情，在当下这个节骨眼上，更不能说。

鲁一沙陪父亲坐在后座，心里着急无比，车子继续爬行，距离墓园越来越近，近到路边开始出现卖花圈纸钱和骨灰盒的小卖部，近到能看见山上由于焚烧造成的黑烟，听到远处传来的哭声。一个个白色大花圈，中间用黑色浓墨写着那个字，就这么摆在显然的位置，冲击着过往人的眼球。鲁一沙已经觉得胸口难受憋闷，像压着一块石头一样，她不知道等一下父亲会怎么样。

第九章 王宁山

她看了父亲一眼,他依旧紧闭双眼,不知道在想什么。

她问:"爸,你觉得不舒服吗?"

鲁德亮慢慢睁开眼睛说:"哦,我没事。"

"爸,你想什么呢?"鲁一沙不放心地问。

"没什么,刚才晃得有点恶心,现在好多了,适应了,还打了个盹,快到了吗?"鲁德亮轻描淡写地说。

鲁德亮根本就没有睡着。事实上他比任何时候都要清醒,他知道车子什么时候出的市区,什么时候空中飘来一阵雨,什么时候路边开始出现公墓指示牌,什么时候又正式进入福寿山景区,出现大堵车。从一开始,他就不喜欢这个地方,一想到自己死后要埋在这山上,就感到不畅快,但又转念一想,人死了以后还能知道什么呢?对那些摆在外面的花圈,他并没有什么特别的感觉,一切都要等真正到了墓地再说。

堵车的时候,他开起了小差,他想到4月3日、4日连续两天,信箱都是空的,发生了什么?为什么信突然中断了?他又想,清明节到了,说不定陈淑合也和他一样,忙着准备拜祭亡人,如果是这样的话,现在她也和他一样,带着花圈纸钱,走在上山的路上。她的丈夫早就死了,死了四十多年,这么多年,她是怎么过来的?还拖着一个有问题的孩子,实在是太难了。他突然觉得,有时候对一个人而言,活着确实是一种折磨,尤其是在那个疯狂的年代,从某种角度而言,先走的人未尝不是幸福的,他们把一切重负、种种痛苦全部留给了苟活下来的人。

他想他是幸运的,不用像她那样活。不管怎么说,他和秀香共同生活了这么多年,而且他觉得自己所剩的日子也不多了,无须再承受太长时间的煎熬。

他是这么想的,也是这么说的。到了墓地,面对着李秀香的墓碑,在儿女们跪下来焚香烧纸、孙辈们茫然不知所措的时候,他像另一块碑一样纹丝不动地立着,心里默念:你在这里好好的,我就来了。

公墓就是这样,一排接一排的墓碑,给人以视觉上的冲击,让人觉得是走进了另一个完全不同的世界。这里只有死亡和安静,活人是多余的,受到排斥的,活人要做的就是履行完自己的义务,然后赶紧离开,连一口多余的气也不要往外吐。

纸钱在水泥浇筑的坛子里燃烧时慢慢缩小,金银元宝的塑料膜在化掉的过程中发出吱吱的声音。快要走的时候,鲁娜突然瘫在地上,失声痛哭起来,把所有人吓了一跳。王鹏和鲁明上前去拉她,王鹏有些无奈,鲁明一脸的厌烦,郭萍左手一个右手一个把孩子们拉好,鲁一沙回过神来,把头转向父亲,鲁德亮仍然站在原地,目光呆滞地盯着墓碑,看上去比来时更加憔悴和苍老了。

34

鲁一沙给父亲展示了她在海吉县的工作,她从背包里取出几本文件夹,打开来是一张张照片和一沓沓文字材料。照片上要么是她和一些孩子的合影,要么就是一些孩子的单人照,照片上孩子们稚气未脱,一脸天真的模样。

一本文件夹的封面上写着一段话,像诗一样:

第九章　王宁山

扑通扑通，

宝宝醒了，

小心脏跳跃着，

生命之花绽放了。

"这是我们下一阶段的重点工作，"鲁一沙翻开这本文件夹指着第一页出现的一个孩子说，"这个孩子很不幸，得了先天性心脏病，急需手术，家里又拿不出钱，爸爸因为车祸失去了劳动能力，妈妈是文盲，就在县城靠摆小地摊和捡废品维持生活。我去了一趟他们家，给他建了档案，一切顺利的话，很快他就会接受手术。"

一谈起工作，鲁一沙的眼睛好像都放出了光。她给父亲泡了杯茶，给自己也倒了杯水，搬了个小板凳坐在父亲旁边，像小时候陪着父亲翻影集那样，如数家珍一般，给他讲起了她这段时间在海吉县的经历，一会儿她面前的那杯水就见了底，而父亲的茶却还没有动过。

鲁一沙一边讲，一边抬头时不时地观察着父亲，她表面看上去很安静，实际上心里有些慌张，她估摸着上午扫墓时鲁娜的行为对父亲造成了影响，但是从他的表情上她什么也看不出来。姜还是老的辣，鲁德亮如何能不知道她心里的想法呢？他太了解自己的女儿了，当然知道她在观察他，他不知道的是她究竟还要待多久，什么时候动身去北京上班。刚才上楼道，开门回家的时候，他忍不住看了一眼信箱，当时他真想当场就把它打开，看看里面有没有东西。但是他不能这么做，鲁一沙就跟在后面，而且从一进家门后就寸步不离,端茶倒水递毛巾。在鲁德亮看来,这不能单纯算作体贴入微,而更多的是敏感多疑,自己的女儿就差上厕所的时候也跟着他了。

所以,在她主动说出自己的想法之前,他不能轻举妄动,他甚至害怕自己一个多余的眼神就会坏事,让她怀疑信箱里有鬼,打开来翻找,把信当场翻出来,拿到自己面前质问是什么。他不敢想,他害怕到那时候,自己会把所有事情一五一十地抖搂出来。

他们一大家子早上起得早,早饭吃得也早,中午从山上下来后都没什么心情,在外面随便找了家饭馆凑合了一下,所以下午三点刚过,他们两个都有点饿了,于是一起去附近的一家超市采购。小区还没有要拆的迹象,菜市场已经在短短的几天时间内被夷为平地,路过的时候鲁德亮通过围挡的缝隙看到了里面的破败:遍地残砖断瓦,几只流浪狗在垃圾堆上互相撕咬。他们在超市里买了蔬菜水果,还买了把挂面——这个时候谁也没有心思把时间花在和面上了。

晚饭做好是下午四点半,饭桌上静悄悄的,全是父女两个人吸面条喝汤的声音。放下饭碗后没多久,鲁一沙说:"爸,咱们两个去广场吧,我想看看你们的合唱团。"

这个提议来得太突然,鲁德亮吃了一惊,他有一阵子没去过广场了,刚才下楼的时候他还怕碰到牛国柱,要是遇见了,那家伙肯定张嘴就说,老鲁,你不是在儿子家吗,怎么又回来了?

实际上掐指一算,他也只是一个多星期没去而已,但他却有种恍如隔世的感觉,好像已经三个月没有踏出过小区大门一样。那些无聊的歌曲不唱也罢,无聊的人不见也罢,只有郝俊英是个例外,她的手风琴弹得好,还有她说起话来很柔软,声音很好听,但是和他眼下的情况相比,一切都显得不那么重要了。他不想去广场,就想把眼下的事情搞清楚，对女儿他也不想隐瞒，继续隐瞒下去只能适得其反，于是他说："我已经有好些天没去过广场了，合唱团也不参加了。"

鲁一沙有些惊讶地说："为什么啊？"

"我跟不上他们的节奏，不适应，不习惯。现在我就喜欢清静，比如练字、看看报纸、翻翻书。"

"可是爸——"

鲁德亮打断了女儿的话："还有听音乐，你看，我把啥找出来了？"

他站起身，进了书房提着录音机走出来，示意鲁一沙看："你还记得你姐姐上学的时候爱听那些个磁带吗？都被我找见啦。"

见女儿没有回应，他把录音机连同几盘磁带一起放在饭桌上，重又回到沙发上坐下来。

沉默了一会儿，鲁德亮说："一沙，我明天就要去医院复查了，说实话，我最近感觉还不错，那个大夫和我年龄差不多，我们能聊得来。"

"那我明天陪你去吧。"

"不用了，我一个人反倒觉得自在，没有拘束的感觉，你跟着去了我反而觉得有压力。过去我睡不好，现在吃了药以后好多了，经常能一觉睡到早上八九点。"

说到这儿，鲁德亮把给明天做准备的病历拿出来，摊开来放在茶几上，这些过去遮遮掩掩的东西，现在他直接让女儿看，边看边给她解释，就像一次明天去医院复查的提前预演一样，女儿问什么，他就回答什么。他发现用这种方式和鲁一沙沟通后，她很高兴，他自己的心情也舒畅了许多。也许这就是所谓的倾诉吧，像陈淑合在信中大胆透露自己的秘密一样。

晚上他们哪儿也没有去，在沙发上看了一会儿电视后鲁一沙就去睡了，临睡前她接到一个电话，说是北京总部打来的，是他们人事部门的主管，让她尽快回去报到。她很不高兴，挂断电话后出来对鲁德亮说，她明天必须回北京了，但是海吉县的这个资助项目只是个开头，她以后还会回来的。

鲁一沙睡着了，鲁德亮却翻来覆去无法安睡，他爬起来走到女儿房间门口，屏住呼吸站了一会儿，门虚掩着，在确定自己能听到里面传来的轻微呼吸声后，他把门闭上，蹑手蹑脚地打开大门，走出去，打开信箱翻找。害怕走廊的灯开了以后太亮，他带着手电筒。不知道从哪户人家的卫生间里突然传来一阵说话声，吓得他赶紧把手电筒关了。

信箱里除了一份售楼公司塞的广告外，什么都没有。他回到家里，摸黑吃了一片安眠药，躺在床上，盯着黑魆魆的天花板，无比空虚失落。

35

下午两点，鲁德亮按照约定时间，出现在医院门诊大厅。

刘宏斌不在门诊，只能去住院部找。到了病区外面，按了一通门铃，里面的人又说刘教授很忙，要等。等就等吧，他有的是时间，而且他来之前已经做了充分的准备，提了一个装月饼的纸袋子，里面除了病历外，还放进去几份《法制日报》。他估摸着这些报纸看完，时间也就差不多了。

鲁一沙是下午四点的火车，中午他们在外面吃的饭，之后叫了辆车，在车上他们就到底先把谁送到目的地发生了争执，出租车司机说两个地方距离差不多，去海洋世界实际上还要更绕一点，因为路上的红绿灯多，最后为了让女儿安心，鲁德亮妥协了，车先到的海洋世界。看着他下了车，过了马路，走进医院的大门后，鲁一沙才让司机调转车头，一路朝火车站狂奔而去。大概是司机也看到车上的老头进了那医院的缘故，一路上他一句话也没有同鲁一沙讲。

事情有时候就是这么巧，鲁德亮手里的这期《法制日报》上披露了一起1998年发生在邻省的冤案，这件案子之所以吸引他，就是因为与精神病有关。马某的妻子刘某突然失踪，久寻不到，娘家人就开始怀疑马某将其杀害，因为刘某曾被诊断为精神分裂症，其家人向马某隐瞒了这一事实，等马某发现情况后为时已晚，他们已经育有一个3岁的男孩，生米煮成了熟饭。数月后，村民在地里发现一具高度腐烂的尸体，刘家人一口咬定是马某，就这样马某被定为此案的重大嫌疑人，不久后遭到公安机关批捕，并在没有确凿证据的前提下被判死刑。马某的家人坚信马某无罪，没有放弃希望，数年来一直在维权和上访的路上挣扎，同时，他们花费了大量的精力去寻找"被害人"刘某。既然他们认定马某是冤枉的，那具尸体便不是刘某的，如果找到了她，一切自然会水落石出。皇天不负有心人，2012年，在案发14年之后，马某的家人在另外一个县城发现了刘某，冤案得以昭雪。

案件本身并没有什么特别之处，在系统工作了大半辈子，鲁德亮十分清楚有些案子是怎么审结的。让他感到不解的是，一个患有精神疾病的人，是怎么隐藏住自己，还结婚生子的？换句话说，从表面上看，到底怎么才能区分一个人有没有精神病？他突然觉得这里面有一个可怕之处，那就是医生掌握了全部的生杀大权，一旦被误诊为有病，那就百口难辩了。他想，如果这个病真像刘宏斌说的那样，就是"脑子感冒了，发烧了"，感冒发烧都有可能误诊，这种病为什么不会？

在最终见到刘宏斌之前，他在走廊里晃晃悠悠一个多小时，脑袋里只装着一件事情：如果一个人被误诊为精神病，或者遭到误会，该怎么自证清白？

门终于开了，一个学生模样的小伙子招手示意他进去。

刘宏斌坐在转椅上，眼镜摘了放在桌上，旁边放着一本打开的辞典一样的书，他看上去有些疲惫，眼窝深陷，额头的皱纹松弛下来，太阳穴那里有被眼镜腿勒得发白的两道。鲁德亮进来后他坐直身子，把书合上推到一边。戴上眼镜后的刘宏斌看上去又变得精神起来，喝了口水，清了清嗓门。

"老鲁，最近感觉如何？"刘宏斌笑着从抽屉里拿出一沓纸，撕下一张递过来，又给了他一支铅笔。

"我记得你眼睛不花吧，这个字小，你照着上面的要求填一下。"

鲁德亮接过来一看，是一张类似调查问卷样的东西，上面有一连串问题，每个问题后面又按照严重程度有一到四个选项：从不，有时，经常，持续。这些问题他再熟悉不过了：是否觉得情绪低沉，闷闷不乐？是不是晚上睡眠不好？等等。昨天晚上鲁一沙拿着他的病历，问的也是一串类似的问题。他突然觉得一切很无聊，于是草草答完，递了过去，刘宏斌看都没看，就把它搁在一边，随手拿出一本处方问他："药吃完了？"

鲁德亮想：这就是要结束了？如果说药没了，他动动手指，再写上一张处方，就完事了？

他不甘心。

他做了一个大胆的决定，从地上的纸袋子里拿出刚才看的那张报纸，翻到杀妻案那一版上，捏在手里，在抛出刚才反复琢磨的那个问题后，把报纸递给刘宏斌看。

"这个案子我知道，你的问题我也可以回答你，我们不会错。"刘宏斌严肃地说。

鲁德亮不信，世上哪有百分百的正确，是人就会犯错。

"精神分裂症，也就是平常大家所说的'疯了'，不是那么好装的，糊弄你们可以，逃不过我们的眼睛。"刘宏斌对自己颇有信心。

鲁德亮问他，如何解释杀妻案当中，刘某出现的那段空白，即马某为何迟迟没有发现她的状况。

"是病就可以治疗，服药后就能控制住，甚至会表现得和正常人一样，这一点没有什么奇怪的。这个案子当中，刘某年轻漂亮，那时候刚刚二十出头，马某是一个老光棍，三十好几还讨不到老婆，突然喜从天降，刘家要把一个黄花大姑娘嫁给他，他高兴还来不及，怎么可能会多想？还有，他是农村人，案子又发生在九几年，即便放在现在的城市里精神疾病的知识还没有得到很好的普及，他一个农村人又能了解多少？等他发现时已经晚了。"

刘宏斌的一番话让他哑口无言，话里刘对农村人轻蔑的态度又让人感到不快。

"你知道吗？我原来搞过一段时间的司法鉴定，就是精神疾病鉴定。"刘宏斌脸上露出一丝狡黠的笑，顿了顿继续说，"你是警察，应该见过不少这样的案子才对，精神病人发病时打人、虐待人，精神病人杀人，多可怕啊！见了精神病人就要躲得远远的，像躲避瘟神一样，对不对？"

刘宏斌的话里充满了讥讽，接着他讲起了他在司法鉴定科工作的经历。每隔一段时间，就有公安局的人带着嫌疑犯上门做鉴定，他们（嫌疑犯）身上穿着红色或者黄色的囚衣，剃个光头，胡子也刮得干干净净，戴着手铐，有的脚上还戴着脚镣，拖在地板上当啷响。他们中就有杀人和暴力伤人的罪犯，也有正常人，并且正常人还不少；有的人动机不纯，企图用装疯卖傻来逃避法律的制裁，而他要做的就是拆穿这些人，通过不停地问话，询问他们的症状加以鉴别。刘宏斌会给他们一些专业的量表（类似鲁德亮刚才填写的东西）填写，或者试探性地服药，这是逼不得已才用的办法，对付顽固分子专用。一粒抗精神病药精神病人吃下去什么反应都没有，却可以让正常人昏睡一天，当然他们不会真的给嫌疑人吃药，大部分情况下是安慰剂——淀粉制成的糖衣片或者干脆是维生素，说成是药，吃下去就会见效，装病的人知道后会相应地调整策略，不装了，不就露馅了吗？总之，他们终归有办法鉴定真伪。

鲁德亮大概知道司法鉴定是怎么回事，他没有认真听，他想到了牛国柱告诉他的那个案子，被肢解后埋进猪圈里的孩子的胳膊和腿脚，他又没忍住把这个残忍的案子讲给刘宏斌听。刘宏斌听后直摇头，说这毕竟是少数，他还是坚持自己的观点，精神病人没有那么可怕，社会上对他们存在普遍的误解，由于误解带来的歧视，让他们活在更大的痛苦当中，很多病人在康复后又陷入抑郁当中去。就是因为他们恢复理智后，知道自己原来是什么样的人，让他们难以接受——宁可疯狂不自知，也不要清醒而痛苦地活着。

"很多病人在康复后能做到和我们一样起居生活，只是他们的社会功能差一点，行为比较怪，有时候显得有些幼稚，比方说不知道怎么和人打交道，见面不敢打招呼，比我小几岁却叫我叔叔。他们被困在自己的世界里，没办法出来了，至于说那里面有什么，除了他们自己，谁也不知道。我有个病人，总喜欢写信给我，文字看上去头头是道却又毫无逻辑，但我还是鼓励他继续写下去，因为那就是他的全部。"

信？鲁德亮的心里突然一沉，他立刻联想到自己收到的那几封信，可转念一想，又不对劲，那些信是怪了点，但是信的内容是有逻辑的啊。

他试探着问道："精神病人写的东西，可信度有多高？"

"那要看情况了。没有发病的时候，他们和我们一样。把你的门诊病历给我。"刘宏斌大笔一挥，已经写好了处方，盖上章，撕下来拿在手里。

病历？鲁德亮弯腰从地上提起纸袋，开始翻找，药盒子、药物说明书、水杯、放在塑料袋里的毛巾、钥匙串、钱包，还有报纸，就是找不见病历。

"怎么，又找不见了？这回你可没有把东西丢在我们这儿啊。"

病历找到了，夹在两张报纸的缝隙里。刘宏斌接过来，在空白处唰唰写了几行，交还给他。

"保管好了，效果不错，继续坚持，下个月这个时候再来。"刘宏斌最后嘱咐道。

鲁德亮接过病历，假装镇静地退出办公室，出了病区，乘坐电梯来到一楼，穿过走廊，走出门诊大楼后，他忍不住跑了起来，就像原来在团结广场上晨练时那样，一口气跑出医院大门，穿过马路，一直到海洋世界的广场上才停了下来。广场上人山人海，这样他即便气喘吁吁、满头大汗也不会有人瞧出来。坐在喷泉旁边的长椅上，喷泉的水汽溅到身上的时候，他才觉得好受起来，但是一颗心仍旧狂跳不止。

36

在广场上坐了半个小时后，他起身准备回家。

此刻正是下班高峰期，马路上车辆如潮水，公交车站上全是人，每辆开来的车都挤得满满的，然后在人们的埋怨声和骂声中开走。公交车太慢又上不去，他着急回家，于是站在马路牙子上朝每辆开过的出租车招手，但是没有一辆在他面前停下来。

他又开始流汗了，能感觉到汗水从皮肤上渗出来，在胳肢窝和大腿内侧像珠子一样滚。周围大多是从海洋世界出来的游客，要么是拖家带口的中年人，要么是背背包的年轻人，就他一个老头，提着装了病历和药盒的纸袋子站在中间，显得格格不入。

正当他焦头烂额之时，一辆摩的停在他面前，骑车的小伙子对他说："喂，师傅，走不走？"

第九章　王宁山

鲁德亮说:"我要快。"

小伙子笑着说:"没问题,这个点我比汽车还快。"

鲁德亮坐上车,把纸袋紧抱在胸前,小伙子带着他在车流中穿梭,在人群中冲刺,他只觉得风从各个方向朝他吹来,朝他的鼻孔里、耳朵里灌进来,风大得他没办法呼吸。

"小伙子,太快了,你慢一点。"他喊道。

"你不是要快吗?你把眼睛闭上就好了!"小伙子在风中大声喊。

鲁德亮闭上了眼睛。

仿佛在大风中奔跑一般,又仿佛一个人在他耳边大喊着,要把他的思绪搅乱。

我不能乱,他想,越是这时候就越要镇静。

他在这股巨大的气息中缓慢地吐着自己的小气息,渐渐与周围融为一体,一直到这一阵持久的风把他吹了个凉心透,让自己彻底冷却下来。

他想起了自己遗失在医院的第一份门诊病历,上面有他全部的个人信息。

思前想后,从第一次去看病时病历遗失不见,到出现第一张纸条、第一封信,再结合信上的内容,他得出了结论:他被一个精神病人盯上了。

他真想抽上自己两个耳刮子,因为自己的迟钝,因为自己的疏忽。他想现在就飞过去,从床下面把那几封信拿出来再读一遍。他隐约记得,信中的某个地方,那个红兵叫她"疯女人",难道她真疯了?

他的第一本病历丢在医院不假,她在信中说有东西要给他,指的不正是那病历吗?如果她不是病人,为什么恰好会出现在精神病院(而且她在信里写到自己也服药),信中那些怪里怪气的话,不正是一个精神有问题的人才写的吗?

一想到第一封信中提到的碰面发生在医院里,就让他感到不寒而栗,下车后他抓起一把零钱塞到小伙子手里,赶紧往家走。六点了,天色阴沉,在昏暗的楼道里爬楼的过程中,他的心却豁然开朗起来,他认定自己这次的判断无误。

上到二楼的时候,鲁德亮停下来喘了口气,这时上面传来声音,他一抬头,只见一个黑影骑在楼梯的扶手上,倒着"刺溜"一下从楼上滑了下来。

是一个孩子。即使看不清长相,也能知道就是个孩子,只有孩子才会放着好端端的路不走,选择用这种方式溜下来。

黑影从三楼滑到二楼,到了鲁德亮跟前,是个男孩。楼道窄小,鲁德亮还朝墙那边挪了挪,给他让了一下,男孩滑到平处,不动了,然后手撑着扶手,撅着屁股在上面挪,挪到陡坡两腿夹紧继续往下滑,滑到一楼,动作熟练,一步到位。

鲁德亮继续往上爬,一边爬一边把手伸进纸袋子里摸钥匙,他准备先开门进去,把楼道灯打开,然后再去开信箱,不知道今天信箱里还会不会有内容。

他掏出钥匙,准备开门,这时一楼的楼梯传来咣当一声,应该是男孩从上面跳下来,落在了地上,扶手晃了一下,晃动感从下面传到了三楼的楼梯口。鲁德亮这才猛地醒悟过来:男孩!整个城建局家属楼2号楼三单元,哪里来的男孩?

第九章　王宁山

鲁德亮把钥匙扔进袋子里,赶紧往下跑。他没办法做到像年轻人那样一步两个台阶,也尽了最大努力,一手提着纸袋,一手抓着扶手,迈着碎步子往下赶。

跑出楼道口的时候,还能在前面不远处看到那男孩。鲁德亮小心翼翼地跟在后面,怕打草惊蛇。他觉得这一回自己就要得手了,把这个一直骚扰他,往他的门缝里塞纸条,再发展到往信箱里塞信的小屁孩抓住。抓住他,一切就会水落石出,抓住他,就会牵出来站在后面的人。

他们一前一后,来到了一号楼楼下,鲁德亮想在小区里就把事情解决掉,一旦人跑出去,外面那么大,就不好办了。至于说真的抓住人以后下一步怎么办,他根本没想那么多。鲁德亮被"一定要抓住他"这个想法上了头,已经意识不到一个成年人,一个头发花白的老头,满院子追着一个十来岁的小孩跑,还要把他抓住,让他交代问题,在别人看来是一件多么可怕又荒唐的事情了。

不过男孩也没有给他在小区里制造荒唐的机会。没多久他就发觉了,转过头来看了鲁德亮一眼,撒腿就跑。等鲁德亮跨过大门的时候,发现男孩已经横穿过马路,往团结广场的方向跑去了。

37

鲁德亮没有放弃,追了上去。他没有走斑马线,而是直接往对面闯,逼停了两辆车,还差点被一辆摩托撞上。男孩始终和他保持着百来米的距离,中途还停下来一次,好像被路边什么东西吸引住,不动了,鲁德亮倒是一刻都没有松懈,但是当他追上去的时候,对方又像受惊的兔子一样蹦跳走了。

男孩跑进了广场,那里传来阵阵琴声和歌声,片刻后鲁德亮气喘吁吁也跟着跑了进来。广场上依然有人在跑圈、散步,合唱团刚刚唱完一曲,琴声停了没多久,人群散开还未走远。鲁德亮边走边用目光焦急地扫射四周,想用最短的时间击中目标,果不其然,在东边的铁丝网那里,目标出现了。

男孩一个箭步,从仰卧起坐器上飞跃过去,停在铁丝网跟前,趴在地上,停顿了一下,从一个洞里熟练地钻了过去,然后挑衅一般地回过头来,站在里面,好像在冲着他做鬼脸。

鲁德亮赶紧往对面跑,走了一半,冲出来一个人,挡住了去路,一看是牛国柱。

"老鲁?你终于来了啊!手里拿的啥?"

"赶紧来,还差人,虚位以待!"

"老鲁,你看啥呢?"

牛国柱向他抛来一长串问题。

眼看着男孩就要溜走,鲁德亮顾不上那么多了,对牛国柱说:"我忙,改天聊。"然后一把推开他,往铁丝网那里跑去。

看见他过来时,男孩吃了一惊,撒腿就跑。他抓住网眼,使劲摇晃,冲着男孩喊:"哎!哎!别跑!站住!"

男孩怎么可能停住脚步,跑得反而更快了。鲁德亮暴躁地直跺脚,焦急地在边上走来走去。时间不等人,眼看着那小兔崽子越跑越远,不能再犹豫了。他在附近走了最后一圈,也比画了最后一遍,在他认为最大的一个开口处停下来,蹲下来。

决心已定，他不知道身后站着不少人在看他，也顾不上那么多了，一把先把纸袋子从洞里扔了进去，力道有些大，扔得有些远，放在里面的喝水杯子滚了出来。

后路就这么断了。

只能硬着头皮进去了。他趴下来，尽可能地躺平了，用手撑着，把身子缩起来一点一点向外蠕动。他发现自己的头顶上就是探出来的铁丝，最近的离脑袋不过毫厘之间。把头弄过去了，剩下的部分就顺利多了，刺溜刺溜，像条蛇一样抖了几下，匍匐着钻了进去。钻过去以后，他把散落在地上的东西捡起来，抹了一把汗，继续往前走。

太阳已近落山，余晖洒在地上，使这片荒滩看上去更加荒凉寂寥，有种戈壁滩的味道。走过垃圾、翻出来的石头和土堆后，出现了一条小路，他把纸袋子的口用提绳扎紧后套在胳膊上，沿路朝深处走去。

男孩不见了踪影。路面坑坑洼洼的，走得他脚疼，更不要提跑了。他有些后悔。四周异常安静，身后公路上的汽车响着喇叭刷刷地开过，遥远得像是来自另一个地方，好像铁丝网隔着的，是两个完全不同的世界。

他只能继续向前。不知道过了多久，那小子又出现了，像一条黑色的小狗一样，展开爪子在不远的草地里吧嗒吧嗒跑着。

发现目标后，鲁德亮又激动起来，迈开步子紧追不舍，男孩也察觉了，在前面撒腿猛跑。堆满垃圾和石头的地方过去后，是一大片草滩。在这没膝深的长草滩里，鲁德亮的优势逐渐显露出来，他人高马大腿又长，长期的体育锻炼也使他的耐力比同龄人要好，加上对手也只是个十来岁的孩子,还没这里的草长得高,所以跑了一会儿,他就逐渐把距离拉近了。

两个人只有几米远的距离了,鲁德亮觉得这个时候只要他豁出去,像年轻时抓逃犯那样,飞扑过去,把身子朝着对方甩出去就行。可就是这几米的差距,他怎么也弥补不上。

他着急地边跑边喊:"站住!孩子,不要跑了!我不会把你怎么样的,就问你几句话!"

他觉得自己快要跑不动了,全靠毅力支撑着,汗早就流干了,嘴里也似乎只剩一口气在苟延残喘,从喉咙里泛上来的充满铁锈味的痰液让他感到恶心不已。地上的草踩上去软绵绵的,很快就把人的所有力气耗干了。男孩也跑不动了,嘴巴呼哧呼哧喘着气,两条腿在草里直打战。他被吓哭了,没想到之前被他甩在身后的老头追了上来,突然从天而降,他边跑边哇哇乱喊。

男孩开始在草丛里变向乱跑,做最后的挣扎,鲁德亮跟在后面像老鹰逮小鸡一样扑腾着,距离足够近了,他伸出一只手去揪男孩的衣服,一下,扑空,两下,继续扑空,第三下伸手的时候终于揪住了衣领,再用力猛地扯了一把,企图一下就把对方控制住然后拿下。就在他觉得已经成功的时候,突然一脚踩空,重重地摔倒在地,两眼一黑,昏了过去。

等他醒来的时候,天色已经暗了下来,天顶微露亮光,周围则漆黑一片,四下蔓延着一股浓烈的草腥味。他试着动了一下,没什么感觉,一切正常,就是跌了一跤,但是当他试图找到一个支点把自己撑起来的时候,又觉得浑身疼痛。

吹来一阵贴面凉风,虫子的叫声此起彼伏,男孩早已经跑远,肯定找不见了，下一步该怎么办？他没想，也不想费脑子思考了。他觉得就这么躺着也挺舒服。过了一会儿，他突然意识到绑在胳膊上的纸袋子不见了，这才爬起来着急地用手摸来摸去，原来是绳子断了，被自己压在了身子下面。

站起来以后他只觉得天昏地暗，眼冒金星，一时间辨不清东南西北，地上的野草黑漆漆的，闭上眼睛还能在眼前留下一片黑影。他把纸袋子挟在腋下就这么胡乱摸黑走，很长一段时间，除了有只鸟儿扑棱着翅膀飞过之后，能听见的只有自己走路的声音。

然后，他突然觉得身后出现了响动，有什么东西发出窸窸窣窣的声音，停下来时响声又消失，如此反复。

"谁？"他忍不住转身喊道。

黑暗里没有回应，只是发出呼噜呼噜的声音，他想象着那里站着一个人，心又猛地提到了嗓子眼上，浑身的肉也跟着不由自主地颤了起来，他不由得加快了脚步。汗又往外渗了，胸膛剧烈地跳动着，五脏六腑开始收缩，脚步蹒跚，踩不实地面，最后手也跟着抖了起来，狼狈不堪。

他确信自己正走在过去的永清湖面上，他不愿意来这儿，却还是来了。

野草消失了，取而代之的是大片的盐碱地，踩上去发出沙沙的声音。他口渴了，渴得要命，渴得嗓子眼冒火，最后一口唾沫已经被他咽下去了，他希望现在这里立刻来水，水平面上升，回到原来的模样，把他淹了，他也愿意，愿意被淹死，就死在这里。

前方突然传来隆隆巨响，好像一堵墙被瞬间推倒似的，几束强光照射过来，直刺人眼。地面在晃动，几辆卡车排成一队，朝他开

了过来,在离他不远的地方猛地踩了刹车,他除了用一只手挡住脸外没有做出任何反应。从排头的车上跳下来一个人,冲着他喊道:

"他妈的,你不要命了吗?"

鲁德亮没有任何反应,灯亮得他睁不开眼睛,他本能地抬起了另一只手,纸袋子掉在了地上。他觉得眼前有几个黑影在晃,耳边嗡嗡直响。

司机愣住了,从另一辆卡车上也下来一个人。

"怎么回事?"那个人问。

"不知道,这个老头突然冲出来,吓了我一跳。"

"见鬼了,大晚上的跑工地上干啥?"

"走错路了吧。"

两人朝鲁德亮走去。

他们看到的是一个干瘦的老人,身上是土,脸上也是土,嘴唇干裂,目光无神,只有一只脚上穿着鞋。一个人把他的纸袋子从地上捡起来,伸手在里面翻,另一个人用手在他眼前晃,边晃边喊:"喂,老头,叫啥名字?能听见吗?"

袋子里没有任何值钱的东西,反倒是医院的病历给翻了出来。两个人拿着走到车灯下面看。

他们在那里商量着,小声嘀咕了一会儿,然后走过来,把鲁德亮搀扶着架上了车。

卡车把鲁德亮扔到小区门口,司机下车给门口值班的保安打了声招呼,开走了。鲁德亮背靠着铁大门坐在地上。保安不知道怎么办,走过来看了他几眼,也不敢贸然上前扶他,用对讲机联系了黑脸队长,黑脸队长过来以后也不敢轻举妄动,告诉所有人:等他自己爬起来。过往的人看见一个人就这么坐在大门口,不知道发生了什么,虽然好奇,但也只是投过来两眼目光,匆匆跨过铁门,各走各路了。

过了一阵子,鲁德亮才稍稍缓过神来,爬起来,一瘸一拐地回了家。他太累了,到家以后喝了点水后倒头便睡。

睡着后他就开始做噩梦,如他所愿,梦里他回到了过去的永清湖。墨绿色的湖面死一样寂静,湖畔有几处芦苇,稀稀落落生着几株垂柳。大热天,太阳像一盏超负荷的白炽灯,四下充溢着白光,他汗流浃背,气喘吁吁,追一名逃犯到了湖边。人突然不见了,他蹲下来用水洗脸的过程中,逃犯又出现了,掐住他的脖子,把他按进了水里。他看清楚了,那是一张丑陋的脸,死鱼一样的眼睛瞪着他看。

38

鲁德亮曾经不止一次地做过这个梦,还有其他类似的梦,比如他梦见他一个人出现在湖边,然后被人追杀,那些梦真实又绝望,让人感到害怕,而他也十分清楚自己为什么会做这样的梦。现在,噩梦又回来了。

第一次做噩梦是1973年7月的一天。他在半夜突然惊醒,由于恐惧,浑身颤抖,坐在床边哭了起来,心跳加速,几度感觉无法呼吸,和梦中那种逼真的窒息感并无二致。

1973年7月,代号"红泥415"的泥塑损坏案结案短短数月,红泥街上又发生了一起凶杀案。案发时,鲁德亮请假在家养伤(为此他还落下了一个"软壳子"的绰号,被同事耻笑),牛国柱参与了案件的侦破,接到报警电话后他们迅速出动,没多久就将嫌疑人捉拿归案。

他们谁也没想到的是,三轮摩托车上五花大绑带回来的是黄立勋,他浑身是血,情绪激动,因为一路上不停地大喊大叫,嘴巴让人用一双白手套塞了起来。他杀了人,身上的血是被害人的,更令人发指的是,被害人只是一个十来岁的孩子。现场缴获水果刀一把,这是凶器,也是重要物证。

报案人是一刘姓男子,20岁出头,自述恰巧从路边经过,目睹了案发全部经过,在报警后立即将被害人送往就近的卫生室接受抢救(最终因失血过多死亡),此为人证。人证物证俱在,案件没有任何疑点,大家义愤填膺,很多人暗地里组织动员,也有红泥街革命群众发起请愿,寄来按了手印的签名信,要求立即判凶手死刑,还死者一个公道。

黄立勋起先否认一切对他的指控,否认杀人,说他根本不认识被害人,与这孩子无冤无仇,为什么要杀他,然后在几次审讯过后,又改口称他认得这孩子,也认得孩子的父母,人是他杀的,但是他绝无半点故意,一切纯粹是一场意外。他招供说当天天色已黑,他从泥塑作坊出来后准备回家,没想到半路上,在一个巷子口突然冲出一个黑影朝他撞过来,正是这孩子,手里拿着一把刀乱挥,向他刺了过来,他吓坏了,抱住他夺刀,那孩子力气很大,两个人拉拉扯扯,可能在这个过程中造成了误伤。

最后一次审讯的时候,鲁德亮在现场。那时候的黄立勋已经被打得鼻青脸肿，完全像换了一个人，脸上再也见不到往日的神气，知道自己大限将至，他每天都要哭，都要求饶。

黄立勋招供后，风向悄然发生变化，有部分人转而同情起了他，更有人放出风来，说黄是对革命有突出贡献的人，他杀人完全不是本意，不是本意就不能叫杀人，是误伤，不能因为一次误伤断送了一位革命同志的大好前途。联想到自己的遭遇，鲁德亮十分气愤，在见到哭成泪人的被害人的母亲后，他更是坚定地站在了要黄必须偿命的一边。

那段时间鲁德亮每天掐着指头，等待公判大会的到来，他无时无刻地想象着这一刻发生：黄立勋胸前挂着牌子，跪在台上，在人民法庭宣读完判决书后，接受台下革命群众铺天盖地的咒骂，挂在他胸前的牌子上写着"现行反革命杀人犯黄立勋"，白底黑字，红色的叉像两把带血的刺刀。然后，审判结束，在革命群众的欢呼声中，他和其他几个反革命、强奸犯被反绑着推上卡车，拉往荒郊南山执行枪决。

但是他隐隐担心，中间会发生变故，甚至结果会完全相反。他听说革委会内部有人不同意判他死刑，红泥街上已经有人行动起来，在街道上散发传单，张贴大字报，替黄立勋平反。

最终公判大会如期举行，和他预想的一样，黄立勋在广大革命群众排山倒海的呼喊声中被判死刑，择日枪决。

然而他没想到的是，他的担心还是来了。判决后的第二天晚上，黄立勋要求吃一顿热饭，值班人员想办法弄来了一碗粥、半个馒头和一碟咸菜，把他的手铐、脚镣卸下，看着他吃。当时已近凌晨，距离看守所不远的公安局大院内，当晚值班的鲁德亮也已经睡下,突然一通电话将他吵醒,接起来后那头传来焦急的喊声:"黄立勋跑了!"

鲁德亮从噩梦中惊醒,爬起来洗了把脸,然后来到阳台上,打开窗户。后半夜的天空,月亮出来了,月光洒下来,地面一片惨白。他把头从窗户探出去,立刻感受到了一阵凉气,这是夜晚的风,凌晨3点的空气流动。他沿着马路朝东边望去,朝荒滩那里望去,1973年7月的一个夜晚,他就是在那漆黑的深处,到处寻找黄立勋的。

他的记忆完全打开了,没有任何阻碍,像水龙头拧开一样。

看守所的人说,黄立勋朝东跑了,最大的可能是跑回了红泥街,往家的方向跑,他说黄本人知道自己时日无多后,整日长吁短叹,放不下的就是家人,成天念叨很想再看他们一眼。不过在他被捕后,他的家人早已经与他划清了界限。

放下电话后,鲁德亮迅速穿好衣服,装备齐全后,朝红泥街的方向赶。事发紧急,除了牛国柱和他一起出发外,局里其他人甚至包括局长也是在他们出发后才得到的消息。鲁德亮和牛国柱各骑一辆自行车,他们到达红泥街街口半小时后,局里的队伍才集合完毕,整装出发。

他们二人到了红泥街后,鲁德亮做了一次足以影响他终生的决定,而这个决定在当时看来正确无比:他们两个在红泥街街口停下后,他让牛国柱到黄家搜,而他要继续骑车往东走。时间稍纵即逝,没有思考的余地。街道的三岔路口,一条道通往红泥街区,还有一条是永清湖,是更远的葫芦河,是密密麻麻的树林,人一旦跑到那里,想找就困难了。

第九章 王宁山

鲁德亮一直往东骑行,骑到无路可走时,发现自己已经到了永清湖边上。他把自行车锁好,捏着手电筒,拔出配枪,沿着湖边搜。四下静悄悄的,微风吹着芦苇丛沙沙响,月光投射下来,造成周围影影绰绰。一切看上去如此安静,鲁德亮全身紧绷,屏住呼吸。

他的脑子飞速旋转着,思考着种种可能:如果黄立勋真的跑到这儿了,下一步他该怎么做?鲁德亮想,可能他已经跳进湖里,游走了,还有种可能,他就在自己前面不远处,正沿着湖边跑,目的是要绕到湖对岸,从那里的林子里钻进去,然后蹚过葫芦河,彻底从原州县消失,踏上不归路。

不管是哪一种,一定不能让他得逞。鲁德亮这么想着,不由得加快脚步,手电筒不停地在湖边的柳树和草丛里晃,心跳随着晃动猛烈加快。

鲁德亮的判断无误。黄立勋在看守所内趁守卫麻痹大意之际,袭击了他,抢到钥匙后打开大门,跑了出去,然后沿着公路向东一路狂奔。他本来打算回一趟家,见家人一面,却在岔路口选择了继续向东,来到了永清湖边。一路上他从最初的亢奋、懊悔,发展为幻灭,到了湖边后又重新冷静下来,他决定抓住这次机会,先逃掉保住性命,然后再做下一步打算。他躲在湖边的一棵柳树下面,打算稍作休息后沿着湖边继续走,赶在天亮之前跨过葫芦河,逃进深山里去。他的手里捏着从看守所守卫身上抢来的警棍,当作防身武器。那半截橡皮棍上湿漉漉的,全是他的汗,手已经麻木却一刻也不敢放松。

当他借着月光,看到一个人晃着手电筒朝自己走来时,立刻警觉起来。鲁德亮靠近时,他突然冲出来,用棍子一顿猛打,令鲁德亮猝不及防，前几棍子敲在鲁德亮的肩膀上，然后又一棍子打在他手上，敲掉了手电筒。

鲁德亮喊出了他的名字，告诉他自己有枪，要他立刻投降不杀时，黄立勋非但没有感到害怕，反而扑了上来。彼此知道对方身份后，两个人扭作一团，那一刻杀红了眼，有种新仇旧恨一起算的感觉。

鲁德亮年富力强，又长得人高马大，但是身上有伤，黄立勋虽然身材矮小，却生得一身筋肉，两个人势均力敌，在湖边死掐对方。黄立勋率先把鲁德亮扑倒在地，摁住鲁德亮持枪的手，试图夺枪。鲁德亮用另一只胳膊抵住黄立勋的脖子，两个人僵持了一会儿，鲁德亮瞅准时机，抄起黄立勋扔在地上的橡胶棍，朝他的头部猛击，将他击倒在地，然后翻身起来，把他压在身下，用枪指着他，让他双手抱头。

控制住局面后，鲁德亮准备给他上手铐。当他把枪别在腰间，拿出铐子的时候，黄立勋突然发力，从地上硬生生地弹起来，胳膊肘将他抡翻在地，站起来拔腿就跑。他不要命了，又或者他笃定鲁德亮不会开枪。

鲁德亮没有开枪，一路在后面追，在这万籁俱寂的时刻，二人一前一后，像两个鬼影一样。

一段距离后，黄立勋终于因为体力不支倒在了湖边，又挣扎着站起来，往水里蹚了进去。水只没到膝盖的时候，他的身子就歪斜着倒下了，然后开始往下沉。鲁德亮跟着进去，把他抓住，用力往岸上拖。

两个人躺在湖边，精疲力竭，像哮喘病人一样大口吸气。

第九章　王宁山

黄立勋往外吐了几口水，逐渐清醒过来，求饶说："你饶了我吧，放过我吧。"

鲁德亮没有回答。

"我跟你回去，我不跑了，你的铐子呢？来，把我铐上。"月光下，黄立勋躺在地上，双手合一，伸向天空。

鲁德亮站起来，朝黄立勋走过去，俯下身，准备用铐子铐他的时候，黄立勋突然用两只手卡住了他的脖子，死死地卡住。"我没有杀人，我是冤枉的，你听我说，那个孩子——"

鲁德亮摸到地上的一块石头，击打他的头部，一下，两下，三下……直到他松手也没有停下来。

黄立勋的脑袋被石头凿出了一道口子，半边脸烂了，鼻子没了，眼珠向外凸起，也许是竭尽全力，想要看这个世界最后一眼。在月色下，那可怖的模样给鲁德亮留下了终身的记忆。

鲁德亮起身在草丛中找来几块石头，塞进黄立勋的衣服里，把他的尸体沉进了永清湖，然后找到手电筒迅速清理了现场。骑着自行车返程时，他在半路碰到了茫然不知所措的牛国柱。

牛国柱告诉他黄家大门紧闭，敲门不应，最终敲开后并没有黄立勋的踪影。鲁德亮也告诉牛国柱，他这边也没有任何结果，反倒因为太过着急，不小心在湖边跌了一跤，滑进了水里。后来局里派出的人久寻无果，只在岸边某处发现了黄立勋散落的一只鞋子，于是第二天放出消息：现行反革命杀人犯黄立勋跳湖自杀，自绝于人民。

此后许多年里，鲁德亮常常在梦里被黄立勋的那张脸惊醒，白天清醒时，他总是这样对自己说：这么做是正义的，是为了那些冤魂，为了那个被害的孩子，还有那个看门人，以及许多在动乱中深受其害的人。但是他又常常陷入痛苦和自责当中。有一段时间,当黑影随着噩梦频繁显现时,他甚至一度怀疑黄立勋尚在人间,当年的那一晚,他很有可能并没有死,而是游到湖对岸,然后顺着葫芦河漂到了另外一个县。

他无法忘记数年后,在和李秀香看完电影《追捕》后走在街上,她依偎在他怀里时的情景,她叫他"我的杜丘",还称他为自己的"男子汉",愿意与他一起"流亡天涯,心甘情愿",那时候的他只感到心如刀割,他越是爱她就越觉得对不起她。

他觉得自己欺骗了她,而他又无法说出事情的真相。他曾经不止一次地这样想,如果有一天他告诉她全部事实,她还会如此坚定地回答他一句"心甘情愿"吗?他在心里自问自答,会的,一定会的。每当这么想的时候,他的心里总是无比火热,眼泪总会在眼眶里打个转,然后再硬生生地被自己憋回去。

他爱她,尽管她已经走了,他也会一直爱她。

鲁德亮从阳台走到厨房,打开窗户,在月光下看着院子里那棵他为她种下的香椿树。

面前黑魆魆的一片,什么都看不清,好似深不可测。

黄立勋跳下去了,他是否也应该跳下去?

第十章 冷光渐逝

39

　　凌晨三点，鲁德亮打开信箱，取出男孩白天放在里面的信。回到家后犹豫再三，他想，既然对方是个精神有问题的人，那么看她写的这些文字还有什么意义？他应该和刘宏斌一样，对这种事置之不理。但是，他终究不是刘宏斌，信扔到桌子上不到五分钟时间就被拆开了。

　　这次仍然是厚厚一叠，信纸皱巴巴的，有几处破了。从笔迹上判断，属于陈旧文字；从内容上看，有些像她的日记，有几张上面还标着日期，内容断断续续，不连贯。

1973年3月25日

　　进门前红兵捡起地上的碗，舀了一碗水，洒在院子的一个角落里，告诉宁山如此这样，把一个地方浇湿，然后就可以和泥，如果想要泥稀点，就再多加点水。他走进屋子对我说："看，这样这小子就不会跑到大街上惹事去了。"

他把我按在床上，扒我的衣服，疯狂地舔我。他像一头饿狼，如果我是一块肉，他就是在吃我。我说孩子在外面，他不理我，扯掉上衣，连同纽扣也拆掉，撕开内衣，脑袋俯在我胸前，用嘴巴吸吮我的乳房，然后又用手揉。他的嘴巴在我的脖子上、耳根上舔过去的时候，我感到一阵燥热从两腿之间冲出来。

"脱裤子，快，脱掉！"他急促地说道。

我脱裤子的时候，他同时解开皮带，脱掉自己的裤子。

他掰开我下面，就这么进入了我的身体。他不看我，而是闭上眼睛，自言自语着："我要！我要！"

他的动作越来越快，让我感到无法呼吸。我的脑子在快速的抽动中不停闪回，想要把我拉回现实：我们这是在干什么？我问我自己：新石在别的女人身上干事的时候，会不会产生与我类似的想法？

宁山突然闯了进来。

我吓坏了，赶紧抓起床上的单子盖住自己，他冲着孩子大声喊："滚出去！"吓得宁山像条小狗一样，夹着尾巴退了出去。然后红兵又转而安慰我，告诉我他错了，他不是故意的，他爱我，不会伤害我，更不会伤害孩子。我冷淡了下来，失去了兴致，他又把我翻过来，在我的屁股上揉捏，掰开来又从后面占有了我。撞击我的时候有什么东西流下来，滴到了我的背上、屁股上，我以为是汗水，没想到是他的眼泪。

他哭了。事后我们躺在床上，他仍然没有停止哭泣，我问他怎么了，他只是摇头，不肯告诉我为什么，突然我觉得我懂了，我也想哭。我们抱在一起，互相安慰。他说我的乳房真大，乳头像两粒葡萄，我说我有一段时间没吃过葡萄了，他笑了，说除了我的，他也没吃过。我问他我们之间算不算爱,他点头说是,他说爱很简单,又很奢侈。我问怎么个简单法,他说外面都是仇恨,那么只要不是仇恨的就是爱,这里没有中性生命的存活空间,要么是爱,要么就是恨。恨的东西太多了,人们就会习以为常,认为爱是可耻的,美是一种罪。

他穿好裤子,光着上半身走出去,太阳晒着他的皮肤,白皙而健康。院子里宁山正在捏泥巴,地上放着一堆已经捏好的成品。他走过去弯腰拿起一个看,突然脸色变了,把它摔在地上踩得粉碎,不光是这一个,还有其他宁山捏好的,统统踩得粉碎。

宁山哇哇乱叫起来,他伸出手安慰他,孩子还是哭。

"又怎么了?"我穿好衣服走出去。

"太像了,他捏的。他不应该把泥捏成人形,捏成那样子我就要毁掉。"他说。

孩子还是哭,哭声越来越大,我害怕了,心虚了,怕影响到邻居,怕有人突然敲门。他蹲下来,把已经踩碎压扁的泥重新倒进泥淖里,添上半碗水,伸手也和起泥巴来。

"我来教你,孩子,泥巴应该这样捏。"他边捏边说。

他捏了一条小狗,还有《西游记》里的孙猴子,宁山看到后很高兴,破涕为笑,总之从那天起,他再也不捏人样儿了,也正是从那天起,院子里开始变得乱糟糟的,坑坑洼洼,让人不得安生。

1972年9月8日

我们疯狂地爱着对方,抓住能利用的时间在一起,彼此进入对方的身体。他担心会不会被新石发现,我担心的是自己会不会怀上。

"不会的,你不会怀孕。"他的语气非常肯定。

"为什么?"我问。

"我给自己断绝了后路。"他说着脱下裤子让我看,我看到了一个伤疤。

"断绝了",他淡淡地说:"我不会让我的孩子生在这里的。"

我很惊讶,问他会不会有什么影响,他说不会,只是结扎了,他又不是太监,还是和原来一样雄壮。

对于新石的事,我告诉他不要担心,他的眼里早就没有我了。

我说:"他知道我找你的事情,我说你是医生,学过康复理论,也许能帮到孩子。"

他说:"你也知道我帮不了你,这不是简单的脑外伤,已经伤到了里面。"

我说:"我知道,所以我也不打算再要一个孩子了。"

我觉得,我的理由和他一样。

我向他吐露了新石想再要一个孩子的想法,他问我为什么?传宗接代,我说,这是新石的原话。他轻蔑地笑了。

信中的露骨内容让鲁德亮觉得难堪,二人的不伦之恋更让他感到震惊。他想,这个叫宁山的孩子真可怜,他的父亲死得早,母亲又是个病人,一个脑子不正常的人,虽然不知道后来如何,但就目前掌握的情况而言,这个叫红兵的男人对这个孩子的确不怎么样。在读的过程中,他真替这个孩子捏一把汗,但是他又一想,宁山可是比鲁明还大十来岁啊,这么想着,突然又有种说不出的感觉。

鲁德亮给自己倒了杯水，继续往下读，他想知道后来他怎么样了。

红兵说他知道诗社的事情，不等我说完，他就脱口而出："典型的'裴多菲俱乐部'。你们这是反动组织。"

我说："你怎么知道的？"

他说："我认识里面的一个女孩。"

我有些妒忌，但是我什么都没说，继续听他讲。

他说："他们写的都是狗屁！"

我说："新石的也是？"

他说："他能强一点。但是作为俱乐部的头号人物，部长，他应该写得更好。"

我说："我们不叫俱乐部，也没有什么部长，不要再说了。"

他笑着说："你担任的是什么职务，支部书记？"

我生气了，但是又不知道怎么反驳。

他也不笑话我了，转而说起了另一个人，诗社的另一个创始人，黄峰。他对黄峰极尽嘲讽之能。

我说："他的真名不叫黄峰，叫——"

他打断了我的话："我知道，你们这些诗人都要有个别名，李白叫诗仙，李贺叫诗鬼，他不光想着在政治上建立功勋，还想在诗歌上登峰造极，又不想改姓，所以给自己取了黄峰这个名。红泥街的砖瓦厂是他负责，烧出的砖又红又亮，瓦片弹起来当当响，泥塑作坊也是他，那些泥人都是他设计好制出来的。"

他对黄立勋的细节了如指掌，对黄本人的判断更是准确无误，让我感到惊讶。黄立勋确实是个厉害的手艺人，做的泥塑在远近是出了名的，许多人家中都摆着他的作品。但他也仅限于此。

红兵又说："他写的诗狗屁不如，如果他能写诗，那我也会。"

我不信，我为他的口出狂言感到害臊。

我说："你写得好的话，也来加入我们吧。"

他傲慢地说："我不屑与那些人为伍。"

我嘲笑他说："那你倒是写一首出来让我看看，证明自己啊。"

我押宝他写不出来。

没想到的是，他蹲下来，从鞋里掏出了一张纸，皱巴巴地卷起来，像一只烟卷，然后慢慢打开。

"有些臭。"他说。

我笑了："从臭脚缝里抠出来的东西，能不臭吗？"

他说："不是的，你没有明白我的意思，我的诗是臭的。"

我说："诗怎么能是臭的，诗只有好与坏，平庸与优美。"

他说："不信你听着。"

他念了起来：

如果时间能倒流

如果时间能倒流，
我爸不一定是我爸，
我妈也不一定是我妈，

第十章 冷光渐逝

他们不一定会生下我,
我也不一定会叫这么个名儿。

如果空间能倒流,
这里不一定产的是红泥,
有可能是黑泥,黄泥,白泥,
还有可能是臭泥,烂泥,脏泥,
就不一定会烧出来这么多红砖红瓦。

我躺在床上被自己的想法吓到了,
用握着鸡巴的手急忙扇了自己两个嘴巴,
如果时空都能倒流,
那么力量也应该可以,
到那时候,
屎会不会被一股倒吸力吸起来,
进了肠子,通过胃和食管,
从人们的嘴里喷洒出来?

不对,我又转念一想,
真的到那时候,
人们会把屎取名为:
黄金

原来这个叫黄峰的就是黄立勋!鲁德亮睁大眼睛,把那一行重读了一遍，没看错。难怪！难怪！难怪当初他来公安局的时候，要拿出一张纸，在办公室朗诵诗歌！难怪他在聚众生事的时候，手里捏着喇叭喊出来的口号听上去都那么押韵，像诗一样。

现在，再提起这个名字，鲁德亮觉得，相比过去他已经平和一些了。世界真小，他压根没想到许多年后，还能以这种方式（一个精神病人写的信）再次黄立勋他碰面。

他的诗确实写得不怎么样，鲁德亮想，当初在办公室读诗的时候，要不是受形势所迫，氛围压抑，许多人会笑出来的。倒是这个红兵写的这首打油诗，乍一看，狗屁不通，细读起来却有那么点意思。

他走进卧室，卷起床单被褥，去掉床板，弯腰从最里面把装信和本子的那个塑料袋拿出来。在之前的所有信里，他把目光更多地放在写信人，这个叫陈淑合的女人身上，忽略了他们的那个小团体——"洪流诗社"。他想，正是这个诗社把这些人聚在了一起。成立秘密小团体，偷偷摸摸集会，搞印刷，放在那年月，他们的胆子可真够大的。

他已经完全记不清前面几封信中出现的诗了，想重新翻出来看看时，无意中扫了一眼桌子上的这封，下一行字赫然出现了日期——2013年，却又不知道为什么划掉改成了1973年。

40

2013年7月13日（被划掉）　1973年7月13日

第十章　冷光渐逝

我记得，你曾经问我："你觉得'洪流'这个名字不好，那应该叫什么？"

当时我答不上来。

现在，答案有了。

叫冷光，新石，叫冷光，冷光诗社。

你已经听不见了，你已经被冷光彻底包围了。

如果你活着，肯定要问我：什么是冷光？

冷光不是真理，冷光不流失不蒸发，冷光客观存在，是一种看待世界、看待人生的态度，是一种情绪。

冷光不是理性，它比理性还要理性。

乐观是冷光的天敌，笑声会杀死它，尽管它会重生，有着无限生命。我们缺少冷光，我们的国家、民族，我们的人民缺少冷光。

我曾在无数个夜晚，在4点48分准时醒来，支撑着我活下去的，就是窗外，天上出现的冷光。它不是流星之光，它不是月光（月光反射的是太阳光，本质上还是太阳光），它是一种从太阳光中脱离出来的，独立于太阳光之外的反叛的光。

我和一群疯子一起，住在一间大杂院里，所以我自然也是一个疯子。窗户上焊着铁栏杆，说是防止我们跑掉，但是我们没人跑，还和白大衣们有说有笑。我们准时起床，刷牙、洗脸、叠被子、吃早餐、做广播体操，白大衣说广播体操好，活动筋骨可以延年益寿。我们在院子里做着操，呼吸着新鲜空气，享受着蓝天白云，鸟语花香。头顶上空一架飞机飞过，有人开始欢呼，国家领导人坐在里面，在向自己招手，有人说赶紧躲远点，会有屎尿掉下来砸在头上。我循声望去，空中留下两行粗大的白烟，然后我就看到了不远处转动的塔吊。一个白大衣告诉我，用不了多久就要搬新家了，我们会从平房搬进楼房，那里更明亮宽敞，24小时热水，柔软舒服的被褥和枕头，还有更大的电视机。

但是，这些都不管用，吃的喝的都对我们没用，吃吃喝喝只能维持基本的生命，我们需要保持冷静，需要恢复理智。

我说我需要冷光，只有冷光能救我，白大衣却说我们都需要吃药。

我不吃，我需要光照，我告诉他们，我和别人不一样。

怎么个不一样法啊，老陈？一个年轻的女白大衣问我。

我突然意识到，我不能告诉她我的秘密，于是我保持了沉默。

在他们看来，沉默不答就是有问题的，不配合就是有病。

我突然听到，她叫我老陈。

为什么要叫我老陈？

我只能开口说话。

我问她，你多大了？

她说，32岁。

我说，那我和你差不多。

她笑着说，老陈，陈淑合奶奶，您已经73岁啦。

我不信，我问她，今年是哪一年？难道不是1973年吗？

她愣了一下，说今年是2013年，不是1973年，都过去40年了。

我听不懂她在说什么，就因为她愣神的那一下，我觉得她在思考，在想办法糊弄我。

于是我继续问，我想她终会露馅。

我问，红泥街在哪个方向？

第十章　冷光渐逝

她又愣了一下，说红泥街早就不存在了。

红泥街怎么了？我着急地问。

拆掉了，她说。

我不信，我指着那楼房说，那盖楼房的砖都是红泥街砖厂的。

她笑了，然后问我红泥街砖厂是怎么回事，她很感兴趣，说来听听。

我突然警觉了，心跳加速，开始流汗，我的腿脚也不由自主地开始发抖。她到底是谁？会不会是公安局派来调查情况的？该说的我都说了。我在脑子里快速搜索着，回忆红兵叮嘱我的话。

我说，我什么都不知道。

这个女的果然拿出笔和本子，开始记录起来。就这样站着，还能把字写好，动作熟练，一看就是老手。

她说，阿姨，您再想想，您为什么会来这儿？

读到这里时，鲁德亮觉得当时的她已经神志不清了，不但说话变得语无伦次，毫无逻辑，而且连时间和自己在哪里都搞不清楚了。他记得刘宏斌对他说，患有精神分裂症的人敏感多疑，会出现严重的被害妄想的，会觉得有人跟踪自己，担心警察抓自己，甚至会觉得不熟悉的路人都在议论自己，说自己的坏话。

一切都符合症状，他想。

我正在厨房洗锅的时候，听到门响了。

然后呢？

我继续说，门响了，我就知道儿子出去了，我害怕有事，勒着围裙跟了出去。

她问，为什么你会害怕儿子有事？小孩子出去玩不是很正常吗？

她这是明知故问。

我说，我的儿子和其他孩子不一样，智力不正常，容易惹事。

她说，哦，我懂了，那你能告诉我那天到底发生了什么事情吗？

她终于问到正题上了，我想起了红兵的话，继续说，为什么你们每次都要问我同样的问题？我已经不止一次告诉过你们了。

她说，对不起，我是新来的。

我不想回忆，回忆对我来说只有痛苦。

我跨出大门，没走几步就听到了儿子的哭声，我赶紧跑过去，发现黄立勋手里拿着刀，我儿子身上全是血。

我不能再继续说下去了，我感到天昏地暗。

难道当年被黄立勋杀死的那孩子，就是王宁山？鲁德亮睁大眼睛，继续往下读。

你回来告诉我说，黄立勋的泥塑作坊被人砸了，塑像毁坏不少，公安来侦查现场，不清楚是谁干的，要是抓住肯定活不成。

我没有想到，这件事能牵连到你。

没过多久，黄立勋就派人到处传播，说泥塑是你砸的，很快他们就聚起来到家里来找事。我知道你是不可能干这种蠢事的，他嫉妒你，恨不得你死掉。不可能的，你不可能干这种事的，那段时间，你根本不在家中，你去了外地，和几个同事去海吉县出差，难道你会在大晚上坐车返回原州，砸了东西，然后再坐车回海吉？

第十章　冷光渐逝

你是清白的。我让那几个人写证明材料，我去找了他们，他们明明知道我是对的，你是冤枉的，但他们就是不肯写。没有一个站出来替你说话。我没办法，我不能强人所难。

后来你被单位开除了公职，接受一次又一次的批斗蹂躏，接受肉体上的折磨和精神上的双重打击。革委会不让我们见面，给我纸和笔，让我也写材料批判你，与你划清界限。我不能干这种事，我不写，他们就威胁我。有一次我实在忍不住了，写了两句话就撕了，在看守来之前，把纸条吃进嘴里，咽了下去。我懊悔万分，我太胆小了，太懦弱了。

你想办法传来消息，告诉我，尽管去写吧，不要有任何顾虑，你我都知道是怎么一回事，你会处理好的。我以为你会有什么办法，没想到最后见到的是你冰冷的尸体。你写了一封悔过信，把什么都揽到了自己头上，然后趁人不注意，用毛巾挂在门框上自杀了。

你为什么要这么做？为什么？为什么？

新石，我有罪，我对不起你。

我对不起你。

鲁德亮有种大梦初醒的感觉，捏着信纸的手也开始抖。

他又花了差不多一个小时，把所有的信整理了一遍，边整理边在上面圈点，在他的本子上做记录。随着整件事情的脉络在头脑中逐渐清晰，他不得不感叹，自己确实老了，不中用了。

他怎么就想不到呢？当年的凶杀案死了一个孩子，写信人一开始就在信中交代她领养了一个孩子，并且给他取了和自己亲生孩子一样的名字。这绝不是巧合！他应该有所怀疑，哪怕只有一丁点！

他应该问自己，她的亲生孩子去哪里了？她的丈夫又是怎么死的？还有信中提到的种种细节，他应该产生疑问，而不是在好奇和惶恐中，一遍又一遍被这些信牵着鼻子走。

他想起来了，她的丈夫，王新石，就是那个后来被黄立勋逼死的人，又一个泥塑案的受害者，当时这件事他只是有所耳闻。现在，尽管有些模糊，记不清这个叫陈淑合的女人长什么模样，但他确实记得在黄立勋的公判大会上她与周围人截然相反的表现！

这么多年过去了，鲁德亮想，她还能把自己记得这么牢，不得不说是个奇迹。人生遭受如此多的打击，也难怪精神最后出了问题。说话时而清醒，时而糊涂，说明她的病情也时好时坏。这里他有个疑问，一个人得了精神病，会对记忆有什么影响吗？

鲁德亮喝了口水，回到床上躺下来。天花板微微发光，朝他压下来，四周跟着坠落崩塌。闭上眼睛，他的耳边响起了隆隆声，是卡车的发动机在响，然后，响声突然停止，被哭声取代。他走在了红泥街上，路灯发出昏暗的黄光。在一条巷子口附近，一棵树下，牛国柱正在安慰一个抱头痛哭的女人。"老鲁，你终于来了，"牛国柱说："快过来看，杀人了。"

41

砰砰砰！大门上一阵猛烈的敲击声，鲁德亮被吵醒，爬起来找到拖鞋，穿上衣服走过去，第一反应是通过猫眼朝外看。

什么都没有。

这孩子又来了?

他把门打开,看见地上有张纸条,被气流扇到飘起来,停在了楼梯口附近。

他走过去捡起来,先揉成一团,回到家里才打开来看,还是那个女人的笔迹,上面写着:

你为什么要欺负他,吓唬他?你知道他回来后哭得多厉害吗?我曾经说过的,要对他友好一点,你为什么不听?你为什么要追他?

你知道我费了多大力气哄他吗?

没有人敢欺负我的儿子,谁这么做了,就要付出代价!

我要你付出代价!

看完之后,鲁德亮把它撕得粉碎,扔进了垃圾桶里。这个女人又发疯了,他想。

事情现在都已经清楚了,他面对的,就是一个精神病人,一个脑子不正常的人对他的骚扰。他突然想起了刘宏斌,也许应该再上一趟医院,向他请教一下该怎样处理这类事情,毕竟他见多识广,也有这方面的经验。

他到厨房里架锅烧水,从冰箱里拿出几个鸡蛋,水烧开后煮鸡蛋。吃早饭前,他还是照例先吃了药。他太饿了,从昨天晚上到现在什么都没吃,又几乎整夜未眠,鸡蛋煮好后,他一口气吃了两个,差点给噎着。

所有的信、纸条,还有从那个本子上面撕下来的几页加在一起,铺满了整个饭桌。一页又一页,密密麻麻的,现在看上一眼就让人觉得头疼。

怎么办？

他决定全部撕掉了事。

在撕的过程中，他又禁不住从头到尾回顾了一遍。这是一件糊涂案，他想，这么多年过去了，要不是因为失眠去了趟医院，背后隐藏的真相将会一直隐藏下去，随着这个女人的消失一同消失。

他把所有的信撕烂，倒进垃圾袋，这中间他又去信箱检查了一下，确定里面什么都没有以后，把垃圾袋从垃圾桶里抽出来，打个结，走下去扔进垃圾箱里。

楼道的水泥墙上贴上了新的公告，是关于拆迁的，上面写着：将于近期对楼宇附近的杂物进行清理，请各位业主不要在公共区域放置个人物品，违者一律按无主清理掉。

与他关系不大。

回到家以后他只觉得疲惫不堪，窗帘还没有拉开，屋子里昏黄的光催人入睡。

他倒头便睡，一觉睡到了下午，睡到嘴里发苦，肚子重新开始叫为止。大夫说得对，一切都是心理因素在作怪，知道是怎么回事以后，他心里便坦然了许多。

四点多的时候，他的手机响了，拿起来一看是牛国柱打来的，没有接，放在床边又响了三遍。到第四遍的时候再按的时候，发现是鲁一沙，在电话里问他昨天复查的情况。

他说，一切都好，大夫说再吃一个月药。

电话另一头的鲁一沙高兴地说，老爸我爱你！

鲁德亮觉得自己身上有股前所未有的暖意流过，有女儿这么一句话，就够了。

晚上他随便弄了点吃的凑合了一顿。他对食物的要求已经降到了最低，只要能填饱肚子就行。吃过饭为了消食，他开始收拾家，扫地、擦桌子、浇花，累得气喘吁吁，出了一身汗。他觉得可以停下了，就停下来，洗了个澡，洗完后还泡了脚，打开录音机听了一会儿歌。

十点的时候，他觉得差不多了，可以睡了，就躺到床上，钻进了被窝里。

他把自己要出去检查信箱的冲动强行压制住了，有什么大不了的！他想，这么多年，什么没见过？能经历的都经历了，他还能被一个疯子吓唬住不成？

他自我感觉睡得还算不错，半夜虽然又醒了一回，但是什么都没做，没有吃药，没有爬起来四处走，也没有练字，而是睁大眼睛看天花板，一会儿眼睛就开始感到疲劳，开始发酸，直到再也撑不住了。

一觉醒来是早上七点，饥肠辘辘。他到厨房把水烧上，茶叶也准备好，然后拿出笔墨砚台，依然从阳台上翻出几张旧报纸在饭桌上摊开。吃过收拾完毕以后，倒上墨汁，提笔要写时，却又不知道写些什么。

七点半，他穿好外套，穿上运动鞋，把水杯、毛巾、钥匙放进一个袋子里，他要去外面，到广场散心。

走廊里静悄悄的，出门前他握住门把手的那一刻又犹豫了，最终也没有朝猫眼再多看一眼。门开了，地上什么都没有，随手关上门以后他掏出信箱的钥匙，准备再检查一下。他把钥匙插进去拧了两下，没有拧动，试了一下也拔不出来，卡住了。

在上面摆弄的时候，他无意中回过头，看到自家大门上横七竖八地贴满了宽纸条，像极了过去的标语，定睛一瞧，上面的内容惊得他半晌都没反应过来。

42

鲁德亮，杀人犯！

你杀人了！

这里面住着一个杀人犯！

杀人犯，逃不掉的！

杀人犯！杀人犯！杀人犯！

反应过来以后，他赶紧撕。

字是用毛笔蘸上红色墨水写的，现在看上去，即便在光线有些昏暗的走廊里，也十分醒目。纸条是用胶水贴到门上的，胶水抹得很多，几乎每一块地方都抹到了，门上也有，时间有一阵子了，已经干了，粘得非常牢固。

他趴在门上，又抠又撕，十分狼狈。有字的部分弄掉了一些，但还是有一大片挂在上面，于是他就想回家找工具。为了方便，信箱的钥匙早被他和大门的钥匙串在了一起，于是他只能把大门的钥匙从上面取下来，让小钥匙暂时挂在上面。

开门跑进去以后，他端出来半盆热水，一条毛巾，没有找见剪刀,就从厨房端起菜刀。他用热毛巾擦,用菜刀刮。

正在他忙活的时候,住在楼上的女人走了下来,他愣住了,赶忙停了下来。看到他手里拿着菜刀,板着脸,那女的明显受了惊吓,踩着高跟鞋吧嗒吧嗒又回去了。

他忙活了半天,把门上的东西全部弄了下来。因为太用力了,门上的漆也给他刮掉不少。

然后是信箱的问题,打不开了,但是钥匙还插在上面,不但转不动,还拔不下来了。真是祸不单行。

他又回了趟家,这一回取出来的是手电筒,打开往信箱里一扫,凑上去看,因为角度问题,拿不准里面到底有没有信,但是这阵子,他的心里早已经倾向于里面有东西了。

怎么办?

找东西把信扒拉出来?他没有这个本事。

还是干脆把信箱整个拆下来?

把信箱拆下来肯定不行,拆掉以后就能阻止她写信了?到时候信直接扔到地上怎么办?

看到被刮花的门,他算是着实领教了。

他没有放弃,跑进家里,翻箱倒柜,在药箱里翻出来一个小号注射器,再从工具箱里找到自行车链条上的润滑油,把油想办法滴进去一点,然后再试着左右慢慢转动。

终于,他成功了。信箱打开了,但是钥匙也断了,半截留在了钥匙孔里,锁不上了。

里面有一封信,新写的,这一回内容很短。

鲁德亮，我知道你杀人了，你是警察，也是杀人犯，警察就能随便杀人吗？

从一开始我就知道，黄峰是被你们当中的某个人杀了，现在我知道这个人就是你。

只有杀了人的人才会觉得心虚，害怕，才会选择回避。

四十几年了，这么些年来，你的良心能安吗？

每个晚上，你都能睡安稳吗？

你睡不安稳，所以你来医院买药，想要睡着。

我要把事情的真相公布出去，我要让全天下的人都知道，城建局小区住着一个杀人犯，杀了红泥街砖瓦厂的黄立勋！

他应该接受法办！

他应该吃一颗子弹！

他死了，谁来还我儿子？

鲁德亮，你还我儿子！

你还我儿子！

尽管只有寥寥数行字，但是一眼看到"杀了红泥街砖瓦厂的黄立勋"时，他立刻紧张得浑身发抖。

他回到家，手里捏着信纸不停地来回走动，直到觉得天旋地转，走不动为止。信纸揉烂了，手心的汗把墨水染得到处都是。

他进了厨房，把信撕碎扔进垃圾桶里，过了一会儿又觉得这样处理不妥，于是跪下来在垃圾桶里翻，一点一点地找，没有放过一个碎片。也正是这个时候，他想起了昨天被他用同样办法处理的信和纸条，赶紧放下手里的垃圾桶，开门往下走。这时他的脑子里只有一个想法：要尽快把它们全部找见。

他走到楼下，去翻垃圾桶。

他从地上找到半截树枝当棍子伸进去翻。每栋楼下都有两个垃圾桶，他记得当时他把所有的碎片都装进一个黑色垃圾袋里，扔进了右手的那个垃圾桶里。但是他发现那里面有许多一模一样的黑色塑料袋，不知道哪个才是自己扔的。

他也顾不上那么多了，为了翻找方便，他干脆把垃圾桶放倒，弄个底朝天，把所有的肮脏东西都倒出来。

里面的黑塑料袋被他一一解开，臭水流了一地，弄在了他的手上，令人作呕。

一无所获，都不是他的那个塑料袋。

这时他想到，小区所有的垃圾，每天会被清洁工掏出来，倒到垃圾坑去，于是他赶紧往垃圾坑的方向走。

垃圾坑里污秽横流、臭气熏天，有两个拾荒的人站在里边。

他满头臭汗，就这么拿一根棍子，在坑里戳来戳去，和小区那些捡拾垃圾的老头老太太，和这些拾荒的人看上去已经没有什么不同了。有一包东西破了以后流出黄色的秽物，把他恶心坏了。

终于，他找到了那包东西，打开来冲着一堆碎纸片笑的时候，把旁边的人吓了一跳。

回到家以后，他决定把这些碎片彻底毁掉，就是要烧掉。他从厨房找来一个不锈钢盆放在地上，找到打火机，把碎片倒进盆里，点火，火苗从打火机蹿出来，在纸表面浮了一下很快就熄灭了。

第二下还是没有点着，只把一小部分烤得发焦。他取来一张报纸，撕下半张，拿在手里折一下，露出一个角，吧嗒，打火机再一点，报纸瞬间就着了，火苗突突往上蹿，一下子就到了他的手上。他应该直接把它扔到盆子里的，却变了方向，一松手扔在了水泥地上，不一会儿就化成了灰，只在那儿留下一块烧焦的斑。

他放弃了，把碎片又倒回塑料袋里，坐回沙发上喘气。

我这是在抵抗什么？他想，我就是杀人了，我有罪，我是罪人啊。

他走进卫生间，在镜子里看到的，是一张因为过度紧张而扭曲变形的脸。他把头直接伸到水龙头下面，拧开来浇。他要让自己冷却下来，清醒下来。

我脑子清醒，我是个正常人，他念叨着，我不能和这个疯女人一样，干疯狂的事情。我和她不一样，我要理智，讲道理。

我要把整件事情的来龙去脉讲清楚，他想。

他去阳台上翻找，找出来一沓局里的信纸，趴到饭桌上开始写信。

他的身子因为激动而颤抖，手抖得更加厉害，一开始的几张只开了个头就被他撕下来，揉成团丢在地上。

他下定决心，准备坦白一切，就像陈淑合做的那样。他想，她都能做到，为什么自己不能。

他在开头这样写道：

尊敬的陈淑合女士：
您好！很抱歉这么晚才给您回信……

倾诉是痛快的，是酣畅淋漓的，能说话就是全部的意义所在，他终于体会到了陈淑合那些话的含意。他写着，觉得自己浑身轻飘飘的，肉身随时会飞升起来；他写着，中午的饭点过了也不觉得饿；他写着，用刀把自己一块一块地割下来，并不觉得疼。

写完之后，他才觉得饿，身上的汗早都干了，嗓子眼冒烟，整个人都有些虚脱。他喝了满满一大杯水。

吃过饭后，他拿出笤帚拖把打扫卫生，清理刚才地上留下的"火灾现场"。塑料袋里的那些信件碎片，他还没有想好应该怎么办。

然后，他走进卧室，重重地躺在床上，下一步怎么做，他不知道，现在他只想好好睡上一觉。

一直到了晚上，夜深人静的时候，他才蹑手蹑脚地走出来，把写好的信放进信箱里。

开水、茶叶准备好了，脸洗了，牙刷了，脚也泡了，他把铺盖卷抱到沙发上铺好，然后把那把椅子搬到门口，坐在上面。

他不准备睡觉了，实在困了累了，就在沙发上打个盹。他要打持久战，一直等到男孩把那封信取走为止。信箱门是坏的，所以他一刻都不能放松警惕。

他把门厅的灯关了，一束光立刻从猫眼里投射进来，照在他脸上。

43

楼梯口传来一阵响声，鲁德亮睁开眼睛，发现自己躺在沙发上，赶紧翻身坐起来，心想：坏了！

他三两步跳到门口，透过猫眼看。确实有人下去了，他一把拉开门，也来到外面。

是两个人走了下去，他们还说着话，一个人用手拨拉着扶手下面的铁杆，发出声响。

虚惊一场。

门还是那样子，上面留着刀刮过的痕迹。没有再贴纸条。

然后他打开信箱。

那封信还在，除此之外，没有别的东西。

他把信取出来，回到家一屁股坐在沙发上。窗外传来公交车停靠时发出的喘息声，钟表上显示着：早上八点。

在由于翻身过猛带来的那阵眩晕感消失后，失望和空虚迅速占领了他。吃早饭的时候，有那么一阵子，他都不知道自己嘴里嚼的是啥。

男孩还会再来的，他想，不能就这么轻易放弃。

虽然心里这么想，但是饭后他仍然焦虑地在家里走来走去。吃了一片药后，他把那封信拆开，从头到尾又读了一遍，唯恐漏掉什么。

他什么都写了，交代了整个案情（刻意回避了杀人的细节），回忆了他对陈淑合的短暂印象，还提到了李秀香，有不少内容，他觉得就是写给自己的。看到多年来压在心底的话变成字出现在纸上，他百感交集，好像手里捧着的是失散多年的宝贝一样。

然后，苦于无事可做，他又拿出笔墨纸砚，回归了老本行。写的时候他的脑子里仍然空空荡荡，看到什么写什么，任由手中的笔划拉，一张报纸写完了都不知道换。

时间过得太慢，他已经迫不及待地期盼太阳落山了。

中午十二点刚过，他正准备午休一会儿，突然走廊里又有了动静。通常这个时候，外面都是安静的，而男孩也从来没有在这个点来过。

他走过去，通过猫眼向外看去，走廊里站着一个孩子，正试图从柜子上站上去。就是他！没错，就是这男孩！等他不到，又送上门来了！

糟糕！鲁德亮又一想，信箱里是空的，信被他拿出来，放在了茶几上。何况就算放在里面，他会拿吗？

已经来不及考虑那么多了，他推开门，冲了出去。

男孩吓得从柜子上掉下来，然后跳起来拔腿就往下跑。

"站住！不要跑！"鲁德亮喊道。

男孩腾腾往下跳，一步三个台阶，鲁德亮脚上穿的是拖鞋，正常走都有些吃力。男孩很快到了二楼，眼看就要从楼道门冲出去的时候，上来一个人，拦住了去路。

是牛国柱。

"抓住！老牛，把这孩子抓住！"鲁德亮气喘吁吁地从楼上探出脑袋说。

牛国柱愣了一下，很快就反应过来，张开双臂把整个走廊挡住，男孩从扶手上刺溜爬上去，想抄近路直接跳到一楼，但是一切都晚了，牛国柱扑过来，两只手卡住他的腰，把他从半空中举起来直接弄到了地上。

"跑啥跑，给我老实点！"牛国柱大喝一声，首先从气势上压倒对方。男孩吓得哇哇哭了起来，像只小鸡一样被他拎着往上走。

"怎么回事儿啊，老鲁，这孩子是谁啊？"

"先回家,回去我告诉你。"男孩依然哭着,整个楼道都能听见,鲁德亮没有办法,只能暂且忍着。

他们三人进了家门。刚一进去,大门关上,鲁德亮就从牛国柱手里接过男孩,用手死死地攥住他的手腕,任凭他怎么踢腾都不松。

家里还保持着老样子。笔墨纸砚摊开在饭桌上,砚台旁边是他的药瓶,装着信件碎片的塑料袋大张着,站在门厅都能看见里面那些密密麻麻的文字。

更要命的是那封交代了所有问题的信,就放在茶几上,早上拆开后连口都没有来得及封。信封上写着:陈淑合女士亲启。

鲁德亮觉得自己的心口一阵阵地跳动,他害怕男孩大喊大叫,但他更害怕牛国柱发现秘密,发现一切。唯恐牛国柱像过去那样就这么走进来,东瞧瞧,西瞧瞧,把他的东西翻个遍。牛国柱前脚进门,他就开始盘算,他来干什么?怎么才能让他赶快离开?

"老鲁,最近怎么老是不接电话,你上一回跑到荒滩干什么去了?到底怎么回事儿啊,这孩子是——"

"哦,你看我这几天事情多的。这孩子是一沙的资助对象——你也知道,她的工作性质,那个什么项目——最近老在海吉县跑,帮助贫困家庭儿童——她把这孩子扔到这儿,自个儿回北京了——这孩子认生,闹腾个不停。"鲁德亮搪塞道。

"我还以为是贼呢,最近小区比较乱,贼多。你这桌子上是——"牛国柱指着桌子上摊开的东西说。

"我闲着无聊,练练书法。"鲁德亮高度警惕。

果然不出所料,牛国柱这就准备凑过去看,他刚迈开一只脚,鲁德亮就伸出另一只手拽了他一把:"老牛,有啥好看的,写得又丑。对了，你来干什么，有什么事吗？"

"我来取我的门球棒，上次不是被你拿走了？我找到组织了，老龄委的那个老年活动中心，有一个门球场，每天都有人打球。唉，我唱得太差，合唱团不要我啦，不唱也罢……"

"你转过去，就在衣服架子上挂着。"鲁德亮打断了牛国柱，他已经拉着男孩走到了饭桌跟前，现在只等牛国柱找到东西，立刻走人。

牛国柱伸手在衣服架子上拨拉着，突然眼前一亮，把挂在最上面的电警棍取下来，对鲁德亮说："老鲁，你怎么还有这玩意儿？"

鲁德亮觉得自己快要忍不住了，他的手攥得更紧了，男孩疼得哇哇大哭，声音比刚才更大了。

他板着脸说："老牛，有什么事咱们改天再谈，你出去把门带上。"

牛国柱一脸不快地离开了。

门关上以后，鲁德亮一直通过猫眼观察，等牛国柱下楼后又拉着男孩追到厨房，看着牛国柱一路朝7号楼的方向走去，这才放下心来。之后鲁德亮检查了所有的门窗，反锁了大门，拉上窗帘，把灯打开，搬把椅子堵到门口，这才松手。他已经坚持不住了，这条胳膊几乎失去知觉，像断了一样。

他就坐在门口，男孩退到了沙发边上。也许是刚才哭得太厉害，眼泪流干了，这会儿他安静得像变了一个人似的，垂下脑袋搓着双手。

"你叫啥名字？几岁了？"

"你家住在哪里？离这儿远吗？"

"这几天是你一直给我的门缝里塞纸条,给信箱里投信吗?"

"你为什么不说话?"

鲁德亮抛过来一连串问题。这么多天来,他是第一次正面看清男孩的脸,尽管距离如此之近,但是鲁德亮还是没办法把他和前几日那个撅起屁股从扶手上滑下来的男孩联系在一起。他长着一双小眼睛,小到不知道此刻脸上到底是什么表情。他的脸没有洗干净,头发有些油腻,一双手也黑乎乎的。

鲁德亮有些沮丧,甚至有点怀疑他们是不是同一个人,眼前的这个男孩表情呆滞,有些傻乎乎的,不管怎么问话都不回答。

看着他这副可怜的模样,鲁德亮有些怜爱。他想,男孩的年纪应该和他的孙子差不多,可他们的差距实在太大了,他现在能吃饱肚子吗?有书念吗?他突然就想起了鲁一沙,还有平时她讲的那些他只当作耳旁风的话。他想,不知道这孩子够不够资格,进入一沙的什么资助项目当中去?

他们两个人就这样面对面坐着,干耗着。男孩就像是一个顽固抵抗的"罪犯",始终保持着沉默,除了"严刑逼供",鲁德亮拿他一点办法都没有。当然,他是下不去这个狠手的。

男孩把一根脏指头伸进嘴里,啃了起来。

鲁德亮有些看不下去了,他说:"坐吧,别紧张,不要害怕,我不会把你怎么样的。"

"你口渴吗?喝水吗?"他问。

"吃个橘子吧,你奶奶给你买橘子吗?"他指着茶几上的果盘说。

男孩抓起一个橘子,剥开皮,狼吞虎咽地吃起来。

"不要着急,有的是。我问你,王宁山,你的名字是叫王宁山,对吧?"

男孩不说话,只顾大口吃橘子,橘子籽从他的嘴里跑出来,粘在了下巴上。

鲁德亮大踏步走过来,把果盘一把拉过来:"回答我的问题,才有吃的!是不是你奶奶让你来送信的?"

男孩点点头,鲁德亮就扔过去一个橘子。

"信呢?"鲁德亮问。

男孩站起来,在衣服口袋里摸来摸去。鲁德亮等不及了,过去在他身上搜了起来。他太脏了,衣服的领口和袖口油光发亮,鼻子下面长着两行鼻涕印。口袋翻遍了没有,在腰里发现一封信,别在裤子的松紧带上。信封上写着四个字:冷光渐逝。什么意思?鲁德亮有些纳闷,没时间拆开看了,他又给了男孩一个橘子。他本来想说,我这里也有封信,你带回去吧。但是话从嘴里出来变成了:"走,你带我去找你奶奶吧,这一盘橘子都是你的!"

44

正在大门口巡逻的保安看见鲁德亮提着一个纸袋子走过来时,老远就躲开了。他们两个出了小区,穿过马路,朝着团结广场的方向走去。

鲁德亮的纸袋子里装的是水杯、钥匙和毛巾,还有那两封信。男孩也提着一个袋子,一个黑塑料袋,里面装的是橘子。门口的人只看见这一老一少手牵着手跨过小铁门,但是他们谁也没有注意到,男孩的左手肘上绑着一根细绳,另一头牢牢攥在鲁德亮的右手心里。

太阳照在广场的水泥地上发亮。跑步的人寥寥无几,中央有一群跳扇子舞的,扇子抽出来在空中哗啦响。长椅上躺着一对热恋的青年男女,卿卿我我。没人注意到他们,也没人在意他们。

他们一直走,走到铁丝网前。鲁德亮发现,不过短短两天时间,上面就破了一个大口子,像开了一道半高的门。他小心翼翼地拉开那道口子,让男孩先过去。轮到他时,他一松手,他们之间的绳子就掉下来,有一米多长。他钻过去时,发现男孩正认真地剥着橘子。鲁德亮想起了信上说的,很有可能,这个"宁山"也是个脑子有问题的孩子。

男孩低头走在前面,鲁德亮像牵着一条小狗一样跟在后面,太阳西斜,地上拖着两个长长的影子。他们穿过乱石和垃圾,蹚过草滩,走进了永清湖的地界里。

脚下是松软的盐碱地,白花花的,像降了一层糖霜,空气干涩,走上一会儿就必须停下来补充水分。他喝水,男孩吃橘子,一边吃一边把皮扔在地上。前方似乎还遥遥无尽,远处的山看上去像一道淡淡的水墨线一样。

可是往前走了没一会儿,地面就晃动起来,伴随着一声巨响,一阵黑烟从地底下喷出来,升到半空。几台挖掘机挥动着巨大的机械手臂,突然出现在前面不远的地方,那儿的地面被挖了一个大坑。几辆渣土车停在工地门口的水泥地上,工人们拿着水管往身上喷水。

第十章　冷光渐逝

绕过工地花了他们不少时间，过去以后，又是大片的荒草滩，散发着恶臭的泥巴沾得他们满脚都是。从草滩里走出去，是一个长上坡，气喘吁吁地上去以后，他们走在了一条沙石路上。周围同样荒芜、肮脏，路两边稀稀拉拉长着几棵树，不知是死是活，路边每隔一段就堆着垃圾，空气中散发着阵阵酸臭。

鲁德亮发现，男孩正把他往一个工厂的方向带。

是傻傻集团一个废弃的淀粉加工厂。男孩走到大门口，一屁股坐在水泥台子上，一只手伸进塑料袋里拨拉着。鲁德亮累得直喘气，也跟着坐了下来。

"快到了吗？"他问。

男孩点点头。

回过头看自己来时的路时，鲁德亮想，这小子也太厉害了，为了给自己送信，能走这么远的路。他又想起了信的内容，认定这个女人就住在这附近，他想今天就是把这里翻个底朝天，也要把她给找见，告诉她事情的真相。

厂子大门上贴的封条已经烂了，门上虽然挂着一把大锁，但是一推就出现了一道缝。他们和刚才一样一前一后，从这缝里钻过去。

门卫室大门紧闭，透过玻璃能看见里面完好无损的桌椅，桌子旁边立着一个脸盆架子，一张高低床靠墙放在最里面。桌上放着一个黄色的强光手电。一栋两层的办公楼过后（大门锁得严严实实），是连排的厂房，墙皮掉了，红砖裸露出来。

周围死一样的安静，他们经过的地方，野草从水泥路面里长了出来，有的地方地面隆起，好像那里有个坟头一样。男孩突然弯腰下去，从地上捡起一块石头扔向半空，咣当一声，一片玻璃就碎了，吓了他一跳。

厂房后面是一排平房，门口有晾晒衣服的地方，八成是员工宿舍。旁边有个篮球场，篮板被卸掉了，只留下一个空架子。篮球场再往里走是一个自行车棚，里面扔着几辆落灰的自行车。从车棚旁边的一条小道里走进去时，他以为已经结束了，没想到他看到了一片更大的空地，一台台生锈的机器、锅炉像废旧的煤气罐一样就这么躺在没膝深的草里面。

厂房里引出来的两根巨大排污管，从地表隆起，一路延伸到这里，穿过砖砌的围墙向外面伸出去。那里是葫芦河的方向。虽然管子空了，空气中的臭味却还在。

男孩突然停住不动了。

"我要尿尿。"他说。

"你终于肯说话了啊。"鲁德亮松了一口气。

"我要尿尿。"他重复说道，手松开捂着肚子，塑料袋掉在地上，橘子皮撒了出来。

"你就这么尿。"鲁德亮不肯让步，手心的绳子依然攥得紧紧的。

男孩把裤子脱下来，冲着地上的一个钢锭哗哗地尿了起来。突然，他转过身来，朝鲁德亮撒起尿来。鲁德亮"哎呀"叫了一声，本能地往后退了两步，手松开了。男孩抓住机会，箭一般地从小道里冲出去，连人带绳子跑了。

"站住！你个小王八蛋！别跑！"他气急败坏地骂着，提着袋子赶紧追。

他跑出来的时候，发现男孩穿过篮球场，朝着厂房跑去。等他上气不接下气地赶到厂房时,男孩早就不见了影子。他愣了一下神,赶紧朝大门的方向跑去。

他从门里钻出去,来到沙石路面上。四下静悄悄的,路上一个人都没有,往前走了没几步后,他又听到厂房那里传来玻璃碎裂的声音。

这小子还在里面!

水泥路面跑起来发出的生硬回声,让他感到一阵阵恶心。终于又回去的时候,他看到男孩正站在篮球场上,手里拿着装橘子的那个黑塑料袋。橘子早就吃光了,他把塑料袋在空中扬起来拍打着,当气球玩。塑料袋还没有落到地上,他就冲进刚才那个小道,没等鲁德亮反应过来,三两下从墙头爬了上去。

"你干什么,危险!快下来——"鲁德亮吼道。

话音未落,男孩就从墙上跳了下去。鲁德亮赶紧跑过来,手提袋扔在地上,扑上墙头。

男孩跳到了一根排污管上,回过头来看了他一眼,又一个跳跃,掉进下面的淀粉渣里,把那一堆发黄的酸臭物砸出一个深坑,然后又像没事人一样爬起来,拍拍屁股,跑了。男孩从这一大片秽物中跑出去,上了一个大坡,又回到了沙石路面上。

下面的淀粉渣距离排污管少说也有三四米,一阵绝望感从鲁德亮心底升起。他返回去,捡起草丛里的袋子往外走,穿过篮球场,路过厂房,从大门钻出来,来到沙石路面上。

45

鲁德亮出来时,男孩已经跑不见了,他检查了一下纸袋,信都在,又稍微踏实了点。

眼前这条沙石路笔直地延伸下去,看不到尽头。他站在路上,俯视着西边的永清湖荒滩,视线再往远处漂移一点,原州市城区的轮廓就尽收眼底:城市笼罩在雾霾之下,一个个建筑工地上的塔吊张开双臂,在雾中来回转动,汽车像虫子一样,在路上缓慢爬行。他眯缝着眼,分辨不出哪里是团结广场,哪里是他的家。

他不想放弃,但是已经有些力不从心了。在一个树坑下面稍做歇息,喝了口水后,他又出发了,他觉得再这样待下去,这里的臭气就会要了他的命。

他走了很长时间,一个人都没有碰见。正当他不知道怎么办的时候,陡坡上突然出现了一群羊,一个和他年纪相仿的老头混在羊群里。他站在路边等,一直等到这群羊顺着坡爬上来。

他赶紧走过去问路。

他问:"老哥,这是什么地方?"

老人的耳朵背了,听不大清楚,反过来大声问他:"你说什么?"

"这附近哪儿有人?"他喊道,话出口后又觉得问得不对,从袋子里掏出水杯,指着杯子说,"口渴了,没水了!"

老人用手一指,说:"你再往前走一点。"然后又摆手说,"都不能喝,不能喝。"

他的杯子里还剩点水,在一棵树下,他停下来,喝完了这最后一点,撒了泡尿,把袋子垫在屁股上坐下来喘息。一看时间,下午三点，他想，所幸现在只是4月份，要不然他今天真的要死在这里了。

从他所处的这个位置看去，已经能看到不远处的葫芦河了。他爬起来，拍拍身上的土，继续赶路，之后他经过一座石桥，站在桥上张望。葫芦河已经不是过去的样子了，过去水流湍急，深不见底，现在河道污染严重，废物堆积，水流小得好像已经凝固住了一样。在桥上他看到对岸有一大片低矮的房屋，像土黄色的苔藓一样不起眼。就是那儿了，他想。下桥以后，他走进这片居民区。

这里不是村子，看上去更像是一个棚户区，房子有水泥砖结构的，有土坯茅墙的，还有临时搭建起来的像工棚一样的住所，石棉瓦当屋顶，扯起来一张蓝色的塑料布当墙，简陋到光照上去能看见后面的人影。地上到处是污水和垃圾，成捆的电线盘根错节，从头顶的树梢间穿过。

他逢人便问，有没有见过一个老太婆，80岁上下，带着一个十来岁的男孩。

对方要么摇头，要么不搭理他，或者干脆挥手打发他走。

在一家小饭馆里，他把自己的水杯灌满，继续朝前走。他只觉得头脑发胀，四肢酸痛，浑身轻飘飘的像一张纸一样。他就在这儿漫无目的地走来走去，四处张望，失魂落魄的模样，像极了一个无家可归的人。

他正走着，突然看见前面的路口有一个身材瘦削的老太婆，一手还牵着一个孩子，一个男孩！

是她吗？他不知道，再看那男孩，他的身形，他的头发，他的那身衣服，他走路的样子！就是他，没错了！

找到了！找到了！

他攥紧手提袋，简单整理了下衣服，追了上去。

"喂，前面的人，等一下。"他听到自己喉咙里发出的沙哑的声音，那么不真实，遥远得像来自另一个地方。阳光反射在一扇窗户上，照在他眼睛里，闪耀着，温暖着，他这就过去了。

我来了，他想，你等我一下，我这就把知道的告诉你。

我来了，为了曾经发生的所有的事情。

我来了，秀香，所有的一切都来得及，你再等我一下。

他走过去时，他们忽地又不见了，就这么消失了。

他站在十字路口，茫然不知所措。

斜地里跑过来一个小伙子，撞了他一下。

他摔倒在地。手里的袋子掉了，水杯摔碎了，水流了一地。

有那么一阵子，他眼冒金星，什么都看不见了，像个瞎子一样趴在地上，两只手在玻璃碎片当中摸来摸去。一群人围着他，但是没有一个人上前帮忙。

信湿了，最重要的是陈淑合的那封湿了，他顾不上那么多了，连滚带爬到路边上，找到一块有太阳的空地，把信小心翼翼地展开来晾晒。

信封在匆忙中被拆烂了，他只记得上面有"冷光"这两个字。等信干得差不多了，他又挪了一遍地方，把纸袋子垫在屁股下面，背靠着一堵墙，读了起来。

开头的四个字，就让他的脑袋轰地响了一声。

上面写着：最后一封。

第十一章 涉过愤怒的河

46

最后一封。

这是我写给你的最后一封信。我就要死了,不会再写了。

我也绝不会再麻烦、骚扰你。

我们不会再相见,如果有来世,也不会。

我不知道你是怎么处理我写给你的那些信的,我把之前积攒的全部信件,没有寄出去的、不知道写给谁的,还有被退回来的,全部烧掉了。

在死亡面前,所有的事情,过去的恩怨,都已经不再重要了。

一起烧掉的,还有我写的诗。我把洗脸盆拿到院子里,家里还有半瓶陈年白酒,之前上坟祭奠用的,我把它们统统倒进去,一把火,全烧了。

火真大呀!火苗像爪子一样伸出来,朝我乱挠,做最后的挣扎,火星扑闪着,蹿向漆黑的天空,终于消失不见。我知道,新石和宁山都在里面,他们也想让我进去陪他们。今年的清明,我没有去上坟，因为我走不动了，上不了山，那么就把这些信和诗当作祭奠吧。我已经没有力气把它们撕成碎片，但是有了这点酒，结果就不一样了。新石，我想我终于理解你为什么喝酒了；宁山，你怎么玩泥巴我也不反对了。

我想我终于明白自己的处境了。

你说我是一个疯子，因为是经过科学论证的。我挣扎过，反抗过，甚至死过，现在一切都不重要了。我接受了。你说人一旦疯了，精神错乱了，是不会有痛苦的，因为他们什么都不知道，不知道自己疯了，不知道自己生命中出现的每一个重要点滴，甚至不知道自己姓甚名谁，但是我的痛苦仍在，仍然清楚地记着过往的每一件事情，这是不是说明我疯得还不够彻底？

我过去信奉的哲学，现在让我感到难为情。

那时我想死，想过很多次怎么死，也试过不止一次，用刀片割自己，像新石一样用搓澡毛巾吊死自己，或者在病房用圆珠笔扎破自己的喉咙。你知道吗？精神病院的管理太严了，为了藏住一支笔我不知道花费了多少脑筋。后来我终于成功了，但是我下不去手，古书上说那些被俘后不屈的勇士会选择咬舌自尽，那些敢于向昏君进谏的忠臣一个个撞柱而亡，这些死法和我想用那支笔捅死自己一样荒唐可笑。

我用那支笔开始了写作，写下了第一封信。我要感谢当初给我笔的那个护士，她给了我充分的信任，说看见我就想起了自己的母亲。

自那时起，我的哲学是，我要做那个推着石头上山的人，与他相比，我更加弱小无助，但我无牵无挂，这是我的优势。我决定，我要活，要把过去的事情全部记录下来，用记忆一遍又一遍捶打我自己。他人是地狱，而我要做我自己的地狱。对他来说，攀登到山顶，欣赏到那里壮丽的风景即是一种至高无上的享受，足以填补他空虚的心灵，那么对我而言，写下这一封又一封信何尝不是？

我再说一次，你不用害怕这些信。

正如你所说的，这些信中的疯言疯语，没有人会当回事的。

你更不用害怕我，尽管你过去犯下了深重罪孽，尽管你作为一个男人，对一个女人犯下了能犯的所有肮脏和残忍，但是请你相信我，相信一个将死之人最后的话。虽然这并不等于我原谅你了。我永远也不会原谅你，就像我不会原谅我自己一样。

坦白地说，这之前我差点就迈出了那一步。最后一次住院的时候，我碰到了一个人，一个警察，也许是上天安排，让我们在四十多年后再次重逢。现在我告诉你，当年我们的第一次碰面，就是在红泥街上。

你不认识他，他并不是在你报案后前来录口供的那位，但是我一眼就认出了他。

我几乎就要把你干的所有事情交代了！我觉得他会帮我（现在，我已经不这么想了），我知道他住在哪里，我写了几封信，托隔壁小孩送了过去。那是一个可怜的脏小子，家里穷，每天都跟着大人在葫芦河畔捡垃圾，他爱吃橘子，每次回来的时候，我都给他几个橘子吃。有次他送完信，蹦蹦跳跳过来伸手对我说，奶奶，为什么有好几次你都叫我宁山，我不叫宁山。我完全想不起来了。他是个聪明机灵的小孩，一点都不像宁山。我的宁山要是有他这么机灵就好了。

想起宁山，我又想哭。但是我哭不出来，我的眼泪早就干了。

我看见他，蹦蹦跳跳又朝我跑来了。

我问他，你刚才干什么去了。他伸出胳膊，展开手心，我明白了，他又去玩泥巴了。

他冲进家去，把手里的泥巴摸得家里都是，墙上，桌椅板凳上，他跑进厨房，拧开水龙头洗手，弄得满地都是泥水。我进来拉他走时，他就开始踢我、打我，习惯性地拿起案板上的碗，朝地上摔。

你进来了。他捡起地上的碎片，继续挥舞，我不在乎身上再多一个伤口，但是你挡在我们中间，于是碎片朝你戳过来。你不是我，你打了他，踢了他一脚，他疼了，跑了。

我们相互拥着，我哭了起来。这种时候，我只能依靠你了。

我原以为，我可以依靠你一辈子。

你说，你认识"洪流"里面的那个女孩，就是和新石上床的那个，名字叫吴美华。你又说，吴美华与黄峰的关系也非同寻常。

我想起来了，吴美华就是那个每次聚会时陈老师长、陈老师短叫我的姑娘，是那个每次最后一个走，帮着打扫家里卫生的人。她非常勤快，做饭的口味也不错，宁山就爱吃她炒的菜。

我看出来了，她看新石的眼神不对，但是我没有往那方面多想。

我吃了一惊，忙问，你是怎么知道的？

你不让我多问，还说你说的就是实情，让我相信你。你让我告诉新石，当心黄峰这个人，他的嫉妒心很强。

我问，你为什么对黄峰，也就是黄立勋的个人情况这么熟悉。

这已经不是我第一次这么问你了，每次你的回答都是那么含混不清。你说你一开始在他的砖瓦厂里当过烧窑工人，他的情况厂里的每个人都知道，只是碍于他的权势，敢怒不敢言。我信了。

第十一章 涉过愤怒的河

但是这次你说，黄峰曾经是你父亲的学生，是你父亲一手教会他怎么制作泥塑的。提起你的父亲，又看见你一脸愤懑的样子，我立刻什么都明白了。

那天你在家里待了一会儿就走了，你带了瓶酒，问我喝不喝。我讨厌酒，新石喝了酒总是爱耍酒疯，对我恶语相向，还不止一次动手打过我。他在酒后每每提起孩子的事情，我就感到痛苦自责。

我说，酒不是个好东西，你年纪轻轻，还是不碰的好。

你说你知道，你不会真喝多少，而只是为了壮胆。

你又问我，想不想摆脱现在的生活。

我随口说，想。谁不想呢？

我总觉得哪里不对劲，我问，你这是要干什么去？壮什么胆？

你说你要干一件轰轰烈烈的大事去，让我不要管。

你坐在沙发上自斟自饮，那样子真与新石差不了多少。我有点害怕，怕你也会在喝醉之后掀翻桌子，砸掉杯子，或者对我动手脚。

我试探着问你，还不回去吗？新石下班马上回来了。

你说，我这就走，不用你赶我，我也会走。

我完全没有赶你走的意思，我只是害怕。

第二天，街坊四邻纷纷传言，泥塑作坊被人砸了。

后来我才知道，这是你干的，这就是你口中的"轰轰烈烈的大事"，新石就是因为这个被冤枉，被害死的！你泄愤了，痛快了，你害得我家破人亡！

但是你不承认，你说你也不希望看到这种事发生，这一切都要归咎黄峰，是他干的好事，你的本意是想替冤死的父亲报仇，没想到事与愿违。

我当然恨黄峰，但是我也恨你。

你说，我爱你，淑合你说得对，是时代弄人，造化弄人。

你说，你愿意一辈子都陪着我……

我说，你快点走吧，新石回来了。你说，我病了，又开始说胡话了，我需要照顾。

我的脑袋嗡嗡直响，我看见新石一丝不挂地走过来，跪在了地上。他哭着，向我忏悔，说对不起我，然后他开始亲我，说他爱我，他抱起了我，脱掉了我的衣服……

读到这里的时候，鲁德亮终于难以抑制自己情绪，他的所有注意力都放在出现的那个字眼上面——泥塑！四十多年过去了，当年的泥塑案有结果了？他想冷静下来，但是他做不到，信又被他弄湿了，只不过这一次是他自己造成的，他背靠在冰冷的水泥墙上，激动地流下了眼泪。待情绪平稳下来后，他站起来往回走。

这不是一封写给他的信。

虽然还没有读完，但是信的内容已经足够骇人，让他再也坐不住了。那个男孩怎么又变成了邻居家的小孩？还有吴美华，这个名字在哪里出现过，为什么看上去这么熟悉……他要赶紧回家，他需要冷静，需要分析，需要判断，他还有很多工作要做。

往回走的时候，他仿佛听到了葫芦河水流动的声音，但是从这片棚户区走出去的时候，他看到的只是一群孩子，站在干涸的河道里玩耍。他们不知道从哪里弄来半截破旧的舞龙，撑起来跑着玩，一阵风吹来，那块黄色的塑料被吹得发出呼啦呼啦的响声。

47

回到家后,鲁德亮做的第一件事,就是到阳台上翻找,翻找当年泥塑案留下的资料和记录,翻找关于泥塑案的一切。他有个习惯,每经手一个案子,除了递交给局里归档的材料外,自己也写写画画,留有不少痕迹。泥塑案更不例外。

它无疑是个冤案,是那个年代众多冤假错案中的一个,由这个案子所造成的一系列连锁反应(围绕当事人之一黄立勋)对他造成了终身的影响。可以说,没有这个案子,就没有后来所有的一切。

现在要说的是,单就这个案子本身,带给他的冲击也是巨大的,是他亲手办过的所有案子都不能及的。他记得,就为了这个案子,他专门弄了个本子,在扉页上,他写下了这么一句话:"泥巴能杀人。"为了防止被人发现,他把这一页藏进了塑料夹层里,还在边上抹了点胶水。

官方的结论是看门人由于过失造成泥塑损坏,在当时特定的历史条件下,看门人成了替罪羊,被处以极刑,这是鲁德亮断然不能认同的。许多人和他持有相同的观点,但是只有他一个人采取了行动。

当年,他凭着一腔热血和蛮劲,继续着自己的思路。他在红泥街上偷偷展开了私人调查,寻找他认为的真正元凶——那个在酒瓶子上留下指纹的人。这是严重违反组织纪律和工作规定的,更何况他利用了自己停职赋闲的时间,冒着巨大的风险。当同事们在局里正常工作时,他出现在红泥街上,穿着便衣,拿着工作证件,挨家挨户排查。他甚至还跑到街头巷尾凑热闹，钻进茶馆里、饭馆里、照相馆里、理发馆里，以各种各样的借口，听取人们对这件案子的看法。晚上回家后，他把自己一天的收获记在那个本子上。那时他相信，案子的真正元凶就隐藏在这红泥街的某个地方，总有一天，他会把他找到，绳之以法。

可惜的是，后来发生的事情，改变了一切，让他的调查没能够继续下去。他受了伤，再后来他又杀了人，这个案子就此断了。那个本子也被他收了起来，当时他认为一切都结束了。然后，随着时间的推移，相应的记忆也渐渐淡化了。

他翻找着，突然想到，陈淑合信中提到的他们在红泥街的碰面，是否就发生在他暗中调查的这段时间？他是否就在某一天，恰好从街道的某个巷子里（那里又恰好站着一个疯小孩）拐进去，敲开了陈淑合家的门？还有，那个人（一想到他鲁德亮就感到愤怒），红兵，是否也有可能出现在他的本子上，甚至于当年他们也曾有过一面之缘？他翻找着，满头大汗，纸箱子在翻腾的时候砰砰直响。他想象着下一刻，那个本子从故纸堆里出现的场景：陈淑合的名字白纸黑字，出现在某一页上。这个想法让他激动不已。

一切都要在找到那个本子后方能揭晓。

阳台上的灯太暗了，手电筒也帮不上大忙，他干脆找来插线板，把鲁一沙的台灯插上，提着台灯继续找。

所有的箱子都找遍了，那些放本子的箱子，翻了不下三遍，他拿起每一个本子，翻到扉页上，寻找那几个字：泥巴能杀人。装报纸的箱子翻个底朝天，废旧报纸扔了一地，甚至连放旧衣服帽子的箱子也找了。翻出来的旧衣物，散发着一股呛人的霉味。

第十一章 涉过愤怒的河

一无所获,地上一片狼藉。

他累坏了,靠墙坐下来大口地喘着气,外面天色已晚,抬手把台灯弄灭后,就看到了夜空中的星光点点。要不是因为口渴难耐,他觉得自己能一直保持这个姿势躺到明天。

然而他没有放弃,一股倔劲上来后连自己也觉得害怕。饭后他来到客厅鼓捣起来,把沙发整体朝饭厅挪,推过去以后竖着靠饭桌摆,茶几也是一样,这样在客厅腾出来一块地方。然后他一头扎进阳台,继续在那些箱子里翻找,每检查完一个箱子,就把它推过来堆在客厅,直到堆满放不下为止。

依然没有结果,家里反被他弄得乱糟糟的,满屋子都是纸箱子上的灰。

时间来到了晚上九点,他终于熬不住了,选择了放弃。他太累了,头昏脑涨,腰酸背痛,走进卧室,倒头便睡。他不知道自己是否真的睡着了,他觉得他的脑袋在被各种疑问塞满后,像个气球一样一点一点悄无声息地膨胀着。他没有吃安眠药,醒来后是凌晨三点,太阳穴突突地跳。

看着饭桌上塑料袋里的碎片,他想,这封名为"冷光"的信,就是目前唯一的线索了。

他又耗费不少力气,出了身汗,给自己在饭桌前挪出块地方,坐下来,继续读信。他的手边放着的是那个做记录的笔记本,翻开新的一页,他在最上面写上两个大字:红兵。

你又一次进入了我。

但是你欺骗我,把我撕成了碎片。

你告诉我，你是爱我的，要我给你时间。

时间是什么，时间是昨天，今天，还是具体的某一天？

时间就是未来，你说，时间就是等待。

于是我等你。

我写诗，我等你。

"洪流"死了，没了，就如同葫芦河注定会干涸一般。

你说，"洪流"被扔进了历史的垃圾堆，未来注定是一个崭新的时代。

我问你，未来的出路在哪里？

冷光，你说，冷光才是真正的出路。

我相信你，我认同你，我只有你。

冷光里只允许你和我，新石也不能出现。

很长一段时间，人的悲剧将是在无知和放荡中走向各自的终点，所以我们不能坐以待毙，我们要找寻冷光。

你去学校找了，我等你。

我已经不年轻，你走后，我又想起了宁山，他是我永远的痛。我不愿意多说，我想你也一样（事实上，你更不愿意提起他，你还阻止我想他，有时候，我只能等你走了，偷偷地想）。

我想要个孩子（我自私地认为，你会迁就我，因为你曾经犯下的罪孽），你写信安慰我，说不应该再考虑生育，这是一切痛苦的根源，我也知道你不能。

信中你写了一首短诗送我：冷光渐逝。我以为你找到了。只有找到了才能谈消逝。现在我终于明白了这首诗的含义，你从来都不相信，你放弃了，梦醒后是痛苦的，无路可走的感觉令人绝望。你不愿意继续走下去了。

你大学毕业了，回来工作了，和你一起回来的是另一个女人。

你们已经有了孩子。

我才知道，长久以来，我只不过是你的玩物。

我不懂盲肠和输精管的区别，毕竟那是你的专业，事情到了这一步，我只要求事实真相。

我要说出我知道的一切，你说这只会带来毁灭，你在乎毁灭吗？我不在乎。如果真相就是毁灭，那我们已经不止一次经历过类似的事了。你怎么都不肯说，你在乎你的家庭，在乎你现在的权势和地位。我没有办法，只好把材料寄给政府、寄给法院、寄给你们医院。是你逼我的，你说我疯了，串通人把我关进了你们医院。

我记得，从我第一次住院起，你就派人骚扰我，殴打我，把我绑在病床上，强行给我灌药，你还趁着值夜班的时候强奸了我。你要瓦解我，让我彻底崩溃，目的就是想让我闭嘴，想让真相烂掉、永远地死掉。你得逞了，胜利了，我被扣上了"精神病"的帽子之后，无论说什么，都不会有人再相信，他们非但不信，还排斥我，厌恶我，诅咒我，盼着我早点死掉。

现在，我终于要死了。你，还有那些人，是不是可以喘口气了？我曾经说过，孩子和诗是我的一切，我的孩子早已离我而去，所有的诗又付之一炬，我已经了无牵挂。

所以这次你也不用害怕，我再也不会写了，这就是最后一封。

是时候结束了。外面的火已经熄灭，盆里的纸全部烧成了灰。在这最后的时刻，我只有一个要求，你能不能告诉我，宁山出事的那天晚上，他都说了些什么？我记得上次，你曾经提到过。那天你又打了他,他生气了,开门跑上了街,你跟着他一路跑出去,听到他嘴里一直在说着什么。如果我没有理解错的话,你的意思是,孩子在他生命的最后一刻,终了开口说话了?你记不记得,他到底说了些什么,是在喊"妈妈,妈妈"吗?

  这封信写完以后,我就要出去,坐在院子外面。天气预报说,最近会变天,可能会有雨,我愿意就这么等着,等雨来。

  另:还是要感谢你这么多年来,对我这个病人的照顾,我不想欠你的,随后会寄来我的存折本。

  问你的家人好。

陈淑合

48

  鲁德亮不知道自己是怎么读完这封信的,周围狭小逼仄的空间让他觉得有些喘不上气。他站起来,使劲把沙发向后推,茶几抵在后面,沙发纹丝不动,于是他跷着腿从沙发和墙之间的缝隙里钻过去,试图挪茶几。

  茶几也没办法挪,后面摞起来的纸箱子有一人那么高,堵得死死的,他抱着最上面的纸箱子,朝阳台走去,走了没两步,突然手一松,重重地砸了下来,伴随着"哗啦"一声,里面的东西一股脑倒在了地上。他被激怒了,朝这几个纸箱子发泄起来,把它们全部推倒,用脚踢,捡起东西乱砸。一会儿,客厅就变得和阳台一样乱了,地上到处是报纸和纸张,以及杂物碎片。灰尘扬起来,好像整个地方发霉了一样。

火气彻底上来的时候,他想让眼前这些碍眼的东西全部消失,是放一把火烧掉,还是从阳台上全部扔下去?

他正想着,走廊突然传来一阵脚步声,有人上来了,挥起拳头砸他的门。

"大半夜的弄啥呢?还让不让人睡觉了?"外面的人喊道。

鲁德亮停住不动,这一回,他连到门边瞧一眼猫眼的勇气都没有。他等着,一会儿,就听到那人趿着拖鞋吧嗒吧嗒又回去了。

经过这么一个插曲后,他像被人浇了一头冷水,冷静下来,抬头看表,是凌晨三点半,家里灯火通明,乱糟糟的像被抢过一样。发泄时头脑是一片空白,发泄完以后,他就后悔了,这才想到要干正事了。他回到饭桌前,拿起那封信,从头到尾又读了一遍,这次是一边读一边在本子上做记录。一遍完成后,他把本子翻到开头,一页一页地翻,勾勾画画,重新梳理。

从门口的第一张纸条(他把那几张纸条又从塑料封皮里抠出来)到这"最后一封信",短短几天时间,这个本子已经写了一大半。一开始笔迹清晰,后面越来越潦草,一开始还整整齐齐,后面就失去了条理,纸上画满了各种关系图、箭头、圆圈和方框,特别是在他为了醒目用上红色圆珠笔后,就显得更加混乱了。

线索,线索,他想,首先要把这诸多线索整合起来,看看会是什么样子,会不会形成一个合理的说法,一个完整的链条(现在他认为链条的最后一环已经有了)。然后就是证据,原始材料,一定要保存好。想到这里时,他的心突然咯噔一下,像被人揪住使劲拧了一把。他抬头就看见了桌子上的塑料袋,那些所谓的原始材料,就是里面的东西了。

已经烂了，全部撕碎了。上面有很多内容，他还没有来得及细细分析，没有经过判断、对比，甚至在本子上没有记录完全，就这样没了。他把塑料袋拿过来，一把抓起那些碎片放在手心，像抓着一把粮食一样观察着。看着上面的字，他翻开本子，努力地回忆着，回忆它们在哪里出现过。他想了想，找来支铅笔，在碎片背面编上号，按照"编号+内容"的格式，把上面的字誊写到本子上。

写了十几个以后，他就发现自己坚持不下去了。他大概数了数，像这样的碎片少说也有上百块，把它们一一写出来，然后再比照内容，太烦琐了，本子上现有的东西就已经让他感到头疼，有些应付不过来了。

怎么办？

他站起来，在家里转悠（客厅施展不开，就在饭厅和厨房之间踱步）。两圈之后，他就做出了决定。他到电视柜里翻找，在放秀香孝簿的盒子里，找出一沓白纸（过去给她拓印纸钱用的），然后找来胶水。

他要把撕成碎片的信重新拼起来，用胶水在这一张张白纸上复原（最要紧的就是尽可能地让它们恢复到原来的样子，单从这一点上讲，他也应该这么做）。

决定以后，他就开始行动。清理掉饭桌上一切无关紧要的东西，把台灯插到桌子上，然后从厨房找来几个空白塑料袋。

首先还是编号，凡是来自同一封信的碎片，在背面用铅笔标上同一个数字，扔进同一个塑料袋里。然后就是复原，取一张白纸，把碎片尽可能多地往纸上拼，待到差不多的时候（他已经做好了不可能恢复到百分百的打算），上胶水。他从厨房找来一个醋碟，把胶水倒在里面，用一个卫生棉棒每次蘸上一点，小心翼翼地涂，每次只涂一丁点，能固定住就好。

这个方法是可行的，甚至实施起来，比他想象的还要顺利一些。一来他发现当初自己并没有把信撕得特别碎（有的碎片甚至很大），二来信尽管碎了，但是这些碎片在那塑料袋里没有充分混合，不少来自同一封信的碎片，还互相挨着，有时一眼就能挑出来许多。

即便如此，这种活交给鲁德亮这样一个快70岁的老头干，还是非常吃力的，是对他体力、耐心还有眼神的巨大考验，尤其是他现在还是个睡眠有问题、容易急躁和焦虑的人。

他趴在桌子上，凝神聚气，大气都不敢喘一下，生怕因为自己的疏忽导致前功尽弃。他泡好茶水，备了一条毛巾用来擦汗，还有块揉眼睛用的手绢，他还从药箱里找来了眼药水，之前他是非常不喜欢用这玩意儿的，现在情况不一样了。

他从3：45开始，一直到5：30才停手，眼睛胀痛，脖子都直了，动一下就觉得疼。休息了十来分钟，又断断续续，持续到了七点，实在太困了，坚持不住了，沙发就在旁边，他站起来倚靠着扶手，躺倒就睡。

三个多小时，他整理出了三张，平均一个小时一张，这对他来说，已经相当不错了。他来到厨房，把窗户开道缝，将弄好的纸张在台面上铺开来，用筷子和勺子压住几个角瞭。尽管复原出来的信贴在白纸上皱巴巴的，有的地方还因为用了胶水而发黑变脏，但是看到碎片成张，他还是感到欣慰，同时心里一颗石头落了地。

早上8：30的时候，他忽地醒了。醒来后的第一件事就是开门查看，门上，还有信箱。他的这一系列动作熟练得好像设计好的程序一样。大门和过去一样，没有再出现异常，信箱也是空的。

现在，他不认为除了那个男孩，还会有第三个人理会这么个破铁盒子。这是否意味着陈淑合彻底不写了？那封信真的成了最后一封？或许真如信上所说的，她已经不在这个世上了？

他不知道。对他而言，最重要的就是还原当年的事实真相，找到所有事件的始作俑者。他认为，随着整件事情越来越清楚，时机也越来越成熟，当务之急就是尽快把所有的信复原出来。

随便找点东西填了下肚子后，他又开始了，尽管已经老了，退休多年，但是他干起活来的这股认真劲丝毫未变，他甚至忘记了吃片"调节情绪药"。事实上，他现在这个样子的确也不需要吃药，在最初的激动和愤怒过后，他已经完全冷却下来，就像一个打字员一样，什么也不多想，身子前倾，两眼汇聚，把身上仅有的能量全部集中在手上。除了喝水和上厕所外，没有什么能够打断他，实在累了，沙发就在手边，打一个盹爬起来继续。

甚至于，长时间暴露在台灯耀眼的白光下，他已经有些分不清白天黑夜了。有那么一阵子，他站起来时，发觉外面的天都是暗的，于是立刻跑过去检查窗户，还以为沙尘天气就要来了。

时间就这样在他的手指缝里一点一点地溜掉了。中午他睡了一觉，睡前设置好闹铃，两点钟准时把自己吵醒，坐在桌前继续。就这样埋首于这堆纸片里，一干就是几个小时。

连日的奔波劳顿，他的身体其实已经到了极限状态，全靠着胸中的一股气苦苦支撑着。他的身板僵硬得像冻住一般，双眼红得像哭过一样,他的下半身早就失去了原有的感觉,每次站起来屁股后面就像坠着两团疙瘩稀泥,缓慢向下滑落。

晚饭后他搬了个小板凳,坐在阳台上,打开窗户吹了一会儿风,然后进来继续。他的计划是从现在起忙到晚上九点,睡上一觉,后半夜再起来(长时间的失眠,使他在半夜工作的效率更高)。按照目前的进度(已经完成了一大半),只要再努力一晚上即可,无奈他的身体再也承受不住这样的强度了,半夜闹铃响的时候,他明明醒了,却睁不开眼,怎么挣扎都爬不起来,胸口像压着一块大石头一样,那感觉难受极了。

他害怕了,害怕自己在一切还没有结果之前就这么死了。他想,人在弥留之际,是不是就是这样,身子无法动弹,只有意识在转,直至彻底消亡、冷却?还是,他现在其实已经死了?又或者,他只是落入了另一个痛苦而无法破解的梦里,一个黑暗无助的空间之中?

这一回,这里没有秀香,没有他的子女们,甚至没有黄立勋,没有任何人出来哪怕同他说句话,周围死一般寂静,只他一个,内心绝望至极。这一次他为什么不能坦然面对生死?为什么不能像陈淑合一样,在经历了如此大的不幸之后,放下所有重负呢?究竟是什么,让他变成了现在这副模样?他这一生,到底干了些什么?

他想,陈淑合在信中提到的哲学究竟是什么?能拯救他吗?他该怎么办呢?他的眼前突然出现了女儿一沙十年前的模样,牛仔裤,白衬衣,留着一头长发,身形健美,朝他走来。她的衬衣领口敞开着,露出一根明晃晃的东西。一条项链,他想。不是的,爸,我取下来给你看。她笑着,双手从后脑撩起头发,摸索了一会儿,把那东西解开来放到他手里,沉甸甸的,是一个十字架。

真的有上帝吗?上帝会垂怜他,接受他这样一个罪孽深重的人吗?他连自己都无法接受,他什么都不明白,什么都不懂。他走在一片雪地里,四下静悄悄的,也许这就是天堂了,天堂里就是如此平静,雪落下来也没有声音。他走着,身后白茫茫的一片。只落着雪。

49

终于,又耗费了一个早上之后,复原工作完成了。所有的纸张叠放在一起,厚厚的一沓,像一本被水湿过的书。

家里的空气有些浑浊,到了中午饭点的时候,鲁德亮走出去,来到小区外面。超市旁边的一排门面房里,开了一家饺子馆,他进去,点了一份饺子。

热气腾腾的饺子端上来时,他突然想起来,这是否就是牛国柱提起过的那家餐馆?这么想着,他停下来,抹了一把脸,环顾四周。店里冷冷清清的没有几个人(也许是受到周围拆迁的影响,前面不远处就是旧菜市场的残垣断壁),算上他,大厅的十来张桌子上只坐着三个人,其中一个还是店老板,抬头盯着墙上的电视发呆。

鲁德亮突然有些想念牛国柱这位老同事了。退休的这些年,特别是他老伴不在的这段日子里,他究竟是怎么过来的?每一个孤独难眠的夜晚,他会不会和自己一样,时不时地陷入回忆中去?他们两个终究是老了啊,人老以后除了回忆,还能剩下什么呢?

这么想着,他呆呆地望向门口,想象着下一时刻,塑料门帘哗啦一声响,牛国柱推门而入,见到他立刻开怀大笑的样子("哈哈,老鲁,你怎么来了?")。如果是这样,他就会对那老板说:"给这位也来一份饺子,记在我的账上。"不过直到他吃完这碗饺子,这样的事情都没有发生。从饭馆出来后,他在街上没有多做停留,直接进了小区。

他在小区里不知不觉又溜达起来了。他沿路一直走着,到了牛国柱住的7号楼下。小区的小卖部就在7号楼一单元的一楼,东户,门开在阳台上。天晴的时候,会有人摆出来一个货架,上面放一些杂志、报纸和零食,看上去花花绿绿的,一个放着煮玉米的电饭锅,架在一个木凳上靠门放着。不远处是个象棋摊,还有两桌麻将,平常围满了人,都是像他这样的老年人在那里消磨时光,远远地就能听见观棋人的说话声和麻将哗啦的声音。但是今天,他过去的时候,这些都没有了,小卖部的门紧锁着,象棋桌子折叠起来扔在泥地里。人都到哪里去了?

往回走的过程中,他看到几处被大风吹断的横幅,挂在光秃秃的树干上,拖在地上,一个年纪比他还要大的老太婆,双手拄着一个四角拐杖走在他前面,很长一段时间,他都不忍心超过。来到2号楼的时候,他去香椿树下待了一会儿,发现那里的鸡笼子已经空了,老母鸡和小鸡崽不见了,种在地里的菜也被拔出来不少,地上乱糟糟的全是脚印,满是垃圾、烂菜叶和被人从地里弄出来的土。四月份,正是开春的大好时光,这里却一片肃杀,像是秋天一样。

回到家以后,他睡了一觉,醒来后才觉得好一些。时间不等人,他立刻把信拿过来,坐在饭桌前琢磨起来。

这次他的目的很明确,就是要把一切与这个叫"红兵"有关的，全部给找出来，重新罗列。这是他读完最后一封信，胸中成形的计划中最重要的一部分，他不能打没有准备的仗。

他在这一张张纸上努力地辨认着，写着，心里五味杂陈。这一回，他又没办法镇静了。所有的信，尤其是这最后一封上面的内容已经写得很清楚了，面对这样的一封信，他已经没办法思考了。他把所有的材料——纸条、信件、本子整理好，装进一个档案袋里，然后，他来到卧室，掀开床板，把病历取出来。

他在病历的封面上找到医院的电话，试着拨了过去。他只有这个电话，应该是医院的总机，或者门诊办公室之类的。

在话筒的等待音响起的时候，他抬头看了一眼表：还差十分钟5：30。正当他觉得没有什么希望时，电话通了，一个女声告诉他有什么可以帮忙的。他说他要找刘宏斌看病，他是他的一个病人。

对方告诉他病房的电话后，他立刻拨了过去。

又是长时间的等待，他握着电话的手已经开始出汗了。等一下接通后该怎么说呢？这么想着，他又紧张起来，犹豫要不要挂断时，电话通了。

是晚班护士接的电话，告诉他刘教授早就下班了，现在是非正常上班时间，如果要找本人，只能等到明天白天上班，八点不行，八点到九点要查房，九点到十点大夫要处理医嘱、会诊、病案讨论，所以，十点以后再来，比较稳妥。

鲁德亮想，只要他人在就行。

在护士挂掉电话的一刹那，他突然想起了什么，赶紧问道："陈淑合还在住院吗？她是不是刘教授的病人？"

护士反问道："是的，您是哪位？"

果然是这样,他想。

他解释说:"我也是个病号,住了一段时间院,和老陈的关系不错,想问候一下她。"

护士轻描淡写地说:"她前一段时间出院了。"

电话这头,鲁德亮已经紧张得在擦汗了,他知道了自己想要的,接下来就剩准备了。

挂断电话后,他又把档案袋打开,把本子拿了出来,回顾整件事的前前后后,梳理自己能想到的信中出现的每一个细节问题。只看了一会儿,就觉得头疼欲裂。脑袋已经饱和了,什么都装不进去,却又欲罢不能。

他努力不让自己去想这些事情。晚上八点,他打开录音机听着音乐,边听边干活,把自己搞出来的烂摊子收拾干净。他把地上散落的东西分门别类,重新归入纸箱子里,再把所有的纸箱子在阳台上堆放整齐。把一些已经损坏的、能够丢掉的东西清扫进垃圾桶后,他开始拖地,拖把染黑了整整两桶水。

茶几和沙发归位后,他累坏了,汗水在身上粘了一层。9:30,他洗漱完毕,之后洗了个澡(这次是热水澡),洗完之后,他坐在床上,像过去那样,靠着床头给自己捏脚。

半个小时之后,他回到客厅,找来一块抹布,这里擦擦,那里摸摸,检查着自己努力两个多小时的成果。然后,他在饭桌前坐了下来。

他犹豫着今晚要不要吃安眠药。或者,准确地说,今后还要不要继续吃药,吃任何药。"调节情绪药"他已经决定不吃了,他把安眠药的瓶子拿过来一看,发现只剩下了两片。安眠药吃得太快,简直要形成依赖了,他不想依赖药物,依赖背后的这个人,不想与他有任何关联!

  他狠下心来,把这两片药连同另外一种药(拆封不久,基本没动)全部扔进了垃圾箱。为了斩断自己的念想,这个点(十一点已过)他专门跑下楼去,扔了一回垃圾。他想,这一次,绝对不能再让翻捡垃圾这种事情发生在自己头上了。走到楼梯口的时候,他看了一眼信箱,依旧是空的。回到家,他把走廊的灯关了,是到关的时候了。

  他把家里所有的灯都关了。十一点半,他躺上床。

  但是一躺上去,没过多久,整个人就变了,焦躁、烦闷,汗也开始流了,从脖颈、胳肢窝、大腿内侧开始流,接着脊背湿了,床单在翻身的时候也跟着翻折起来,压在身下不知道几折,同时身上发痒,十分难受。一切都回到了过去,他就这样在迷迷糊糊中任由时间从自己身上滑过。

  三点半的时候,他从床上爬起来,穿好衣服坐在饭桌前,像个雕塑一样,耷拉着脑袋发呆。他能听到自己鼻子里发出粗鲁的呼吸声和血液从耳朵里流过时的嗡嗡声。过了一会儿,他走进卫生间,拧开水龙头洗了把脸。这下子彻底清醒了,抬起头时,镜子里的他两眼通红,眼窝深陷。在床上辗转反侧的时候,他还在想以什么样的借口去医院,现在,带上病历去找刘宏斌可以算是理所当然的了。

  一切都回到了过去。他从阳台上找来几张报纸,回到饭桌上练起了字。砚台里的墨闻上去很臭,毛笔吸涨了,一开始写出来的几个字看上去又黑又亮。经过这么一段时间的磨炼,半夜爬起来练字

第十一章 涉过愤怒的河

这种消磨时间的无奈之举可以说已经变成了他生活中不可或缺的一部分。

他提笔写着，就照抄报纸上出现的字，心里平静如水，没有泛起任何波澜。五点过一点，他爬回床上，安静地躺着，听着窗外传来的阵阵轰鸣。

七点钟他起来，洗漱完毕，吃过早饭后，开始收拾。依旧是一个手提袋，像上次一样，里面放着毛巾、水杯（他又找了一个玻璃杯）、钥匙和病历，《法制日报》同样是必备，只不过这一回，多出来两样东西——那个装着信和本子的档案袋，还有一支签字笔。

八点钟，他提着纸袋准时出门，没有看信箱，头也不回地直奔公交车站而去。到医院差五分钟九点，走进门诊大厅后，他首先停在专家简历一栏下面，仔细看着，掏出纸笔抄抄写写。然后他穿过走廊，上电梯，来到病区外面，坐在椅子上拿出报纸等。

十点刚一过，他就站起来，走过去按门铃，一下、两下、三下……他已经足够耐心了，这一回，没有什么能阻挡得了他。

第十二章　另一个凶手

50

刘宏斌对鲁德亮的突然到访有些意外,他没有提前预约,这是其次,最主要的是,听护士说他在门口不听阻拦,直接闯了进来。

"老鲁,有什么事吗?"刘宏斌问。

从病区大门进去后,鲁德亮与护士站的护士起了争执,没有预约,他们不让他见刘宏斌,一个护士去医生办公区通报的时候,他跟在后面,在铁门开的瞬间,钻了过去。

"老鲁,脸色不好啊,这几天又没有睡好?"刘宏斌笑着又问。

不知道为什么,面对着眼前的这个男人,鲁德亮突然又想起了牛国柱,想起了当年他在红泥街凶杀案发生后说的那些风凉话,他说受害者的母亲如何没有廉耻,和一个比她小得多的男人偷情,而这个男人,始终偷偷摸摸,甚至在情人的儿子死于非命后,也遮遮掩掩,不怎么配合调查工作。当时鲁德亮根本没有把他说的放在心里,还对牛国柱嗤之以鼻,现在看来,这些话是有几分道理的,一直到此刻,这个男人不是还小心翼翼地把自己隐藏起来吗?

第十二章 另一个凶手

　　如果说刚才在公交车上摇晃的时候，在候诊区等候的时候，鲁德亮的内心还举棋不定，犹豫过，动摇过，那么现在坐下来，面对着这样一张假笑的脸，他反而变踏实了，他一定要用真相揭发他，撕破他伪善的面具。同时，这张笑脸也提醒了他，他面对的绝不是一个好对付的人，他要沉着应对，处处小心。

　　"你说对了，最近失眠的老毛病又犯了，吃药也不管用，昨天晚上可以说整夜都没有合眼。"鲁德亮说的是事实。

　　"哦，距离你上次来复查没几天啊，那次你的精神头还不错呢。这次怎么了？有什么具体原因吗？"刘宏斌问道。

　　"家里还好吧？"鲁德亮还在琢磨怎么回答时，刘宏斌继续发问道。

　　"都好。"鲁德亮不假思索地说。他想，这个节骨眼上，说话不能犹豫。

　　"你住的那一块，东郊永清湖的荒滩正在开发改造，我有个朋友也住那附近，天没亮机器就开动了，半夜拉土车一辆接一辆，挺吵的。你可能不看电视，这件事已经上了新闻，有不少人投诉，但是环保部门至今还没个说法。上次你来的时候我忘了提这个事儿了，对睡眠质量本来就不太好的人，确实影响不小。"刘宏斌说着，随手扯过来桌子上的处方本。

　　附近的朋友？鲁德亮立刻想起了陈淑合，该如何步入正题呢？他的心里翻腾着。

　　"实在不行我给你加点药吧。"刘宏斌说着，欠了欠身子挥笔就写。

　　"我不吃药——"鲁德亮几乎喊了起来，吓了刘宏斌一跳。

"上次的药还没吃完——"他也觉得自己有些失态,忙改口说。

"不一样的,这次我给你加点中成药,辅助一下。"

"不用了,你先别忙着写,我有话要说。"

"嗯?"刘宏斌停了下来,一脸疑惑。

"我有一件事,不对,应该是一个症状,一直对你有所隐瞒。"鲁德亮觉得,他终于找到了正确的突破口。

"症状?什么症状?"刘宏斌立刻来了兴趣。

"我一直在做噩梦,每次都是同样的梦,非常折磨人,夜不能寐。"第一次来看病的时候,鲁德亮刻意隐瞒了他做噩梦这件事,现在换个方式说出来,总算是种解脱。

"能说说梦的内容吗?"刘宏斌边问边在处方上写。

"与我四十几年前办过的一起案子有关,红泥街上的一起凶杀案。"从这一刻起,鲁德亮就开始观察刘宏斌脸上的表情变化。

"凶杀案?"刘宏斌仍旧好奇。

"对,一个女人的儿子被人杀了。你没听说过类似的事情吗?"现在,轮到鲁德亮发问了。

"没听说过。"

"你再好好想想?死者是个孩子,只有十岁出头,脑子有问题,智力方面的问题。"鲁德亮紧盯着刘宏斌不放,如果他还要否认,那么这就是最后的机会了。

"没有什么印象。"刘宏斌摇摇头,他始终面无表情。

"我记得第一次见面的时候,你说你也在红泥街生活过一段时间。"

"没错,不瞒你说,我就是红泥街上的人。"

第十二章 另一个凶手

"案发时间是1973年7月,你还记得当时你在做什么吗?"

"都那么久远啦,怎么可能记得清楚?老鲁,我都70岁的人啦,老啦,不中用啦。"

"不,我是70岁才对。你是1950年生,今年69岁。"

"你看看,差不了多少嘛,何必这么较真呢,这对你的病情恢复没有好处的。"

"干我们这一行的,搞不清楚案件真相,不能还受害者清白,打击才是最大的。"

"这起案子最后没破?"

"破了,不过案子有个关键证人,是另一起案子的当事人,那起案子到现在还悬着。"

"哦,又一起?也是红泥街上的?"刘宏斌仍然保持着好奇。

"没错,你生活的这个地方,发生了不少事儿呢——但是你都记不起来——"鲁德亮表面上神情自若,心里翻江倒海,一时间没有什么办法。

"你说对了,那个年代,混乱不堪,想躲还来不及呢,有时候我就是选择性失忆。我的父亲就是在动乱中被他的学生打死的。"

刘宏斌似乎打开了话匣子,鲁德亮赶紧接过话茬,问道:"你父亲是干什么工作的?"

"老师,教美术的,主攻雕塑,是个人才,可惜生不逢时。"

"搞艺术的啊,那怎么——你没有子承父业,或者从事与艺术相关的工作?"鲁德亮按捺住自己内心的狂喜,他在本子上记录着许多条与这个叫"红兵"的男人有关的信息,现在他正在用这些内容一条条地排查刘宏斌,或者说逐条将其对号入座。

"如果时间能倒流,历史能重演,我宁可他是个农民,文盲,什么都不知道,什么都不懂最好。他被自己的所学害死了,我也因为他的问题受到牵连,你知道的,'黑五类',就个要想有日子过。一开始,我十几岁那阵子,没书念,肚子也吃不饱,只能去街上的砖瓦厂里当学徒——"

如果时间能倒流?历史?这些字眼让鲁德亮的心猛地跳了一下,后面刘宏斌说什么,他没有认真在听了。他想起了陈淑合的信,上面她关于历史的那些说法,她的诗还有红兵的诗,尤其是红兵那首让他印象最深的打油诗——"如果时间能倒流"!他想现在就把档案袋翻出来,翻到那一页上。

他忍住了,克制住了,但是他觉得自己的身子已经由于激动开始抖了。他坐着,右手放在膝盖上揉着,揪起腿上逐渐不听使唤的肉,他的左手从进门开始就垂下来,攥着纸袋的绳子,这时候攥得更紧了,手心已经湿了也毫不放松。

他的心口突突跳得更加厉害了,浑身开始发热、出汗,要是现在他和刘宏斌一样戴副眼镜,绝对会在镜片上蒙上一层雾气。

他不知道自己在说什么,他只听见这么一句:"刘教授,你年轻的时候写诗吗?"

这时候门外有人敲门,一个护士探头进来说:"刘教授,外面有人找您。""知道了,我马上就来,"刘宏斌说完后对鲁德亮说,"老鲁,不好意思,今天咱们就到这里吧,改天再聊。"说着他站起来,转身到后面的衣服架子上取白大褂。

他这是准备走了?心虚,不敢面对了?

鲁德亮跟着站起来,重复了刚才的问题:"你年轻的时候不写诗吗？"

"诗？什么诗？我不知道你在说什么。"刘宏斌边穿白大褂边说。

"'冷光诗社'这个名字，是不是你取的？"

刘宏斌停下来，猫着腰，白大褂的袖子只套上了一个，面露诧异的表情。

"'冷——光——渐——逝'，这句诗是不是你写的？"鲁德亮大声问道，他什么都想起来了。

"老鲁，你怎么了？你在说什么？"鲁德亮发现，提到这句诗的时候，刘宏斌脸上的表情一下子就不自然了。

"陈淑合是不是你的病人？"他逼问道。

"是啊，你怎么知道的？"

"就是她的孩子被杀了，她的儿子王宁山，你就是那个人，你就是她的情夫，你的名字原来是不是叫'红兵'？红卫兵的'红兵'！红泥街上的泥塑就是你砸的，所有的事情都是你制造的！"鲁德亮颤抖着，指着刘宏斌说。

刘宏斌直起身子，两个人的距离一下子靠近了，鲁德亮明显看到刘宏斌的脸在抽搐，一丝迟疑从他眼神里滑过。

"我不知道你在说什么！"刘宏斌也提高了嗓门。

"你和陈淑合是什么关系？不要以为我不知道你犯下的罪！"鲁德亮浑身哆嗦着，伸手在纸袋子里掏。

"你要干什么？"刘宏斌紧张起来，一把拉过身后的转椅，挡住自己的身体。

"你自己看！"鲁德亮把档案袋里的信掏出来，拍在桌子上。

刘宏斌把那一叠皱巴巴的白纸拿起来，扫了一眼说："这是什么？"

"这是陈淑合写给我的信，上面说得很清楚，你就是那个红兵，所有的事情都是你制造的，四十几年了，你还不承认吗？"

"这什么乱七八糟的！我承认什么？你说！她是个病人，她脑子有问题的！"刘宏斌把信随手扔在桌子上。

鲁德亮觉得自己再也忍不住了，和这样一个衣冠禽兽、人面兽心的家伙面对面，谈论这样一个受害的女人，他做不到。

"你觉得我是信里面的那个人？她的情人，打她，还强奸她？为了报复一个什么姓黄的，害死了她儿子？"刘宏斌涨红了脸，语无伦次地说。

"你怎么知道得这么详细？你根本就没有看，信上也不是那么说的！"鲁德亮吼道。

"你竟然相信一个精神病人的话！"刘宏斌也激动地大吼。

"信里面根本就没有说是你害死了她儿子！"鲁德亮握着拳头，使劲捶打桌子。

"我当然没有害她儿子！想知道为什么吗？因为她也给我写信！你知道的我全都知道，"刘宏斌转身说，"她不光给你一个人写，说她的个人情况，她还给很多人写信。她有严重的妄想症状，她觉得我就是这个所谓的'红兵'，她还在病房里扬言要杀了我，勒过我的脖子，这一点我的同事、学生们可以做证，你也可以去调查，她就是个疯子，你怎么能相信一个疯子说的话？"

"为什么你刚才不说？"鲁德亮问。

"我说了你会信吗？"刘宏斌反问道。

第十二章 另一个凶手

鲁德亮几乎是自言自语:"我不信。我不相信这个世上有这么巧的事,你也在红泥街住,你的年龄、你的职业、你的经历和信中提到的几乎一样。你告诉我真相,我只想知道真相,我不会追究任何人,你告诉我你是不是砸泥塑的那个人?还有陈淑合的儿子——"

"你别着急,我给你看样东西——"刘宏斌说着走到衣服架旁边的储物柜旁,拉开抽屉,翻找起来。

外面有人敲门了:"刘教授,您没事儿吧。"

"我不信,今天必须把这件事情理清楚!"鲁德亮说着,转身把身后的门反锁住。

"你在胡说八道什么?你也疯了吗?看看你现在的表现,你和她有什么区别?"刘宏斌厉声说道。

"刘宏斌,我没有疯,你带我去见她,咱们当面对质,把所有的事情讲清楚!"

"你疯了吗?你干什么?"

外面的人听到办公室里吵吵嚷嚷,得知有个病人在里面闹腾,推门时又发现门从里面被反锁时,吓坏了。病房里的其他医生、护士聚在一起,商量该怎么办,只一会儿,他们就做出决定:砸门,救人。

他们用脚踢,用拳头砸,从走廊消防栓里取来灭火器撞。他们不知道自己制造出这么大的动静,只会把事情弄得更糟。

门被撞开的时候,他们发现那个病人几乎把刘教授逼到了角落,二人之间就隔着一把转椅,病人手里拿着一个玻璃杯,歇斯底里地喊,刘教授躲在椅子后面大声呼叫。现场一片混乱,房间里乱糟糟的，衣服架子倒了，桌子上的书和纸张扔了一地。

他们听到那个病人嘴里大喊什么红泥街，什么杀人案，说刘教授隐瞒历史，原来不是这个名字，他过去又砸了什么塑像，害了很多人，病人还要刘教授立刻交代什么问题。病人突然发病的事情他们见得太多了，早已见怪不怪，几个人进去把那病人拉出去，把刘教授从地上扶了起来。

他们连拉带拽，把那病人一路从医生办公区带出来，进了一间病房。喊叫声随之传遍整个走廊。

51

鲁德亮在刚才的那一阵喊叫和挣扎后昏厥过去，醒来后发现自己躺在一张床上，手脚被人用带子捆绑在床架子上，无法动弹。天花板上的荧光灯发出刺眼的光。他转动脑袋，环顾四周。

这是一个大房间，白墙水泥地，摆着十来张一样的铁架子床，窗户很大，玻璃擦得很亮，但是只开了一道缝，窗台上什么都没有。房间里虽然充斥着一股消毒水的味道，但还是压不住时不时散发出的臭味。安装在顶部的换气扇嗡嗡地响着，有种催眠的效果。一会儿，进来两个人，穿着一身淡绿色竖条纹的衣服，走到窗台前立住。鲁德亮再一看时，发现自己身上也穿着一模一样的一身，这才清醒过来。

他被关进了精神病院！

他边挣扎边喊："来人！松开！放我出去！"

"我没病,放我出去!"

"我没有疯,放我出去!"

一个绿条纹转身对他说:"你不要喊了,吵死了,没用的。"

这么一说,他由于恐惧反而喊得更厉害了,铁床摇晃时发出刺耳的响声。一会儿进来一个护士,看了他一眼,冲着楼道喊:"要不要给这个老头打上一针?"

鲁德亮听后赶紧喊:"我不打针,放我出去!"

那护士走了。

鲁德亮吓坏了,他又一次鼓足劲,全身紧绷起来,脸涨得通红,像只瘦长的虾,想从这束缚中挣脱出来。

那个绿条纹走过来,在他耳边轻声说:"嘘,老头儿,你不要喊了,安静了,他们就不给你打针了,过一会儿就放了你。"

鲁德亮不喊了,主要是因为他的嗓子已经哑了,实在喊不动了。他的手腕和脚踝处火辣地疼,从他身上流出的汗弄湿了衣服和床单。现在,他所害怕的已经不是自己能不能出去,而是那些护士会不会给他打针,给他灌药,甚至给他做那种带电的治疗了。他不敢去想,但是这些恐怖的画面却不停地从他脑子里闪过,让他像个发烧的人一样浑身颤抖不已。站在窗边的另一个病人走过来,坐在旁边的床上,盯着他看时,他抖得更厉害了,连正眼都不敢瞧一下。

他只得用余光扫视。那个病人就这么呆呆地坐着,两眼发直,冲着他傻笑。一会儿,不知道窗外发生了什么,他突然就蹦起来,朝窗边跑去,站在那里冲着外面兴奋地上蹿下跳、哇哇乱叫,然后,他就开始用头撞墙,发出沉闷的咚咚声,像大石头掉在了地板上。

第一个病人是个瘦子，撞墙的那个稍胖一点，瘦子跑到外面，应该是去叫人了。没过一会儿，进来了两个护士，一男一女，把那个胖子带走了。

他们把他带到哪儿去了？鲁德亮想。

"这家伙老想往外跑，听不得水声，"瘦子对他说，"他疯了，说自己是一条鱼。"

鲁德亮不知道自己被这样绑了多久，他对时间已经完全失去了概念，这儿可不像他家，墙上没有挂钟表。他仔细看时，发现这些墙壁远没有第一眼看时那么白净，上面用笔写着小字，画着图案，不用说肯定是这里的病人留下的。

又过了一会儿，果然像瘦子说的那样，进来一个护士，把他身上的带子解开了。重新下床走路的时候，他的身子摇摇晃晃，感觉腿脚都不是自己的。站在窗边向外看去，马路另一边不远处就是海洋世界，能看见那白色城堡里的水池，像郊外的天空一样蓝，从那喷泉广场隐约传来一阵舒缓的音乐，听起来好似流水潺潺。一辆公交车从远处开来，停在楼下的公交站上，气门哗啦一声开了，一个男人从上面下来，走上路边台阶，消失在围墙下。

此番情景让鲁德亮想起了他第一次来这儿的时候，那时他无论如何也想不到自己如今竟会落得这般田地。我怎么可能有病？他想，我根本就没病，我没疯，我只是失眠睡不好，我是个正常人！现在被关在这儿，换上了病号服，简直是荒唐，荒唐之极！这肯定是刘宏斌想着法子在打击报复！阻止他追查下去！没错！没错！他回忆着，绞尽脑汁地想着，他记得刘宏斌说过，他从来不看病人写给他的信，为何刚才又换了另外一种说法？这说明他心里绝对有

第十二章 另一个凶手

鬼，在撒谎！刚才他在办公室里拿出信试图和刘宏斌沟通，讲道理，说只要找到陈淑合，这样就能把所有的事情讲清楚时，刘宏斌突然就怒了，冲过来把桌子上的书和信纸一股脑弄到地上，让他立刻从办公室里滚出去，他也怒了，冲过去和他理论，刘宏斌口出脏话骂他，他就顺手掏出玻璃杯拿在手里说要砸他（充其量只是生气之举，不会真砸），这个时候他就把转椅拉过来挡住自己，躲在角落双手抱头，大喊起来。

鲁德亮认为这绝对是圈套，刘宏斌用这种伎俩激怒他，把他关起来，然后借机诬蔑他疯了，有精神病。刘宏斌是这方面的权威，他说一个人疯了，其他人怎么可能会质疑？一个人如果疯了，那么他说的话还有谁会相信？鲁德亮觉得，他正在一步一步走上陈淑合的老路。

他越想越气，越想越难受，他这就准备去找刘宏斌，从房间出去来到走廊的时候，他发现刚才的那个胖子就绑在对面房间的一张床上，望着天花板发呆，他的肚皮圆鼓鼓的，随着呼吸上下起伏。

他犹豫了，或者说冷静了，认清形势了。他看到走廊白色的墙砖上映照出一个人瘦削的影子，穿一身竖条纹衣裳，走路一瘸一拐，如果再照一下镜子，里面肯定会出现这样一张脸，面色苍白，两眼发红，胡子拉碴。这就是他。这副尊容，配上这身打扮，再去找人吵嚷，不是病人是什么？就像当年被造反派污蔑为"反革命"一样，是非颠倒，有口难辩，跳进黄河也洗不清。

怎么办？难道就这样坐以待毙？他不信，他不信刘宏斌敢冒天下之大不韪，把一个正常人就这么关进精神病院。他走着，一边在心里这样宽慰自己，我来过这儿，这儿没有什么可怕的，又不是监狱，我没病，迟早能出去。

护士站那儿站着一个护士，鲁德亮迈开步子，朝那里走去，半道上和一个病人擦肩而过，对方没有看见他似的，耷拉着脑袋，嘴里念咒般嘟嘟囔囔，不知道在说些什么。

52

去护士站的路上要经过护士办公室，办公室的门开着，一个护士正埋头于桌上的一摞病历里，鲁德亮一眼就看见了她手边的电话。我的手机去哪儿了？他想，还有衣服，纸袋里的东西，本子、水杯、家里的钥匙、那些信。这么想着，原本要对护士站的护士说什么，到地方的时候全给忘了。

他正想着，病区的大门突然开了，那护士挥手对他说："往里走，快往里走。"他的脑子有点糊涂，还没有反应过来的时候，一只手伸过来，一把就把他抓住，往走廊里拽。

是刚才那个瘦子。

"你干什么？"鲁德亮喊道。

"老头，我在救你，你往那儿看！"

从大门外面进来一队人，瞬间就站满了门厅，两个男护士跟在最后面，门在他们身后重重地磕上了。鲁德亮明白过来，这就是出去做治疗的病人，他之前在一楼走廊里见过。

"回来了？"护士站的护士问。

"回来了。"其中一个男护士接过护士手里的本子，趴在墙上写着什么，写完之后把本子交还给护士。

第十二章 另一个凶手

"站好了，点名。"护士拿着本子，在队伍里指指点点，然后冲着走廊喊道，"病人回来了！"

"知道了，都往后面走！"鲁德亮的身后，走廊深处传来一声回应。

"门开的时候，你要躲着点，不然他们就会认为你要跑，"瘦子说，"平时没事，不要在这里晃。还有，你不要离他们太近，要保持距离。"

鲁德亮觉得，这个瘦子的言谈清楚，举止正常，不像是病人，就是脸色看上去偏黄。他长着一双三角眼，下巴尖尖的，留着一撮胡子，模样像个道士。

"开饭了，都往里面走！"护士点完名后，队伍散了，所有人往走廊深处走去。

鲁德亮想问这个护士，怎么才能见到刘宏斌，但是这个瘦子牢牢地拽着他的胳膊。

"老头，咱们也走，开饭啦。"他说。

他们来到饭厅，门口有两个铁皮储物柜，旁边站着一个护士看守，柜门开着，里面放满了碗筷。病人在柜子里面拿了各自的碗筷，排队到窗口打饭，窗口安装着铁栅栏，只露出一个小口，一个饭堂师傅握着一柄大勺，从一个大桶里舀米饭。大厅里静悄悄的，只发出吃饭喝汤的声音，一个护士像监考老师那样，在桌子之间来回走动。墙上的钟表显示：12：15。鲁德亮饿了，但是他没有碗也没有筷子，他正想同门口的护士交涉的时候，瘦子端着碗兴冲冲跑了过来："你吃我的！"

他太饿了，硬着头皮刨了两口。吃过饭后，所有人站起来，排成一溜长队，从饭厅出去，到洗手间洗碗，上厕所，然后又在护士的监督下，往护士办公室的方向走去。鲁德亮只得站在队伍里面。

一张桌子被人搬出来，横着放在办公室门口，占据了走廊的一大半。一个护士站在桌子后面。

"这是干什么？"他问瘦子。

"排队吃药，"瘦子说，"你看见那桌子上放的了吗？那是一个大药盘，每个格挡里放着大小、颜色不一样的药片。"

"我没病，我不吃。"鲁德亮要跑，可是被瘦子牢牢地攥着手腕，脱身不得。

"不行，你必须吃，这样对你好。"瘦子两眼圆睁，认真地说。

这时从走廊那头的医生办公区走过来一个白大褂，站在护士办公室门口，冲着队伍喊："鲁德亮在吗，谁是鲁德亮？"

"我！"他赶紧举起手，挣脱瘦子的手跑了过去。

是一个年轻人，招手示意他进去。

"实在抱歉，刚才让您受惊了。"年轻人赔笑说。

年轻人说，刚才是他搞错了，以为他是个"重病人"，就让先住下来再想办法联系家属。这件事与刘宏斌教授没有关系，是他缺乏经验，慌了神，一手造成的，刘宏斌教授专程让他来道歉。

"重病人"？什么意思？在这些白大褂眼里，他还是个病人？

"我没病，赶紧让我出去。刘宏斌人呢？"

"我不知道，现在是下班时间，"年轻人继续说，"他让我把这个东西交给您。"

是一个档案袋，但不是他的那个。里面装着什么？

"我什么时候才能出去？我要回家！"鲁德亮没好气地接过档

第十二章　另一个凶手

案袋说。

年轻人说现在是午休的时候，让他再忍耐一会儿，到下午上班时（两点后）来这儿找管钥匙的护士要回自己的东西，再把衣服一换就能走。

鲁德亮随手拆开了档案袋，映入眼帘的字迹他再也熟悉不过了。

是一沓陈淑合的信。

"刘教授说您对这个感兴趣，专门给您找的，他说这只是一部分，剩下的找见了有机会给您送过去。"

"能借我支笔用吗？"鲁德亮指着他的白大褂口袋说。

年轻人犹豫了一下，还是给了他一支笔。

分开的时候，鲁德亮冷不丁问了那年轻人一句："小伙子，你知道杜丘是谁吗？"

他有些得意，有种胜利者的感觉。

53

一切又回到熟悉的轨道上了。鲁德亮坐在原州市精神病院住院部二号楼四楼病区活动间的一张桌子上，当着许多病人的面，拆开档案袋读信。他后悔没有问那个年轻大夫要张纸，于是他边读边写，就写在档案袋上。

再次读到陈淑合的信，让他备感亲切。挂在墙上的电视机音量忽大忽小，有病人在哭，也有病人在闹，而他一心一意，两耳不闻。他突然想到，陈淑合过去说不定就是这样，在如此糟糕的环境下,坐在这里坚持写信。

再次面对这些信时,鲁德亮觉得,他已经驾轻就熟了。他学会了分类,就是按照自己的经验,剔除掉里面无关紧要的内容,筛选出自己认为重要的、关键的。或者说,他知道哪些话是陈淑合在病态下写的,属于"疯话",哪些又是正常的,对他来说有用的。

比如说,他看到的以下内容就属于"疯话":

顾城疯了,杀了人,郭路生也疯了,我没有。我只是失忆。我的记忆里遗漏了一块重要拼图,这空白常常让我感到失落。我写作,努力地找寻它。

埃兹拉·庞德究竟犯了什么罪?你们要这样对他?你们只知道钱,钱,钱!知道他的钱花在什么地方了吗?我坐在这里写诗和匿名信,向这位卓越的匠人致敬。

你们究竟在害怕什么?要这样贬斥现代诗?我在这里庄严宣布,传统已死,传统该死。

宁山你去哪里了你不要再躲着我了妈妈想你你不要对妈妈这么绝情妈妈会伤心的妈妈看见你了你不要跑我追你很辛苦你总是这么调皮蹦蹦跳跳跑着像只小鹿我不是狼不会吃了你你告诉我你究竟在躲什么还是你害怕什么为什么你浑身是血妈妈知道谁害了你乖宝贝你不要怕妈妈这就给你报仇我杀了他我要杀了他杀死他杀死他……

第十二章 另一个凶手

七月才是最残忍的一个月。

他用指尖贴在纸上逐行滑动，努力地辨认着，除了类似这些他完全摸不着头脑的胡话外，剩下的就是陈淑合写的诗了。他没有放弃，终于在其中一张纸的背面发现了一些有用的：

我想起了那天发生的事。我要问的是，那天晚上，你值班查房，我藏在门后勒住你的脖子，你回头发现是我的时候，为什么不挣扎，不做任何反抗？

为什么？你就想这样死在我手上，以死谢罪？没用的，我依然恨你。我最后松开了，让你活，因为我不想脏了我的手，我想让你带着愧疚继续活下去。

这么多年过去了，你的目的早已达到。也许你压根就不觉得愧疚，我想，在某个夜晚让你从睡梦中惊醒的不是愧疚而会是幸福，毕竟你的家庭圆满，事业有成，这些大家有目共睹。你的那些女学生们，现在还好吗？我听你一个女学生说（你不要妄想像控制我一样控制她们），你后来入了党，成了一名马克思主义者，但你在我心里就是一个彻头彻尾的达尔文主义者，一个堕落的丛林法则遵守者。告诉我，你还写诗吗？

你为了让我忘掉，强行给我灌药，做电刺激治疗，在我出院后依然派人监视我，控制我，名曰"照顾起居"。但是我没有忘，根植在记忆深处的事物，像种下的一粒种子，是具有生命力的。生命是具有韧性的，它能被打倒，但不会被击败，它能死去，但不会被埋葬。

你也知道我没有忘，于是你威胁我，指摘我也是共犯，你说如果我把事情抖搂出来，就是要同归于尽，遗臭万年。

我承认，我懦弱了。在之前所有的举报信里面，我列举你的种种罪状，唯独这一条，我没有写进去。

当年我不仅懦弱，还是个歹毒的人（我想不到更好的词来形容自己）。我们两个都是，并不比其他人强多少。

红兵，我们为了满足自己的私欲，搭上了他人的性命。你为了父亲，我为了丈夫。黄立勋纵然是个十恶不赦的人，但是我们这样做和他有什么区别？我可怜的宁山，妈妈对不起你！

刘红兵，你杀了我的宁山，你还我的儿子！

那天我的头脑一片空白。我看见宁山跑出去了，你也跟着跑了出去。回来时你说你碰见了黄立勋，还把宁山送进了医院。

我看见，你浑身是血，你抱着我，把血弄到了我身上。我记得，你跪下来抱着我的腿，一把鼻涕一把泪地说，当时你也是迫不得已，宁山拿在手里挥的是刀而不是泥巴，如果不采取措施，我们就有危险。你说你不是故意要捅他的，只是夺刀的时候出现了误伤。我们换掉身上的衣服，迅速处理了现场，我按照你的吩咐，说你编造的说辞（咬定宁山是黄立勋所杀），应付警察的轮番询问。我哀号，我痛苦地倒地，抓自己的头发，想把它们都扯下来，我没有表演，我真的痛苦，但我还是说了谎。

我不想再回忆了，不想了。红兵，我要你实话实说，以你的专业所学，宁山走的时候会不会感到疼？会不会因为他的脑部之前受过伤，他的痛觉也因此变得不敏感？你告诉我。

鲁德亮猛地捶了几下桌子，把在场所有人吓了一跳，包括守在门口的护士。他没办法保持镇静了，一直以来，他心存侥幸，认为自己当年的做法尚有回旋余地，现在，这最后一道心理防线也随着这封信的到来崩塌了——他杀了一个无辜的人。

他只觉得脑袋嗡的一声，像伸进了一口敲响的钟里。他不知道怎么办，只想赶快离开。墙上的钟表显示两点，匆匆把信揉进档案袋后，他在一个护士的陪同下，朝护士办公室走去。走到门口的时候，医生办公区的铁门开了，他抬头看见刘宏斌朝他走了过来。

54

他强忍着情绪，跟着刘宏斌进了一间病房。他们两个站在窗台边上。这次是刘宏斌主动反锁的门。

"对不起，我的学生误会你了，我给你道歉，还有，我在办公室说的那些话——"刘宏斌语气恳切地说。

"你还有什么要解释的？"

"我什么都不想解释，我来就是想告诉你真相。"

"真相？就是那孩子是你杀的吗？"他把档案袋拍到窗台上。

"不是的，"刘宏斌颤抖着说，"但是其中有些事就是我做的，泥塑是我砸的，黄立勋是我们两个合谋诬陷的，我要给我的父亲报仇，陈淑合给她丈夫报仇，我们成功了。黄立勋最后淹死在了永清湖。"

"你——"鲁德亮不知道该说些什么。

"你让我把话说完,"刘宏斌粗暴地打断了他的话,"请你相信我,我说的每一句都是真的,但是陈淑合给你的信里面,有不少内容是假的,不真实的,从来没有发生过。她是个病人,妄想症状很严重,又偏执得厉害,'文革'开始后,她儿子受伤智力出现问题,再到后来丈夫和别的女人有染,对她的打击很大,那时就有点苗头,到丈夫死了以后,就变得彻底不正常了,断断续续住了几十年院,发病时不停地自言自语,说有人要害她。到后来,又开始写信,给各种人写信,告状,揭发,这么多年过去了,我没想到她还能认出你,而且想办法把信送到了你的手里。"

"你们两个到底什么关系?她在信中——"

"我爱过她。她生病后无依无靠,我照顾了她四十多年,这就是我们的关系。刚才你说的没错,我承认我撒谎了,我写诗,我们都写诗,在她丈夫和黄立勋的诗社解散后,我们曾经想成立另外一个诗社,但是失败了,仅仅停留在口头上。我不写了,我说了你也许不懂,那个年代之后,写诗是残忍的,我放弃了。"

"刚才你为什么说谎?为什么否认一切?"鲁德亮质问道。

"我不想让你再追查下去了,过去的就让它过去吧。真相只会害人,害了她。我宁可被她说成是杀人犯,也不告诉她真相,因为这只会加重她的病情,你更不能。"

"到底是谁杀了她儿子?"鲁德亮继续追问。

"你听我把话说完!"刘宏斌喊道,"现在我想通了,我会告诉你真相,但是你必须停止追究下去。如果你有和陈淑合见面的想法或者你曾经付诸行动,我都希望你停下来,不要再骚扰她。"

"她怎么样?现在在哪儿?"

第十二章　另一个凶手

"我不会向你透露任何细节的,这是我的底线,也是我作为医生的职业道德。"

"底线?你也知道底线?当年你都干了些什么?"

"你呢?你敢拍拍胸脯,保证自己没有干过一件亏心事?"刘宏斌瞪大了眼睛。

"住嘴!你这个无耻之徒,道貌岸然的家伙——"鲁德亮有些气急败坏地说。

"人是她杀的,她亲手杀死了自己的儿子!"刘宏斌冷不丁吼了一句,然后又缓缓说道,"当时她犯病了,根本不知道自己在干什么,她捅了宁山,我吓坏了,上去拉开她,孩子的血溅在我身上。看见血,她就一口咬定是我干的,因为当时要嫁祸黄立勋,我害怕她发起疯来会坏了事,只能让她从大局考虑,顺着她的意思安抚她。"

"我不信!"鲁德亮简直不能相信自己的耳朵。

"这就是真相,"刘宏斌说,"你相信什么?陈淑合的信吗?刚才我的学生送来的信里面少了最关键的一封,我找到后会给你的,那是她这么多年唯一'清醒'的一次,记得当时发生了什么。"

"你不要再说了,我不信,我要去调查——"鲁德亮趔趄着从窗台退到身后的一张床上坐下来。

"那你尽管去查吧,"刘宏斌说,"老鲁,你睁大眼睛,看看咱们两个,看看这世界,咱们已然老了,历史的车轮已经从身上碾过去了,现在还有谁记得过去,谁会相信咱们这一帮老人说的话?你做这些还有什么意义?你尽管去揭这疮疤吧,该说的我借用那句诗时已经说了,里面的脓毒对世人造不成任何伤害的。"

"我要去查——"鲁德亮呢喃道。

"去查吧。老实说，以前我也担心过，害怕过，现在我什么都不怕了。我告诉你，我们两个虽然是同谋，但是所有的事情都是我做的主，她是个病人，一切与她无关，要追究的话就来找我好了。我不会跑，就在这里等你。"

"好了，去换衣服吧。你应该把药好好吃上，长时间睡眠不好也会让一个人变得偏执、易怒，丧失正确的判断力。"刘宏斌说完走了，留下鲁德亮一个人在原地发呆。

55

鲁德亮去更换衣物。

在病区的缓冲区，护士打开储物柜，把东西交还给鲁德亮。清点完毕后，护士让他进去，回房间换。

鲁德亮不肯。从那门出来后，他再也不想回去了，他随手拉过来一个塑料凳子，一屁股坐在上面，脱起了裤子。干瘦的大腿露出来，像菜市场上经过拔毛处理的肉。

护士摆着一张"你爱怎么办就怎么办"的脸，锁上门走了，把他留在这里，与外面就隔了两道门，四五米远的距离。自由近在咫尺，他的内心却沉重无比。

里面和外面都传来响动，里面是护士的喊声，外面的走廊里，有人在高声打电话。只有这里，这个几平方米的空间，安静得像个冰窖。

第十二章 另一个凶手

事实上，把病号服脱下来，身上扒光以后，鲁德亮确实感觉到了冷，两只手抱着胳膊弯腰抖了好一阵子。头顶的灯光照在地板和墙上的白瓷砖上，形成一个没有阴影的空间，让人头晕目眩。一会儿，当四周的响动都消失后，这安静就更加让人难以忍受了。他的脑袋里各种想法和念头盘旋，他已经能听见自己的内心在说话了，但是他无处倾诉（这么说，真正意义杀了人的，只有他一个？），他得把所有发生的事情藏起来，深藏起来，就像把这纸袋子里的东西藏在床底下一样。

穿戴整齐后，他站起来敲身后的门。还是那个护士开的门，说护士长从医办区过来了，在护办室等他。

"你直接给我开门，放我走吧。"鲁德亮不安起来。

没有商量的余地。他硬着头皮，又走了进去。

护士长在鲁德亮进去以后开门见山地说，他出不去，病人必须由监护人亲自来接走。

鲁德亮几乎就要发作了，拳头已经攥紧了，差点又要脱口而出"我没病，快放我出去"之类的话，但是话到嘴边变成了：

"为什么？我没有监护人，我一个人住。"

"这是规定，你的子女呢？老伴呢？打电话叫。"

"我说了，我一个人住，家里没有其他人。"鲁德亮咬牙说。

"是吗？还有没有其他亲戚朋友？小刘，你快帮着处理一下。"说完她扭着屁股走了，出了门朝着医生办公区走去，砰的一声消失在铁门后面。

小刘是给他开门的年轻护士，又催他快点打电话叫人。

他们稀松平常的要求在鲁德亮这里无疑是一根投掷过来的标

枪,正中他的心脏。他无法反抗,又无计可施,焦急地在地上走来走去。走廊里又传来病人的喊声,让他觉得自己快要爆炸了。

"你把我放回刚才的地方吧,"他对小刘说,"我想想办法。"

刚一进去,把纸袋子放到桌子上,他就一脚上去,把那塑料凳子踢飞。小刘应该是害怕了,隔着门没有任何反应。

监护人?他想,哪里来的监护人?他唯一能想到的就是鲁一沙,但是她远在北京,难不成现在给鲁明、鲁娜打电话,告诉他们自己在精神病院?

这绝对是刘宏斌在后面搞鬼!就是要让自己来精神病院这事闹得满城皆知。那护士长不在护士办公室待着,在医生办公区跑来跑去干什么?刘宏斌刚才的那番话什么意思?都是陈年旧事了,已经成为历史了,让你知道了又能奈我何?

这件事不能就这么完了,不能放过他!绝对不能放过他!

今天不是你死就是我活!

鲁德亮做出决定,拿出手机,查到一个号码,拨了过去。电话通了以后,他对另一头的人说:"你在哪里?快来帮我一个忙……"

放下电话后,他敲门进去,在护士办公室接了杯水,端起杯子几乎一口气喝完,然后在时隐时现的腹痛中,捂着肚子站在办公室的窗台边等。

天色阴沉,远处的城市披着一层水泥色,灰蒙蒙脏兮兮的,他只得像那个病人一样,把目光重新投向不远处的海洋世界,白色城堡里的那汪水,心形广场上的喷泉,还有小贩们手里一簇簇彩色的气球……窗户关得严严实实,站在这里什么都听不见,听不见音乐声,听不见水声,更听不见什么海豚的叫声。鲁德亮觉着,这种地方(海洋世界)不应该出现在这城市,或者说这里就不配拥有它。如果现在从空中投下来一颗炸弹,把这里夷为平地,他是一滴惋惜的眼泪都不会流的。

他就这么等着,一直等到窗玻璃上出现水滴。

外面下起了雨。

一个半小时之后,牛国柱拿着把伞气喘吁吁地出现在走廊外面。

护士开了门,牛国柱却在门口逡巡不前。鲁德亮向他挥了几次手,又喊了几遍名字,他才勉强进来。

"老鲁,你怎么在这种地方?出什么事儿了?谁需要帮忙?"

"算了,护士,你还是开一下这个门吧。"鲁德亮指着缓冲区说。

"老鲁,你怎么跑到这儿来了?这里可是精神病院啊,"牛国柱这里摸摸,那里瞧瞧,没等鲁德亮发话又往体重秤上站了上去,"你知道吗?拆迁领导小组要盖临时办公室了,地方好像就选在你们2号楼下面。"

鲁德亮决心已定,他走过去一把抓住牛国柱,把他从秤上拉下来:"老牛,你相信我吗,信我吗?"

"信——啊——"牛国柱瞪大眼睛,疑惑地说。

"你听着,仔细听着,我发现1973年你办的那个案子,那个红泥街杀人案,是有问题的。"

"红泥街?老鲁,这——多少年过去了,街道都拆了,提那些陈年旧事干什么?已经成历史了,现在连个红泥的影子都没有了——"

"你别打断我的话!你听着,黄立勋是冤枉的,现在这儿一个叫刘宏斌的人,一个专家,还有他的一个病人,陈淑合,你记得吗?就是那个孩子的母亲,刘宏斌就是你当年说的那个情人,陈淑合的情人,是他们联合起来,冤枉了黄立勋的——你相信我,你要相信我,你看——"

鲁德亮把纸袋子打开,给牛国柱看自己的本子,看所有的信,不管是刘宏斌给的还是他手上的,给他解释事情的来龙去脉。面对这些乱七八糟的信,这些密密麻麻的文字,牛国柱的眼睛瞪得更大了。

"老牛,这件事我只给你一个人说,我杀人了,黄立勋是我杀的,不是跳湖自杀……"

牛国柱紧张得不敢喘气,冲过去敲门:"护士,开开门,让我进去!"

同时他转过头对鲁德亮说:"老鲁,你稍等一下,我家里有急事,打个电话!"

牛国柱进去给鲁明打了电话,在电话里他对鲁明说:"赶快过来,不得了了,你爸脑子不正常了,现在人在精神病院!"鲁明又联系上了鲁娜,还有远在北京的鲁一沙。

鲁德亮被困在里面,拳打脚踢,大喊大叫,一直到半个小时后,鲁明、鲁娜他们开车过来。他们一家人吵吵嚷嚷,哭哭啼啼,在四楼又折腾了老半天。

他们在太阳快落山时才回到家里。

鲁德亮只觉得全身疼痛,喉咙更是疼得厉害,他说了一下午的话,所以到家后他不愿意再开口做任何解释了。他太累了,把自己关进卧室,睡起了觉。

第十二章　另一个凶手

中途他醒了三次，其中两次是被吵醒的。一次是零点刚过鲁一沙赶回来，哭喊着要见他，她还带回来一个男的，自称是牛国柱的儿子。出乎所有人意料，鲁德亮没有发火，并且一句话也没有多说。另一次是早上六点（鲁德亮以为是4：30），外面传来一阵卡车轰鸣的声音。

自然醒来的那次，是凌晨三点，他来到客厅抬头看表时，发现沙发上歪七扭八睡着两个人，于是蹑手蹑脚走进卫生间。因为感到恶心，他蹲在马桶边干呕了一会儿，喝了点水后，又觉得能好一些。他开始后悔了，后悔把那些药丢掉，事实上他已经离不开它们了，身体有了反应就是明证。

刘宏斌说得对，一切都结束了，也早该结束了。

一切都如同一场梦，让他像着魔了一样，沉浸其中无法自拔。

陈淑合说得也不错，历史不可阻挡，她想要活下去，只能选择遗忘。

他想，接下来的几天，他就把这房子里属于自己的东西全部清理掉，阳台上纸箱子里所有的本子、报纸还有衣物，该扔的扔，该销毁的销毁，他要把自己的痕迹从这里抹掉，然后把这房子交给他们处置（现在是属于年轻人的，他这个老朽何必像个小丑一样跳出来表演呢？）。这里就要拆了，同样成为历史了，那么就让已经发生的自然发生，自然溜走吧。

躺下来的时候，胃酸又泛上来了，到嘴里变了味，如同苦胆。

尾 声

三天之后,一台挖掘机开进了小区。那是一个阴雨天,还刮着风,鲁德亮不知道他们为什么要选在这样的天气施工。

院子里种的地被铲掉了,鸡窝拆散了,晾衣服的铁丝绞断了,然后他看到那些头戴安全帽的人来到他的香椿树下,拉开了电锯。

锯子一点一点地戳进去,直到树干轰然倒塌。放在过去,谁要动这棵树,鲁德亮就和谁拼命,但现在他只是呆呆地站在雨中,目睹一切发生。随着树的倒下,他心里的一部分也已死去。他选择了忍受,过去如此,现在亦如此,忍受折磨,忍受人们投来的异样目光和窃窃私语。忍受没有什么不好的。

雨点落进挖开的土里,使脚下泥泞不堪。他看到了红泥,整个地方和以前一样,从来都没有变过,到处是红泥,红通通的,满满的一地。

鲁德亮上了楼。除了鲁一沙和牛国柱的儿子,其他人都走了,他们两个在帮他整理阳台的杂物。动手拆楼道墙上的牛奶盒的时候,鲁德亮听到了他们两个的嬉闹声,他不禁心头一热:要是他们走到一起,有了孩子,长得会更像谁呢?如果他们在一起,现在他

尾声

也不会反对了,他想,无论如何,年轻人都不能背负过去,应该有个新的开始。

雨停了,太阳出来了,橘黄色的光线从楼道的破窗户照进来,空气渐渐变得有些暖。拉开信箱,鲁德亮发现里面有一封信,信封上写着:最后一块拼图。打开来只有单薄的一页,寥寥数行:

我从厨房里出来了,地上到处都是红泥,乱糟糟的。我问他,你在干什么?不是告诉过你,不能捏这个形状吗?他不听我的,反而把一团泥朝我扔过来。我在院子里追他,他绊倒了。他说他疼,他要离开家,离开我,他爬起来,夺过刀跑了。他跑的时候,蹦蹦跳跳,像一头健壮的小鹿。

(全文完)